U0810672

陈凤华 著

追鸭记

中华秋沙鸭观察笔记

时代文艺出版社
SHIDAI WENYI CHUBANSHE

图书在版编目（CIP）数据

追鸭记：中华秋沙鸭观察笔记 / 陈凤华著. -- 长春：时代文艺出版社, 2023.9
ISBN 978-7-5387-7211-1

Ⅰ. ①追… Ⅱ. ①陈… Ⅲ. ①散文集－中国－当代 Ⅳ. ①I267

中国国家版本馆CIP数据核字(2023)第077399号

追鸭记：中华秋沙鸭观察笔记
ZHUI YA JI: ZHONGHUA QIUSHAYA GUANCHA BIJI
陈凤华　著

出 品 人：吴　刚
责任编辑：李荣銮
　　　　　初昆阳
图片摄影：朴龙国
装帧设计：陈　阳
排版制作：毛倩雯

出版发行：时代文艺出版社
地　　址：长春市福祉大路5788号　龙腾国际大厦A座15层　(130118)
电　　话：0431-81629751（总编办）　0431-81629758（发行部）
官方微博：weibo.com/tlapress
开　　本：880mm × 1230mm　1/32
字　　数：256千字
印　　张：12.875
印　　刷：吉林省恒盛印刷有限公司
版　　次：2023年9月第1版
印　　次：2023年9月第1次印刷
定　　价：56.80元

图书如有印装错误　请寄回印厂调换

3 月初长白山区域的水面冰雪还没有完全消融，中华秋沙鸭迁徙飞回长白山繁殖地

一对儿中华秋沙鸭在水面起飞

雌性中华秋沙鸭在向雄鸭示爱

长白山下长大的中华秋沙鸭

中华秋沙鸭在梳理羽毛

科研人员正在老树上悬挂人工鸭巢

雏鸭在鸭妈妈的呼唤下勇敢地从十几米高的树洞里飞身跳下

中华秋沙鸭的雏鸭出巢是靠生存本能来完成

离开鸭巢的雏鸭跟随鸭妈妈下河游泳捕食小鱼

鸭妈妈选择安全的礁石聚集雏鸭休息

鸭妈妈不在时，大哥哥负责管理弟弟妹妹

中华秋沙鸭雏鸭出巢后，有经验的鸭妈妈会抢没经验鸭妈妈的鸭宝宝

亚成体中华秋沙鸭

鸭妈妈带领鸭宝宝寻找食物

鸭宝宝在休息

鸭宝宝喜欢抢夺同伴的食物

捕食

2023 年的豁嘴

屡次被抢夺鸭宝宝的豁嘴在新的一年又找到了伴侣

鸭妈妈发现危险时，立即呼唤雏鸭聚集在自己的身边

鸭妈妈带着雏鸭迎着夕阳去休息区过夜

鸭妈妈领着雏鸭在激流中练就求生本领

古洞河是中华秋沙鸭迁徙前的驿站

中华秋沙鸭迁徙前的聚集地之一——古洞河

中华秋沙鸭在鸭绿江上练习飞翔

“南摄北飞”小分队在考察中华秋沙鸭过冬地行程的起点吉林省白山市抚松县高速路口合影

湖北省松滋市洈水国家湿地公园中的中华秋沙鸭

在江西省上饶市婺源县紫阳镇坑口村踏查中华秋沙鸭的过冬地时拍摄的中华秋沙鸭

爱就爱了

——序《追鸭记》

赵培光

庸常的写作，太容易了。譬如风花雪月，欲深刻则疼痛一下，欲高贵则忧郁一下，欲美丽则寂寞一下。卸妆之后，再恢复柴米油盐的面目。

字里来，字里去，谁没有庸常过呢？

“开成花灾的玫瑰不是灿烂，而是荒凉。”尽管凤华的觉悟相对晚了，却出乎其类。也是，人到中年，白发闪现了，心境澄明了，应该留下些无悔的文字了。当她获悉中华秋沙鸭全球仅有两千多只时，顿生怜爱与悲悯。从 2019 年春天起，只要时机相宜，她就守候在长白山保护监测基地，踏查与观察。鬼使神差吧？她迷上中华秋沙鸭，迷得苍茫，迷得细微，迷得苍茫而细微，已经深入庄周梦蝶的意境。什么内力呢？半梦半醒之间。爱就爱了，哪怕一厢情愿，或曰单相思。

天地多少好情，始于单相思！

人活着，执念一事一物，比幸福还要幸福。写作的凤华，日常之上，专长于主体发挥。发挥越来越好，逐渐呈现气象。《追鸭记》了了，明显寄托于客观描述，所见即所描，所闻即所述。因为鸭，所以鸭，那习性那性情那情境那境遇，真切，生动，纯粹，容不得敷衍。何况，曾经的鸡汤式表达，凤华提不起精神了。当下，尤其是在撒娇、献媚乃至玩票儿、弄鬼儿的当下，她只想素面朝天，变境由心生为心由境生。

不粉，不饰，我买她的账，买她的文字账。

过往的岁月，我比较买凤华的账。为什么不呢？为人诚朴，为文诚恳，是谓“双诚”之缘由。最初，在通化地区的一次文学讲座上，我借助《别用你的幸福刺痛他人》，与作者共同探求发现与唤醒的奥妙。事隔几日，忽然收到凤华的《抓阄儿》，我品咂良久，领教了她的机敏与机趣，顺便发在我煮字的省报副刊。以后的十几年里，一篇又一篇，烟火光影，光影烟火。但凡投到我的名下，我好像没含糊过。

可以肯定，改弦更张的《追鸭记》，愈加平和、从容而畅达。凝重多含雨露深，她习惯了写人物、写事物、写植物，此番轮到写动物，用情中华秋沙鸭，深深深深。当然，托鸭子的福，述天、述地、述人，直至小爱后的大爱、小情后的大情。正所谓：不是爱情，胜似爱情。我完全想象得出，监测器这头儿的她沉醉于那头儿的鸭姿鸭态、鸭声鸭语。多么出神入化，土罪和洋罪，一并飘向未知了。

爱江山，更爱美鸭！

果然遇到了最好的自己！

从初恋到热恋，中华秋沙鸭调动了凤华，也主导了凤华。心系兮，魂归兮，蓦然回首。曾经的人生百味，一风一风吹了。她得意于看鸭子，得益于去看鸭子的路上。之于她，有难度的写作其实最接近快活。快快活活，痴人说“鸭”，不求春风大雅能容物，不求“秋水文章不染尘”。犹如过日子，自家过自家的，要的就是自家的感觉，舒服比什么都好。

多难是难啊？山难水难，化圣为凡，无非给人个体歇处。不错，经典是用来拆解的，也是用来破防的。依据中华秋沙鸭，由表及里，由里及表，几乎融会贯通。我想问，有没有什么神灵的浸润和点染啊？想想而罢，生怕夹杂出戏谑的口气。凤华嘴上鸭子鸭子地叫，落实在字面上，一派春光秋色，盛大而绚丽，绚丽而芬芳……

文学是多元化的，阅读毕竟局限。如果要我指明《追鸭记》的高光价值，我以为在非虚构的取向上。亦即：经历决定情怀，经验决定趣味，经历与经验决定作品的调性。一个柔弱女子，赖仗长白山，日渐刚强起来。丢丢羞羞的，始终是中华秋沙鸭。说真的，我熟悉的凤华的那张脸——笑盈盈的脸，近几年再三再四地密布思虑。人跟鸭亲，热闹劲儿锐减。上个周五吧？她给我的微信里说："朋友不必多，知音几个就够。努力完善作品，争取让自己满意。我清理了朋友圈，不想于无谓的交往中消耗时光。尤其在山里待久了，好多看不惯，喜欢真实、简单。"我未免惶惑，不知该为她扼腕叹息，还是该为她举手加额。暗忖之，另一个高度啊，兴许云水兴许禅。

爱，就爱了，念兹在兹，虚言浮语虚浮了！

嘱序，便序。

2022 年 11 月 26 日

目　录

第四章　冬旅

引　言

这些年来，岁月在流转中更迭，我也在迁徙中改变。从出生的小山村，到居住的省城，不管邂逅多少美丽的风景，有一些，转瞬间即忘记，唯有故乡，刻骨铭心。那些逝去的旧时光，却总有梦徘徊在新的光阴中。

我出生的小山村位于长白山北麓，被连绵山峦环抱。小山村很小，小到地图上都无法寻到。小时候，大人们指着远处的山峰告诉我，翻过那些山峰就是长白山，神秘让我遥想，长白山因此镌刻脑海。长大后，长白山是课本中描述的山峦，神圣引我一次次前往，这座山，时常耸立在眼前。如今，我已经鬓角斑白，青山不老，情未了，无尽的情愫却烙印心间。

小小村庄在记忆中，青山连绵，流水潺潺，野花芬芳，野草葱茏。那里，有太多的温暖故事和回忆。那时，山村的娃，没有幼稚园，没有特长班，没有图书馆，没有游戏厅，花草相伴，动物为友，就这样，草木之情，山水之趣，远远胜于大都市的繁华。就这样，山林中的植物和动物融入童年记忆深处。如今空闲时，山涧溪流时常在眼前流淌，长白山脉也随之在脑海中绵延。我知道，我与这座山峰的情，与那片森林的爱，根深蒂固。当下，我生活在都市的繁华中，巍峨的山峰和无垠的林海成为一份怀想和向往，因为山峦和松涛中，藏着我驱之不散的乡愁。

那份乡愁如一朵花，已开在内心深处，摇曳成一份念想，这份念想随着岁月流成绵长的相思。

其实，内心有了梦，就会有磁场，磁场是有吸力的。如同网络大数据中，通过阅读或者购物便能分析出爱好和需求。我的内心叠加着山峦，叠加着碧水，还叠加着动物和植物。就在这时，与一位资深编辑聊到长白山，聊起中华秋沙鸭。瞬间，中华秋沙鸭图片在脑海浮现，过往，尘封的过往，在心底沸腾。都说冲动是魔鬼，谁碰谁后悔，可我，内心燃起热情，难以逃避这份涌动的欲望，可以说是冲动，也可以言说是命运的预谋，那一刻，迫切想见到中华秋沙鸭，去解开藏在心底的迷惑。

诗和远方就这样在心底扎下了根，剩下只待动身，只待前行。

可是，那时那刻，中华秋沙鸭尚在南方过冬。我只能急迫地等待着，盼望着，盼着中华秋沙鸭早些回到长白山下的家，我想用脚步去追寻，用文字去记录，那令我梦绕魂牵的精灵。

为了慰藉对精灵的痴迷，安抚内心的相思，一遍遍搜索中华秋沙鸭的信息，通过科普简单了解它的前世今生：

中华秋沙鸭是第三纪冰川期后残存下来的物种，距今已有一千多万年，属于世界濒危物种，是比扬子鳄还稀少的国际濒危动物，在全球仅有两千多只；也是中国特有珍稀鸟类，属国家一级重点保护野生动物，为中华鸟类活化石。由于中华秋沙鸭是在野外生息繁衍的鸟类物种，其数量极为稀少，中华秋沙鸭已被列入《中国濒危动物红皮书·鸟类》稀有种，被誉为“鸟中大熊猫”，俗名鳞胁秋沙鸭。它与众不同的习性，有别于普通的秋沙鸭，它在十米以上的大树上营巢，雏鸭出生后，必须从巢穴跳下去。

心中有惦念，足下有动力。几日后，也就是正月十七，这个日子我清晰地记得，只因这一天是我儿子的生日。我早早起床，在微信中给孩子发出“生日快乐”的祝福后，便踏上第一班开往敦化的高铁。

就在出发的前几天，我联系文友宗玉柱老师，向他了解中华秋沙鸭在长白山生存的相关细节。他说：“来吧，我引荐你认识朴龙国老师，他一直研究中华秋沙鸭，在这方面很有权威性。”

提到朴龙国，我想到两年前创作的野花野草系列作品陆续在《长白山周刊》刊出时，文中配图就是朴龙国老师的摄影作品。每一篇文章配图的摄影作品都独放异彩，有滋有味，为拙文增添色彩。那一刻，我误以为朴老师只是生态摄影家。随后，我上网搜索“朴龙国”，大吃一惊，原来他不仅仅是摄影家，还是长白山科学研究院的科研专家和老领导。

朴龙国老师，20世纪50年代出生，吉林汪清人，朝鲜族。中华秋沙鸭摄影第一人。退休前，他在吉林长白山国家级自然保护区管理局工作，从事过长白山动物研究、标本制作和科普工作。曾任长白山自然博物馆馆长、长白山科学研究院副院长、长白山摄影家协会副主席。退休后，他开始拍摄长白山地区的自然风光和野生动植物，收藏了长白山不同季节、不同区域的摄影资料。中华秋沙鸭孕育繁殖期间，他全身心地投入到了中华秋沙鸭的调查和种群的监测工作。

那时，通往长白山的高铁还没有开通，途经敦化换车时，我因为找不到换乘的车，只好电话联系初中同学黄小，索要前往二道白河镇的出租车的联系电话。

黄小不是他身份证上的名字，说实在的，他的名字只在课堂上听老师喊过，而私下同学都称呼他为黄小。如今他是一家企业的老总，大多人喊他黄总。想必姓黄的人成了老板，不管是掌管大企业，还是经营小店铺，都可被称为黄总。而黄小——只有他的同学才能这样称呼，这是同学们对他的专称，不是昵称，胜似昵称。如果同学也来喊他黄总，自然显得很生分，显得很陌生，同学之间的感情就淡了，就远了。

黄小得知我去二道白河镇只为看中华秋沙鸭后，很诧异，但也很支持。他说："我认识一位拍鸟的摄影人，他也拍中华秋沙鸭。"

说着便掏出手机拨打对方的电话，对方应允十几分钟后与我见面。

这位拍鸟的摄影人姓李，名溪洪，他是朴老师唯一的摄影学生，居住在敦化市，却是二道白河镇的常客。因为长白山下有老师在，还有心仪的中华秋沙鸭在。李溪洪说："要说讲中华秋沙鸭的故事，我还欠火候儿，你找我老师，他老人家是专家。我推荐，老师一定不会拒绝。"

与朴龙国老师相识应该是天意，缘分就在两位好友的引荐下搭建而成。按计划准时到达二道白河镇，与文友宗玉柱一起去拜访朴老师。朴老师，一位瘦小的老人，细小的眼睛里闪着与他人不同的光彩，有长者的慈祥，还有孩童的纯净，都说与自然为伍的人，眼神中闪烁着自然的光芒。

老人家在获悉我对中华秋沙鸭“想入非非”，且还怀有写作的想法后，对我说：“想写中华秋沙鸭的人很多，能坚持观察的人几乎没有。想写好，必须踏查中华秋沙鸭现场，并且每一个阶段都要观察到，这样写出的文章才有画面感。”老人家语言精练，却笃定我的愿景，也夯实我前行的脚步。

之后，我与老人家商定，3 月中旬随他一起观察中华秋沙鸭。

虽然，此行未曾见到中华秋沙鸭，可与中华秋沙鸭的缘分已经启航。

第一章

春归

初见如重逢

3 月下旬，一场暴雪突如其来，雪后的寒冷是否会影响中华秋沙鸭的归期，我暗自担忧起来。可是，这并没有阻碍我的行程，我如期抵达二道白河镇，下榻忍冬路上的一个青年旅舍。

青年旅舍不远处，便是二道白河镇标志性建筑物，最有名气的网红酒店——长白天地。长白天地像一艘巨轮，停泊在宁静的二道白河小镇，与著名的长白山自然博物馆珠璧交辉，好像随时要起锚出海。我入住青年旅舍二楼，拉开窗帘便能看到大船。那一刻，感觉自己像乘坐一艘小船，紧追着大船在前行。

来这个旅舍住宿的大多是年轻人，这里价位百元左右，房间无法与大酒店媲美，被褥还算干净，床铺也还舒服。最吸引人之处是这里没有服务员，买单靠自觉，扫吧台二维码即可。从正门进入旅舍，但见狭小的厅堂，摆着三张长方形的木桌，六把长椅，以桌子为中心对称着。入门的左边是一个小书架，有杂志，有书籍，瞬间寂寞淡去。右边墙壁上，贴着各种颜色的便笺，不同人写着不同的留言，似曾相识，在哪里见过这堵墙呢？却想不起来了，想必在电视中。

一切的偶然都是必然，一切的必然也会成为偶然。因为我与中华秋沙鸭的缘分、与长白山的缘分，成就此次行程。中华秋沙鸭是追寻的目标，更是心底的念想。目标越明确，期盼就越浓烈。

上次为中华秋沙鸭专程拜访朴老师时，老人家严肃地说："观察中华秋沙鸭一定要穿迷彩服或者接近大自然颜色的服装。"

回到长春，逛了多家户外商场，都没有遇到适合自己的迷彩服装。无奈只好穿着早些年购置的藕粉色户外服装来到二道白河镇。朴老师见我这身粉衣粉裤后，皱皱眉头说："中华秋沙鸭很机警，你衣服的颜色会干扰到中华秋沙鸭。"

可是，我没有其他衣服可以替换，只能低头，算是悔过。

次日，七点准时出发，朴老师驾车，二十分钟后到达头道白河大桥中华秋沙鸭保护监测基地，与中华秋沙鸭的约会开始了。

中华秋沙鸭保护监测基地是长白山管委会2018年投资一百万元建成。其中，在头道大桥下方建有四座监测小木屋，小木屋靠在山石之上，前面有两根水泥桩支起，小木屋遮风的墙壁由木板拼接而成，木材的原色，在林中也是点缀。这附近，还有四个人工鸭巢。

春分刚过，中华秋沙鸭已经陆续迁徙归来，昨天这里已经到达雌雄两对儿共四只中华秋沙鸭。朴老师说：“中华秋沙鸭机警且防范意识强，对人一直存有戒备。我们最好在中华秋沙鸭还没醒来之前，进入场地，免得惊扰中华秋沙鸭觅食。”

从头道大桥到木屋群，山路狭窄崎岖，需要步行七八分钟。我们静静前行，尽可能慢抬腿，轻落脚。这次观察的驻点是二号木屋。木屋板墙上留有五处小窗口，小窗口上挂着野战部队一样的迷彩装备。朴老师小心翼翼架起照相机，万事俱备，静候中华秋沙鸭的到来。

昨夜飘雪，岸边染成白色。透过木屋的小窗口，清晰可见对岸的白桦林。河水既清又静，白桦树映衬在水面的倒影，如一条蜡染的丝巾铺在水面，缕缕波纹随风荡漾，酷似一幅惟妙惟肖的水彩画，树影随着河水的流动，似乎穿透时空。中华秋沙鸭还没有到来，这片静美的水域也能让人迷醉。望着河水，心情舒畅，呼吸顺畅。

八点一刻，远处飞来两只野鸭，缓缓飞入我的视线里，慢慢落在眼前的浅滩之上。

朴老师提醒我：“这就是中华秋沙鸭。”

这一刻，我心潮澎湃了。与中华秋沙鸭的距离只有百米左右，这是首次观察活体鸭。两只鸭一雄一雌，雄性额头黑色，冠羽也是黑色；雌性额头鹅黄色，冠羽也是鹅黄色。它俩站立在浅滩上，雌雄背对背，似乎陌路，互不理睬，各自用红色的喙梳理着羽毛。

其实，大部分鸭子的喙是扁平的，但中华秋沙鸭的喙是尖的，上下喙的两侧，还长有锋利的齿状喙缘，如锯子，鱼儿一旦被它咬住，即使是杜父鱼、七鳃鳗这些黏滑的鱼也很难逃脱。在漫长进化过程中，中华秋沙鸭保留下来的祖先特征，那便是尖嘴与锐利的齿状喙缘，这也使它们与其他鸭子区别开来。

祖先留下的长喙居然还有“木梳”的功能，长喙左一下，右一下，很认真，很投入，又很陶醉。我屏住呼吸，目不转睛地在望远镜中盯着它们。此时此刻，本想用手机拍摄下来，但手机像素低，拍出的中华秋沙鸭小得可怜，放大又不清晰，翅膀的花纹全是模糊的。所以一切的画面资料全都通过朴老师的长焦照相机完成。此时的我只能端着望远镜，跪在木地板上，只有这个姿势，眼睛与木屋窗口才能平齐，观察中华秋沙鸭，这个姿态该是我最好的身体语言。

3 月的长白山，雪花还没有退场，依然随心所欲地飞舞着。

突然，与我约会的中华秋沙鸭伸长了脖颈，舒展开翅膀，如同触到电流，“嗖”地飞走了，想必不远处，在我无法企及处，有人或有小动物出没。周围与水面又是一片静谧，这时，身体和眼睛似乎可以自由了，可以休息了。我直起身来，舒展几乎僵硬的四肢和腰身。

一边伸伸腿，一边用手机搜索中华秋沙鸭名字的来历。它有很多别名和昵称：会上树的鸭子、鸟中大熊猫……但凡昵称多的动物，都与众不同。其实，它名字的由来也有典故可查：1864年，英国人古尔德在我国发现了这种头上长着冠羽，两胁覆盖鳞片状花纹羽毛的野鸭，因为数量稀少，绝大多数人对这种第三纪冰河期孑遗的古老物种甚至一无所知。这种野鸭羽毛华丽，气质高雅，脑后的那撮冠羽，让古尔德想到了清朝官员帽子顶上那根代表官阶的翎子。于是，给野鸭取名为中华秋沙鸭。

飘飘洒洒的雪越下越大，眼前，雪花织成白色的帘子，雪帘连着天，接着地，犹如一面屏障，挡住我眼中的远方。没有中华秋沙鸭嬉戏的水面，只剩下原生态的风景，烟波浩渺一般朦朦胧胧。此情此景于我而言，也并不常见，我便贪婪地将它们收纳于眼底。时间随雪花和流水，伴随风声而远去。

初见中华秋沙鸭，我心动了。它的眼眸、它的双翅、它的冠羽，有种魔力如钩，钩住了我，使我如痴如醉。之后，我的眼底，我的心间，全是它的影子。这一见，如同久别的好友相见，恰似重逢。

我遇见了中华秋沙鸭，就有了我与它的故事。

暴雪中约会

暴雪来得突然，下得猛烈，停得却也很快。

这时，再凝视水面，两只中华秋沙鸭居然游到我的眼前。想来，中华秋沙鸭是有记忆的，而且，记忆力颇好，它能记住出生的巢穴，它还能记住成长的河流。我眼前这处浅滩附近，应该有它们出生时住过的树巢。如今，这里又成为它们休息的地方。雌雄两只中华秋沙鸭游到这里，显得并不欢实，也没有交流，而是懒洋洋地趴在浅滩之上。仅仅休息十分钟，居然一起醒来，扭动长颈，伸出长喙各自在梳理羽毛。中华秋沙鸭的尾脂腺非常发达，梳理羽毛的重要作用是把尾脂腺中分泌的油脂，均匀地涂到羽毛上，这样，可以达到疏水的目的。

这对儿中华秋沙鸭情侣，想必几年前就在江南“结婚”，婚后夫唱妇随共同迁徙。雄鸭如同绅士，颇爱干净，只是显得傲慢。雌鸭犹如公主，活泼调皮，只是有些懒惰。雪花一朵朵落在它们的背羽之上，一朵朵铺展开来，又一朵朵牵手相连，连接天空，连接河水，连成的线如同一束光波，晶莹绚烂。情侣野鸭梳洗打扮片刻，才开始活跃起来。雄鸭舞动翅膀，引颈似乎高歌，之后，只见这对儿中华秋沙鸭细长的喙一张一合，似在交谈，又觉得它们在吵架，因为眼神中缺少谈情说爱时的温柔。不知何因，它俩都闭上喙没有了声音，而后，脊背相对，似乎又成了陌路。

我端着望远镜，只能用这种方式与这对儿情侣对视。不敢高声语，恐惊河中鸭。这时，耳畔听到朴老师按动相机快门的声音。其实，我很幸运，朴老师所拍下的影像，我可以随时翻看。在我沉醉于朴老师拍摄的影像之时，太阳公公拨开雪雾露出笑脸，水面立刻笼罩着五彩的斑斓。刚刚被寒冷包围的我，冻得哆哆嗦嗦，天空那缕光芒，立刻给我罩上暖意。猜想中华秋沙鸭如同我一样，也会在阳光中尽情欢腾。可是，它俩似乎还有倦意，酷似钉在浅滩一样，居然还在小憩。我们在监测小屋里选择的位置，目光所能企及的地方，就是中华秋沙鸭们常常休息的浅滩。早上入场时选择这个位置，一天里都不能轻易挪动，犹如抗战片里的秘密碉堡，必须隐藏得毫无破绽。

民间流传一句话：痴迷是一种毒。也就是说人一旦痴迷，往往是可怕的。如此恶劣的天气，守在河岸不退缩，狂风暴雪中依然静候。中华秋沙鸭也一样，迷上此处，便把此处当作幸

恩爱

福的港湾。此时此刻，我敬畏中华秋沙鸭的执着，尽管天气恶劣，它们也心甘情愿在此等候迁徙同伴的归来。手机上的天气预报显示的天气是多云，而眼下这里却是风雪交加，一会儿阴，一会儿晴。因为痴迷于中华秋沙鸭，风与雪也全成了我的背景。

早晨在监测站落脚后，我默默关注一件事情——午饭如何解决?

刚来到小木屋，朴老师就拿起户外的两个小锅去河中取水，我有些诧异地问:“老师，为什么这么早就从河里取水？”

朴老师说:“先把水准备好，免得中午鸭子来到这里，再取水会惊动它们。好多次，因为没能早上取水，午饭时，鸭子玩耍得欢实，不能惊扰它们，人就只能饿肚子了。”

中午时分，老师用户外煤气炉具煮沸河水，午饭便是河水泡面。平日里，我对饮食有些挑剔。看着这碗面，想着河水中曾有鸭子大小便，还有其他动物的排泄物，我对着这碗泡面胡思乱想。朴老师看着我，很严肃地说：“野外都这样，习惯就好了。”出于各种原因，我还是端起了这碗面，不知为何，没有配菜，没有饮品，这碗面我却吃得格外香甜。吧嗒嘴，居然还有点甜甜的味道。我清晰地见到野鸭在河水中洗澡，也看到它们在水中排泄。值得欣慰，我与中华秋沙鸭同饮天池水。

饭后，又是一场烟雾般的暴雪袭来。眼前能见度极低，百米之外的河对岸都变得模糊。这时中华秋沙鸭却由两只变成三只，它们从哪里飞来，一概不知。大片的雪花似乎织成了网，想来野鸭飞翔也会有一定难度。就在这时，我听见中华秋沙鸭“嘎嘎”的叫声。恶劣的天气，对它们也是考验。它们在交谈，是问候？是吵架？是抱怨？我不懂它们的语言，但从肢体动作看，它们并不亲昵。这时，我想象着，一家人幸福的样子，夫妻恩爱，一同孕育着下一代。然而眼前的两只雄性和一只雌性中华秋沙鸭，并没有恩爱的亲昵，也许它们当中的一对儿是老夫妻，或者它们三个是老朋友，早已把爱意化作亲情，无言却默默相守。

此时在监测站的守候中，我并没有收获想象里和期待中的中华秋沙鸭的画面。

并不是每一份期待都能成真，并不是每一个故事都有完满结局。雪中的中华秋沙鸭可遇而不可求。因为对中华秋沙鸭想入非非已有时日，因为经常念起，它已成为我生活的一部分。前来与它们约会，风雪成了道具。因为这里融入我的感情，渗入我的念想，还掺杂着我内心萌动的期许，尽管环境恶劣，也无法阻挡我的步伐。与中华秋沙鸭相见虽是首次，但因为曾经向往着，所以并不陌生。

这几只中华秋沙鸭是它们迁徙的先遣部队，大部队会陆续在这里相聚。

中华秋沙鸭有洁癖，羽毛上不沾脏东西，想来与它们生活环境有关。它们喜欢依水而居，并且对水域要求苛刻，必须无污染，无农药，且有天然丰盛的鱼类作为食物。这是中华秋沙鸭对生活环境的选择，也正是其稀有的原因所在，只有百分百达到它们的满意度，才可以放心孕育下一代。

这场突如其来的暴雪恰似道具，中华秋沙鸭却成了演员。眼下中华秋沙鸭的数量少，偌大的河面舞台上，它们各自在独舞，看似孤独，看似寂寥，然而，我却看到它们骨子里的那份坚韧淋漓尽致地表现出来。飘雪时分，雪与雾交融，围成圆顶演艺厅，我是它们的观众，痴迷地欣赏它们的表演。这是大自然的魅力，更是中华秋沙鸭的魅力。

暴雪浓雾渐渐散去，远方又进入我的视线。直到中华秋沙鸭飞到下游觅食，我们才收起行囊离开。悄悄地来，悄悄地走，不给中华秋沙鸭带来一丝惊吓。敬畏野生动物，就是敬畏自然，其实，也是敬畏我们自己。

中华秋沙鸭从南方迁徙而来，对于突来的飘雪，对于零下的温度，即使勉强适应也略显残酷。我的内心隐隐担忧，我怕它着凉，我怕它感冒，我怕它生病而影响繁殖……中华秋沙鸭来到长白山下安家，它承载自然的使命去孕育和繁殖。遇到风雨的天气，我却不能为它做些什么。我有些伤感。如果是家鸭，我可以把它抱入室内，我可以为它买来小鱼小虾。可是，中华秋沙鸭，它是机警的，它是倔强的，它对人类的畏惧，成为我与它交流的一道屏障。纵然我有满心的热情和爱意，它也不会接受，它也不能接受。对中华秋沙鸭的那份关爱，只能默默搁置在我的心间。

这场暴雪对中华秋沙鸭来说是一次生存的考验，对我来说更是一种对毅力的磨炼。

初见鸭交尾

长白山的天气就像娃娃的脸，说变就变，阴晴不定，变化莫测，但是，各具味道。

早晨，窗帘缝隙挤入一丝亮光把我晃醒，拉开窗帘，见到朝阳，想来应该是晴天。晴天，心情自然美丽，晴天预示着温暖些。依然七点准时出发，我穿上文友捎来的迷彩服。迷彩服套在几层保暖衣裤的外面还是过于肥大，无奈取下鞋带系在腰间，上衣足可以当风衣了，这身打扮与大自然同色。穿上迷彩服就不会轻易惊扰到中华秋沙鸭。其实，我一直铭记朴老师的忠告："人类要敬畏中华秋沙鸭。"何况中华秋沙鸭还害怕人，它不喜欢热闹，它不喜欢被惊扰，所以不要扰乱它的生活。

观察中华秋沙鸭之初，我一身粉衣入场，在朴老师的眼神中，我察觉到自己的错误，惴惴不安，通过微信把这份不安说给文友，文友回复说：为你准备一套迷彩服。出乎意料的是迷彩服当日就被捎到二道白河镇。感激，万分感激。同时，耳畔回应着朋友们的叮咛，有祝福，也有忠告。对于我看鸭子的这股“冲动”，身边的好友也都无可奈何，却又都在默默支持着我。

早早抵达监测小木屋，我主动去河边取水，为中午的泡面做好准备。

八点四十分，飞来雌雄一对儿鸭，落脚在头道白河与支流的拐弯处的浅滩上，这处弯弯的浅滩由小溪汇集而成，如同三岔路口的交点，可以作为它们的休息驿站。这里有丰富的鱼虾，是它们食物的来源。这对儿情侣鸭整理羽毛后，雌鸭安静地睡下，而雄鸭向四周张望，似乎在给雌鸭站岗，多么体贴的丈夫。雌鸭小憩十分钟后醒来，扭搭着绕到雄鸭身边。这时，又有一只雄鸭飞翔而来，这对儿夫妻鸭同时张开翅膀，如同跳舞的女子撩动美丽的裙裾，热烈地欢迎同伴。这时，朴老师长焦距相机“啪啪”的按动快门声在我的耳边炸开。当然，这并没有干扰到水中的精灵们。这三只中华秋沙鸭，像老朋友见面，时而摇动长颈，时而晃动双翅，时而背对背。它们的神态与动作似乎告诉我，它们是朋友，交谈交往淡如水，不用刻意表白，它们心里全都懂得。

这时，头道白河的水面映衬出淡蓝的天空，河水中倒映着一朵朵洁白的云影，树影随风而跳跃，如同一条条丝巾，错落地铺在水面，三只中华秋沙鸭绕着“丝巾”追逐。风大水凉，还有迁徙的疲倦，它们玩耍的兴致并不高，随后，游到弯弯的浅滩处一字排开，阳光轻抚它们背羽，平静的水面跳动着它们靓丽的倒影。长途迁徙消耗体力，也耗损能量，休息是体能最好的修复方式，阳光则是能量最好的补充。

其中一只雄鸭扑扇着翅膀，缓缓地向深水区域游去，猛然扎入水里，一圈一圈水波扩散，中间深深的漩涡，如同女孩子的酒窝。我目不转睛盯着漩涡，盯着水纹，就在不远处，我看它探出头来，就这样周而复始地潜水，再反复地探头。我很诧异，不明白其原因。朴老师伤感地告诉我：“鸭子饿了，看来没抓到鱼儿。”

饿了！听到它们饿了，我的心也难受起来。

春寒料峭，游在冰凉刺骨的河水中，饿肚子该是多么残忍的事情。可惜，我却爱莫能助。

中华秋沙鸭对食物比较挑剔，它们喜欢鱼类蛙类，但是必须鲜活。性格又比较固执，宁可挨饿也不会去将就吃死亡或者腐烂的鱼类，没有呼吸的鱼虾对于它们来说就是垃圾。这只雄鸭折腾一番后，看样子累了，懒洋洋地回到浅滩，无精打采地趴在那里。

三只鸭睡卧呈三角形，各自睡在三个角落，如三角形的三个顶点。不知为何，头都朝向外，尾部相对，我揣摩其中的缘故，想来是与安全有关，头朝外可抵御外来的偷袭。

其中一只雄鸭应该是十分饥饿，它无法安静休息，一次次焦灼地潜入水底觅食。其他两只鸭还在熟睡。我与鸭子距离远，凭借双眼看不清它们的表情，急忙举起望远镜，才一睹它们的睡姿和睡态。它们睡觉时，眼睛半睁半闭。这时，远处岸边有一道黑影闪过，朴老师警觉地说："水貂！"我和老人家同时站起来，担心中华秋沙鸭遭遇不测。然而，水貂只是过客，如同闪电般跑远了。刚刚发生的一切，这三只鸭子全然不知，对于我们的担心，更不会知晓。朴老师告诉我说："水貂是鸭雏的天敌。它对成年鸭也惦记，但不敢妄为。"

我终于明白，这几只中华秋沙鸭泰然处之的缘由了。

其中两只野鸭居然熟睡了将近一个小时，醒来后抖抖羽毛，挥挥翅膀，慢悠悠迈着八字步，扭扭捏捏划入水中向下游游去。

朴老师放下相机，也随之站起身来，伸伸腰，踢踢腿。持久的观望姿态，肩膀和胳膊都麻木了，野鸭离开后，活动四肢也能增加一些热量。

正午时分，朴老师小声提醒我："鸭子又来了。"仅仅五个字，似乎就是暗号，老人家的相机又开始工作了。这次有四只鸭子，其中有一只雄鸭扭转身子在水面逆行，待它浮出水面时，嘴里竟叼着一条四寸左右的大头鱼，红色长喙咬住鱼儿上半身，鱼身鱼尾拧成 S 形，还在垂死挣扎。只见雄鸭伸长脖子，如鸡啄米般，一下，两下，第三下便吞入腹中，狼吞虎咽。这一刻，感觉鱼儿是游入它肫中的。之后，它轻松抖动翅膀，心满意足地游回浅滩，梳理羽翅后开始午睡了。

阳光渐渐暖起来，它们睡姿惬意，看起来如此幸福和美好。

每次它们来到这里，或是在梳羽，或是在休息。如此看来，这里是舒适的，是安全的，因为满意，才会逗留这里。

风儿似乎也疲倦了，感觉在轻抚着水面，只有微微的风儿掠过。中华秋沙鸭休息了，我的注意力也转移到水面，但见水面跳动着倒映的婆娑树影，如同一条条水蛇在水面蠕动着。我陶醉在山水风光中。突然，刚才还在睡梦中的中华秋沙鸭全都伸长了脖颈，慌张地向河中心游去，长喙一张一合，似在交流，可惜我听不到它们的声音，即使听到也无法揣测它们的语言。它们相互追逐，雌鸭在前面不停摆动尾羽，雄鸭随后紧紧追赶。水面溅起了水珠帘，晶莹的水帘罩住雌鸭，如同婚纱般美丽剔透。只见雄鸭用喙咬住雌鸭的冠羽，麻利地扑到雌鸭的背羽之上，双翅全部展开，与水面平行，似在踏水，又酷似飞翔。我不懂动物界的情感之事，无知者无畏，便问朴老师："老师，它们这是打架吗？"

朴老师告诉我："它们这是踩蛋，也就是交尾。"

听罢，我有些难为情了，扭过头避免自己的难堪。

中华秋沙鸭交尾只有十几秒。之后，雄鸭站立水面，挥舞双翅，似乎是在展示胜利者的姿态。而后，撇下伴侣独自觅食去了。

又到吃午饭的时间了，依然是河水泡大碗面。朴老师把面刚刚泡好，还没来得及动筷子，上游悠闲地游来一对儿看起来很恩爱的鸭，水面又热闹起来。原来争风吃醋的故事，不仅仅是人类专属。雄鸭们见到有雌鸭来，争相炫耀自己，不停舞动双翅，不停摆动尾羽，水面被扇出一圈圈涟漪，一圈套一圈连成环状。水面成了舞台，每一只鸭都成了演员。它们都在积极表演，雄鸭用翅膀去示爱，用那沙哑的歌声去表现自己。可是，那只活泼的雌鸭并不接受雄鸭的表白，傲慢地划着水去了下游。

有一只老雌鸭倦懒地卧在浅滩，体态笨拙，鸭老珠黄，它很孤单，那边战事迭起，它却躲在这边，看着都令人怜惜。可它依然有传承基因的重任，它也在期待意中鸭早日出现。朴老师一直在捕捉这些精彩的画面，再次端起泡面时，泡面已经凉透了，没有了温度。

不知不觉间，水面在一点点上涨，鸭子休息的浅滩被河水淹没，暂时无法休息，那就玩耍吧。果不其然，六只中华秋沙鸭在水面追逐嬉戏，像玩耍，像展示，还像求爱。雄鸭们跃出水面，鸭蹼轻点水面，双翅划水，一串串水珠溅起，瞬间河面变得“富丽堂皇”。

河面的舞台之上，中华秋沙鸭尽情地在朴老师的镜头前展示，尽情玩耍，开心至极。人有人的快乐，譬如摄影人因为拍到意想不到的画面而雀跃，中华秋沙鸭也有中华秋沙鸭的欢喜，抓到大鱼时，发现喜欢的对象时，等等，都让中华秋沙鸭兴奋，以至于摇头又摆尾。

天然的舞台，它们尽情欢耍，玩儿累才想到休息。其中三只中华秋沙鸭趴在河畔休憩，其余几只中华秋沙鸭在水中洗澡。中华秋沙鸭洗澡很滑稽，又很可爱，先将头和长颈扎入水下，鸭尾和鸭蹼留在水面，像顾头不顾尾的小丑，随后旋转，背羽再沉入水下，鸭肚和鸭蹼留在水面，又好似在仰泳，就这样反复几次后，开始滑向岸边浅水处驻足，随后抖落羽毛上的水滴，最后用长喙梳理美丽的羽毛。

睡觉，梳羽，捕鱼，反反复复，这是中华秋沙鸭每日必修之课。摄影人若想拍摄它，就必须耐住寂寞。不能四处走动，不能喧哗，只能望天望云望河水。要经历多少寂寞的积累，才能捕捉到精彩的作品。内心深处感谢朴老师为我提供了观察鸭子的机会，更感谢朴老师和摄影人默默守望这片水域，多年来为中华秋沙鸭留下靓丽的倩影，留下宝贵的科研资料。

鸭子的这次小憩时间短暂，似在闭目养神，随后又回到水域之中，与其说回到水中，不如说漂浮在水面。这六只宝贝鸭安静地浮着，随水波任意漂着。远远望去，如小帆船般自由地航行。这时，不知是它们听到了异样的声音，还是瞥见了陌生的影子，只见鸭群在水面快速滑行，随后，一字排开向蓝天飞去，如同飞行表演，它们的身后划出长长的水线。

鸭子们突然慌乱，莫名其妙地飞走了，我猜测有人在监测基地的铁丝网外走动。稍后，水面恢复了平静，又听到了水声和风声在耳畔低吟。

尽管阳光明媚，被吓跑的中华秋沙鸭却没有飞回来。想必在别处的水域安抚受惊吓的心灵。没有宝贝鸭的水面，顿时让人觉得索然无味。

凡事有遗憾才是美好，有遗憾才更有期待。

中华秋沙鸭数量逐年增多，它们的表演也天天精彩。头道白河是它们出生的家园，它们春天迁徙飞回家，一边恢复长途飞翔消耗的体力，一边等候伙伴们快些归来。

水面安静下来，静候，静候，只有静候才有奇迹发生。

一女儿家求

长白山的春天，如果少了雪，似乎就缺了神韵。生活在这里的百姓，早已习惯春天雪花飘飘了。昨晚又是一夜暴雪，头道白河的岸边被厚厚的白色棉被覆盖，每前行一步，积雪都会没过脚踝。林中的小路被雪堆积得严严实实，我只能凭借以往的经验小心摸索前行，无法揣测足下是否平坦，几次险些滑倒，幸亏有错落的青杨树干作为扶手。

今天落脚点——一号监测小木屋。

朴老师架好相机，进入战备状态，时刻等待中华秋沙鸭的到来。在不远处的青石上，已有一对儿宝贝鸭在休息了。它们迁徙回来，因为疲劳，显得憔悴，显得懒散。同时，雄鸭还要与情敌搏斗，必须依靠熟睡养精蓄锐。

头道白河两岸冰层还未融化，冰块漂在河岸的边缘。林中阳光明媚，树影婆娑在水面犹如一首诗，酷似一幅画。叽叽喳

春天归来

喳的鸟儿在树梢唱着悠扬的晨曲。这时，可以听到枯黄的树叶伴随着太平鸟拍打翅膀的沙沙声，似乎枯叶也随着它们欢快的鸣叫而低吟。鸟儿是多么快乐，在半空中自由追逐，转身飞入树枝中。听着鸟声，听着风声，我的心也在飞翔，也在歌唱，仿佛置身在音乐的天堂，沉醉在美妙的乐曲中。我举起望远镜，在树梢寻觅鸟儿的影子。悠闲是鸟儿的天性，快乐地歌唱是它们的工作。我仰望天空，没找到它们的影子，却也没有失落。

八点三十分，一只雄鸭逆流而来，红掌拨动清凌凌的河水，它的冠羽被风吹得有些凌乱，长短不一，却如松针般坚挺。雄鸭游到一块礁石上伫立，伸长脖颈眺望，左顾右盼，似乎在寻觅，似乎在等待。片刻后，它有些失望，又跳到水中，顺着河水的流向，自在地漂浮在水面，却时不时扭过身子张望，红色的喙一张一合，不知在与谁传递信息。它缓缓游到一棵树桩的后面消失了，我手中可以放大八倍的望远镜也望不到那里。

这时，礁石边熟睡的情侣鸭醒来，雄鸭居然在光天化日下跳到雌鸭背上，用喙紧紧咬住雌鸭的冠羽，展开的羽翅扇动水面，似乎在为飞翔助力，这一刻，雄鸭双翅振动频率加快，持续十几秒，雌鸭才从水面探出头来，悠哉飞起，在河流的上空盘旋片刻，便钻入岸边青杨树上的人工巢里。

刚刚躲在树桩后面的那只雄鸭也毫无征兆地飞过来，减速落在水面，追赶刚刚交尾的雄鸭。两只同一性别的宝贝鸭，一前一后，居然在水面拉开战事。一只在前面疯跑，脖颈伸长，翅膀与身体垂直。后面追赶的那只张开红喙，恶狠狠的神态，欲要吃掉对方。猜测这该是一场三角恋，情敌见面分外眼红。搏斗中的情敌鸭把河水鼓弄得水波迭起，一根根水柱连着水帘，如水做的轻纱把两只雄鸭都罩在里面。

跑者慌张，追者凶猛，几个回合后，都疲惫了。两块礁石成了它俩各自的休息地，趴在礁石上，都把头埋入翅膀中，安静地睡去了。

河面又沉静下来。

上午，风和日丽。风儿轻拂树枝，也撩动我的心绪。虽然积雪还未融化，可是，水面的树影泛起绿波涟漪，夏天就在不远处。中华秋沙鸭们不知去何处疯玩儿了，早晨的鸟鸣也隐匿了。百无聊赖时，头道大桥那边飞来三只中华秋沙鸭，定睛一看，两只雄鸭，一只雌鸭，且一只雄鸭的眼角有一处疤痕。那是三年前为了捍卫爱情而战的结果，它被一只老鸭咬伤。从这处伤疤已经可以肯定它们就是我上午刚刚见到的那三只中华秋沙鸭。两只雄鸭看似在飞翔，实则是在战斗。年轻的雄鸭不知何时与这只冠羽偏黑黄的雌鸭谈情说爱了。也许在南方就“私订终身”，也许前一年的迁徙途中结成夫妻。我的猜测没有依据，我只是在胡思乱想。眼前与雌鸭配对儿的雄鸭属于青壮年，眼神中充满朝气，也显出霸气。它阻挡那只老雄鸭与雌鸭结合。而这只老雄鸭又不甘示弱，总在试图靠近雌鸭，每当欲要靠近时，年轻的雄鸭便发出猛烈的进攻。老雄鸭尽管体力不及年轻的鸭，可是，体内荷尔蒙的冲动，还有雌鸭的诱惑，使老雄鸭拼足力气也要与雌鸭交尾。

交尾是动物本能，用人类的语言解释，这是为了传递优秀的基因。雌鸭在前面，两只雄鸭跟在身后，有种保镖的架势。只要老雄鸭欲靠近雌鸭，雄鸭们的搏斗便轰轰烈烈地展开。

这只老雄鸭的冠羽已经参差不齐，猜测年轻时也是拼命三郎。雌鸭似乎在看热闹，傲气地在水上踱步，无聊时便起飞躲开，两只雄鸭也随之飞起。年轻的雄鸭与雌鸭始终保持一定距离，但是，却不允许其他雄鸭靠近雌鸭。通常亚成体中华秋沙鸭次年可分辨出雌雄，有些年轻的雄鸭早熟，喜欢与年长的雄鸭争抢雌鸭。在它们的世界，彰显成熟的方式便是战斗，用搏斗去证明它们已经长大了。年老的雄鸭在搏斗中无法取胜，只能看着心上鸭成为年轻雄鸭的新娘。

在雄鸭们搏斗时，雌鸭站立在河面，挥舞双翅，并伸长脖颈“嘎嘎”叫唤上几声。叫声是在叫停战斗呢？还是为它俩助威？我无从猜测。但是，只要雌鸭飞起，雄鸭就会立即停止搏斗，尾随雌鸭一同飞走。

就这样，反复飞来飞去，间歇性地拉开攻势，在没有裁判的河面，任由它们为爱而战。

持续一上午的战斗，在正午时分结束，老雄鸭终于成为胜利者。再看水面，与上午情景形成反差，老雄鸭尾随雌鸭向前游动，几次与雌鸭亲昵，都没有完成交尾。看来老雄鸭体力已经不支了。

交尾失败了，年老的雄鸭本该放弃，可是，它并没有气馁。午后两点，在布满礁石群的水域，无遮无掩，它终于肆无忌惮地跳到雌鸭的背羽之上，几经努力才与雌鸭完成交尾。之后，一前一后，顺流而下，游到岸边的冰面上，雌鸭在前，老雄鸭在后，摇摇摆摆挪到冰面之上。红红的脚掌如同穿着红色的靴子，歪歪扭扭，在洁白的冰面驻足，这对儿情侣似乎约定好了，同时用喙向翅膀里啄，左啄啄，右啄啄，头朝向肚皮啄。有一种寄生虫叫跳蚤，它以禽类为寄宿体。想必它们常被跳蚤干扰，时不时用喙梳理羽毛止痒。那只年轻的雄鸭只是远远地跟着，却不敢靠近。它远远瞧见心爱的雌鸭和情敌爬上冰层，自己也只能停留在不远处的冰面上，可怜巴巴含情脉脉望着雌鸭。

上午决斗时，我也随之处于紧张状态，不错眼珠地跟踪。决斗停止，三只中华秋沙鸭也不知去了何方，河面安静了。突然觉得，野鸭游弋于水面，如同家里来了客人，这家里客人在时显得忙忙碌碌，客人离开，河面空荡荡的，顿时失落和无聊。想来，还是客人在时，忙碌得有乐趣。所以，我望着河面等待它们飞来做客。

眺望四十米之外的对岸，积雪浮冰中一道黑影掠过，拿起望远镜探看究竟，原来是一只水獭经过。黑棕色皮毛被白雪映衬得闪着光。水獭左顾右盼，贼头贼脑，停留片刻，沿着河岸跑起来。粗壮的短腿把身子显得略长，毛茸茸的粗尾巴似乎与身子等长。它跑到某一近河点进入河中，浮在水面，向前游动，时不时沉入水下，水面落下一圈圈涟漪。当它再一次进入水中后我目不转睛地盯着入水处，好久也不见它探出头来，而余光却瞥见水獭在礁石边挪动，一步一回头。当我再次端起望远镜时，它居然跳跃狂奔到积雪后面，躲进石头的缝隙里。

这只水獭的出现让我担心起来，一是水獭是雏鸭的天敌，雏鸭常被躲藏在岸边的水獭偷袭。但鸭妈妈对雏鸭管理严格，绝不允许雏鸭乱跑，直到长成亚成体迁徙之后才放手。中华秋沙鸭的鸭妈妈雌仪天下，是高智商管理者，不管是在教育上，还是在建设团队上，都是野鸭中的佼佼者。这时，我想到了鸳鸯，鸳鸯妈妈管理雏鸟的方式和中华秋沙鸭妈妈管理的方式截然不同。鸳鸯妈妈的管理方式是散放，给雏鸟足够的自由空间，只有发生危险时，才叫雏鸟去躲避天敌。所以，很多小鸳鸯未能及时听到鸭妈妈的呼唤，便成为水獭的美餐。由于中华秋沙鸭集群生活，天敌很难对它们的鸭宝宝下手。

二是我担心雄鸭和雌鸭交尾中会遭到水獭的偷袭。朴老师说:“不会的，中华秋沙鸭警惕性高，水獭未到，它们就能察觉到，就会飞走。再者中华秋沙鸭交尾时，都选在平静的水面，多数在水域的中央，风吹草动都很明显。”

聪明的中华秋沙鸭不仅“情商高”，“智商”也不弱。

短暂的相聚

长白山的春天与众不同，它的颜色应该是白色的，飞雪裹挟春风，吹在身上似是一种醒脑般的爱抚。

朴老师原本计划去漫江黑河基地踏查。朴老师说："不同水域和环境的中华秋沙鸭迁徙的时间不同，都要一一记录下来。"但是，漫江的温度比二道白河镇还要低，冰面尚未融化，中华秋沙鸭及其他候鸟们都有感知，还没有抵达漫江。

为此，八点我们又准时到达头道白河监测小木屋。

阳光正好，冷风让人心旷神怡，这样的天气躲在小木屋中，有些虚度春光。可是，此行不是踏春，不是郊游，而是承载一个使命——了解中华秋沙鸭，我要用真心去与它们交流。已是九点了，还不见中华秋沙鸭的身影，不知为何，我有些担忧，但更多是想念。内心在默默地呼唤，眺望间，发现下游正有五只野鸭游来，其中一对儿是赤麻鸭，也是稀有的野鸭品种，野鸭扑棱翅膀而来，夫唱妇随游到我的视线里。之后，摇摇头颈，摆动翅膀，短暂露脸后去下游拍拖去了。剩下三只野鸭还在头道白河的小支流处悠闲地觅食。三只野鸭的身体比绿头鸭稍小，喙为橙黄色，喙峰是黑色。上体黑褐色，点缀着棕色的斑纹，翼镜白色。觅食时它们将头埋入水中，尾羽朝上，倒栽在水中大快朵颐，撅起的尾部如同“雨后春笋”，滑稽可爱。三只野鸭是何品种？我好奇地问朴老师，老先生说：“这是雌性赤膀鸭，也是很难见到的品种。”

想来，眼前的浅滩是野鸭的餐厅，赤膀鸭吃饱喝足后，摆着尾巴游走了，水面又恢复了平静。

眼前这条河流充满魅力。家有梧桐树，才能引来金凤凰。长白山有清澈的河流，才留得中华秋沙鸭等各种野鸭来此繁衍生息。

中华秋沙鸭去哪儿了？

不见中华秋沙鸭的身影，如同约会不见情郎一般焦灼。这时，绿头鸭又来串门，给寂静的水面平添了热闹，也暂且吸引了我刚才还在顾盼的眼波。然而，绿头鸭只是过客，如逛早市，匆匆来也，匆匆离开。在我无聊之际，一阵令人怦然心动的“嘭嘭嘭”声从耳边划过，这是飞翔的声音，只见鸭群冲刺一般落在水面。定睛一瞧，四雄一雌，想来是昨日六只中华秋沙鸭中的五只，仅少了那只年老色衰的老雌鸭。五只心爱的宝贝鸭在水面追逐，如一叶叶小白帆，又如一支海上舰队。受宠的雌鸭游在前面，那是幸福的模样，时不时转换身姿，想来它在暗暗揣度雄鸭们爱它的诚意。四只雄鸭展开一场战斗，获胜的雄鸭扬起脖颈，亮出那并不美丽的歌喉，似乎在彰显自己的胜利，又似乎在炫耀自己的勇敢。

这时，我心中对那只没有到来的老雌鸭满是惦念，是否寻窝产卵？是否失宠抑郁？还是其他什么状况？对它的担心犹如对晚归亲人的担心，脑子里都是胡思乱想。

品种不一的野鸭纷纷光顾头道白河，这片水域成了集市，一雄一雌中华秋沙鸭迈着方步回到浅滩小憩，赤膀鸭躲在岸边的水域进食，绿头鸭来来回回地游动。三种野鸭互不干扰，和平相处，各自享受着各自的生活。它们的饮食习惯不同，自然不会发生争斗。水中鲜活的鱼类或者蛙类是中华秋沙鸭的最爱，绿头鸭偏爱水面浮生物，赤膀鸭也如此。

休息中的雄性中华秋沙鸭东张西望，眼神中充满恐慌，随后，它围着雌鸭游来游去，为什么会这样呢？这时，我发现不远处三只雄鸭游来了。这只慌乱的雄鸭却逃跑了。游来的三只雄鸭中，其中一只在追赶驱逐其他两只雄鸭，它脖颈上扬，竖起冠羽，怒发冲冠的架势，那两只雄鸭无奈又无趣，不情愿地飞起来，落在不远处的礁石上。这时，胜利的雄鸭则大摇大摆地靠近雌鸭。

在中华秋沙鸭的族群中，雄鸭对种族基因传承功不可没，不仅提供强大的基因，还以强者姿态去认真地努力地完成家族的繁衍。

野鸭的生活中，睡觉或者闭目养神占据它们大部分时间。中华秋沙鸭睡醒后，慢悠悠游到监测站小木屋下方的水域，我俯首清晰可见。它游泳的身姿，它机警的眼神，我终于可以近距离欣赏。这时，我发现，它不是浮在水面，水下红色的双蹼在拨动着，不停地拨动着，身体像小船，黑色的脖颈如船舷，它一边游走，一边将头插入水下，之后抬起头，似乎在换气，脖颈前后伸缩点着头，冠羽也随之抖动，就这样重复着相同的动作。我独自揣摩，可能与饥饿有关，它游来游去，显得不安和焦躁。

有句古话，水至清则无鱼。难道真是如此？如若这样，眼前的水域清澈见底，那岂不是苦了中华秋沙鸭。透过相机的镜头看到，雌鸭居然捉到一条鱼儿，雄鸭不紧不慢跟在身后，似乎在保护着战利品，等待雌鸭把鱼吞入胃腹后，雄鸭才离开心上鸭，独自去别处觅食。

朴老师自言自语："应该买些蛤蟆犒劳鸭子们，它们迁徙劳累，回到家里还要挨饿。"

我揣测，明天这些宝贝鸭将会有一顿丰盛的美餐。可惜，此次我逗留在这里的时间短暂，今晚就要返程，至于明天它们享受美食的快乐，我也只能依靠想象了。

这次观察已进入倒计时阶段，我贪婪地注视水面，盯着中华秋沙鸭，却不知何时它们又逃离了我的视线。再次看到它们时，都已经游到小木屋的前方，与我只有七八米的距离，我屏住呼吸，真怕惊扰到它们的雅兴。一雄一雌两只中华秋沙鸭，并肩游走，又一起潜入水底，潜水的瞬间似乎有暗语，如此默契，如此和谐，随后，双双浮在水面，彼此恩爱，羡煞旁人。

为了让中华秋沙鸭无忧无虑地在长白山下安家，长白山自然保护区在河道的外侧围上了铁丝网，这样，可以防止外来闲散人员干扰中华秋沙鸭的生活。然而，保护区工作人员巡山的脚步声，却惊扰了中华秋沙鸭，它们慌乱地飞走了。

鸭子正午时分飞走，我与朴老师可以安静地进食河水泡面了。

说起泡面，我并不喜欢，可是，几日的午餐皆如此，挑食的我也习以为常了，回味时，却也成了一种美味。计划总是美好，本以为可以安静地吃完泡面，但那只老态的雌鸭却独自飞来，翅膀拍水声就是号令，朴老师端起了相机，一张中华秋沙鸭水面飞翔的作品诞生了。一阵风儿吹过，又一阵风儿散去，老雌鸭的踪影也无处可寻。朴老师再次端起泡面时，老雌鸭又飞回来，朴老师只好一手端着泡面，一手握着相机，眼睛却不离镜头，一顿午餐被若即若离的老雌鸭戏弄了。拍摄人的辛苦，不目睹、不亲历，无法了解，无法懂得，每一张作品背后都有感人的故事，还有无法言说的艰辛。

已经凉透的泡面，朴老师分几次吃完。中华秋沙鸭飞走后，河面安静，起因是十几米外有人经过。也好，我可以心无愧疚地离开这里。

可是，我的心却留在这里，默默地对自己说："我还会回来见鸭子。"

"何时？"

"不会很久。"

我背起行囊，一步一回头，恋恋不舍地离开。

再见，中华秋沙鸭！

再见，野鸭族的同胞们！

鸭子惹的祸

东北的春天，风儿是主角，我行我素，旁若无人，冷冷地吹口哨。

3 月末了，虽然春寒料峭，但是当大太阳挂在天空时，心底顿时生出一股温暖。那一刻，还是蛮让人欢喜的。我一遍遍地翻着天气预报，想获悉长白山近期的温度。与野鸭离别已经数日了，这些天里，我一直惦记着长白山下的中华秋沙鸭。只要工作闲暇，满脑子都是野鸭追逐嬉戏的画面。尽管我与它们只相处了三天。晨起，收到朴老师录制的视频，老人家去鸭绿江调查归来鸭子的数量，已经有六十多只中华秋沙鸭飞到鸭绿江。我想象着静谧的水面欢腾着六十多只精灵，场景壮观，热闹非凡，可惜这样的场面我缺席了。

还好，我有想象，也只能依靠想象。

本想让朴老师再多发几条视频，可是，我却没有开口。朴老师的时间大部分用在观察中华秋沙鸭上，他对中华秋沙鸭的爱胜过他的生命，我不能轻易打扰他观察中华秋沙鸭的心情。

下班等公交车时，脑袋里天马行空想的都是中华秋沙鸭。见有公交车驶来，我低着头跳上公交车，车上只有我和一个女孩儿，好开心，心想，我这是打公交车回家。突然，公交车在应该前行的路口拐了弯。我忙问女孩儿："这是多少路？"她说："265。"啊！我居然坐错了公交车。公交车司机通情达理，为我临时停车，让我下车再去换车。这时我已南辕北辙，通过导航测出离家尚有五公里。此时阳光温暖，可以徒步回家。步行回家的途中，我的大脑也没有闲置，想着野鸭的各种姿态，想着野鸭恋爱的场景，想着野鸭捕食的画面。一直想着，并没有觉察到身后有车驶来，也没有听到汽车鸣笛声。最初我在人行道上行走，如何走到行车道上却一概不知，想鸭子想得入了迷。幸好一位路人把我拽到人行道，并狠狠地批评了我："你这是干吗呀？后面那么多车多危险。"被我挡住的轿车从我身边驶过，其中一人还摇下车窗探出头来望着我。他们兴许把我当作了精神病患者。我只能长叹一口气，都是鸭子惹的祸。

突然想起读师范时，同学送我一个绰号：唐老鸭。《米老鼠和唐老鸭》是我们初中时看过的动画片，因为喜欢看，我常常把唐老鸭的故事讲给同学们听。那些比较成熟的同学，就把这个绰号送给了我。

明天有雪，不是长春，而是二道白河镇，天气预报还告诉我，那里温度为零下16℃。我与中华秋沙鸭是在风雪中初见，想必明天鸭子们又可以在雪花中翩翩舞蹈。只可惜，观众中少了我。

如果有可能，我也想养一只鸭，不求名贵，但求合我意，哪怕是养家鸭也会让我兴致盎然。通过与中华秋沙鸭的相处，我发现，动物的世界如此美好，动物与人之间的爱也一样温暖。

树上的“产房”

树巢是中华秋沙鸭的家，也是它的“不动产”。动物与人类一样，只有安居才可乐业，才可繁殖。

20 世纪 70 年代初期，长白山地区的森林状况良好，中华秋沙鸭繁殖空间很大，繁殖密度也合乎情理。一切自然天成，也就无须担忧。可是，20 世纪末，乱砍滥伐吞噬大片林地，法律法规虽三令五申，禁止砍伐，然而，河岸边胸径足够粗的且适宜营巢有树洞的青杨却比从前少了许多。可用于孵化的巢穴一下子紧张了，如同新婚的夫妇没有新房，这是多么尴尬的事。中华秋沙鸭的树巢，必须是粗大的带有树洞的树木，离水不能太远。适合中华秋沙鸭筑巢的树木已经少见了，势必影响它们种族延续，如果找不到适合的树洞孵化，它们就会继续北上，去寻找其他栖息地。

中华秋沙鸭一旦“移民”他处，将会遗忘长白山这个它们曾经生活的家园。

怎么办？中华秋沙鸭数量日益减少，朴老师和科研组的人员在担忧中，也在困惑中。

中华秋沙鸭种群濒危状况已经告急，朴老师愁眉不展，若想中华秋沙鸭不离不弃长白山，必须给它们一个安稳的家。此后，朴老师一遍遍在河岸林地踏查，在观察中发现，原来人类乱砍滥伐已经破坏了中华秋沙鸭的栖息地；同时，水域污染导致鱼类资源减少，也影响到中华秋沙鸭安居乐业和繁殖生长。朴老师急忙召集鸟类专家们，共同分析影响中华秋沙鸭生存的因素，建议通过地区法律法规去约束及限制因修建旅游娱乐设施而破坏生态的行为。长白山自然保护区也积极采纳朴老师和专家们的建议，不久，在头道保护站辖区建立了中华秋沙鸭保护监测基地，禁止无关人员进入这里。

然而，如何提供孵化的“产房”又是新的难题。

朴老师与几位自然科学领域的专家共同提出：为中华秋沙鸭制作人工鸭巢用于繁殖。

这是一项专业而严谨的工作。人工鸭巢以木材为主要框架，他们严格计算人工鸭巢洞口的直径；同时，在夹层里灌注聚苯乙烯泡沫，轻便坚固，安全保温；还在巢内搭建便于雏鸟爬出的网壁，铺上干草和刨花等材料；在人工鸭巢的出口立面贴上大青杨或椴树等老龄阔叶树的树皮——尽其所能去模仿天然树洞的样子。

2013 年，朴老师带领团队开始行动了。在大树上初次安装五个人工巢穴，这是中华秋沙鸭五星级的“产房”和“育婴室”，想来，鸭妈妈不再为哺育下一代而担忧了。然而，试验结果并不理想。朴老师思忖其中的原因，为人工巢选择何种材料而绞尽脑汁。他在北景区拍摄时，偶然间碰到圆圆的木桶，一看是垃圾桶，人工巢的尺寸在大脑中频闪，与眼前垃圾桶基本契合。他完全可以找景区索要这个垃圾桶。可是，建“产房”的心情迫切，容不得老人家迟疑，他夹起垃圾桶回到博物馆。随后找来工人，按尺寸改制巢穴洞口，连夜就挂在中华秋沙鸭保护监测基地河边的树上。之后，以垃圾桶为灵感不断改进人工鸭巢的建造方式，尽其所能营造适合中华秋沙鸭筑巢的环境。

次年，人工鸭巢成功吸引一只雌鸭在此安家，朴老师亲眼见证这个人工鸭巢孵化出来的小精灵，在鸭妈妈的鼓励下，一只只小精灵摇摇摆摆挤到巢口，张着毛茸茸的小翅膀和小足蹼，从十多米高的人工鸭巢中奋力跃下。

这一刻，老先生喜极而泣，他名副其实地成了中华秋沙鸭的“接生婆”。

人工鸭巢成功了！

此后，中华秋沙鸭数量逐年增多。在中华秋沙鸭物种的延续上，朴老师功不可没。他带领他的团队默默保护中华秋沙鸭的栖息地。为了保证濒危物种的正常繁殖，实现种群数量恢复，老人家付出了超乎寻常的心血和汗水。

中华秋沙鸭一直作为生态试纸在地球上繁衍生息，人工鸭巢助推中华秋沙鸭数量增加，无可非议地验证了长白山区生态之美。适合中华秋沙鸭生活的区域，必有山清水秀的风景，必须生物资源丰厚，必是生态环境优良。因此，长白山的大美，由中华秋沙鸭来验证、来评说、来传播。中华秋沙鸭成了鲜活的广告，成为吉林的旗舰物种、黑土地的名片。

那一个个仿真的鸭巢，成为一件件美丽的艺术品，记录着中华秋沙鸭的成长史，讲述着吉林生态的变化，也记载着朴老师保护中华秋沙鸭种族延续的功勋。

寻巢富尔河

心中装着中华秋沙鸭，似乎又找到了热恋的感觉。虽然不能常相见，思绪里，生活中，为它腾出更多的空间。飘飘的冠羽，时不时在眼前舞动，根植内心深处的惦念，如同迷上一个人，痴迷得发狂。上天似乎在考验我，前几日还是万里晴空，偏偏在我出行的日子，却下起连绵细雨，清冷就这样又伴随着我，幸亏内心有一份挚爱在温暖着自己。

晨起后，熬制一碗姜汤，温暖胃腹，也是出发前为自己践行。既然迷上中华秋沙鸭，只能风雨兼程。其实，热爱一件事情，不要计较太多，全身心地投入去做，不要也不该轻言放弃。

每到春季，朴老师都需要踏查很多人工巢。我原计划与老人家一起去建设林场，记录那里中华秋沙鸭孵化的情况。临时变动，老人家去松江河调查，将我交给长白山科学研究院科研小组，我有幸与陌生的专家一起去建设林场。

科研小组的领队是邱宝鸿老师，他是长白山科学研究院的工程师，另外一名是农民工，叫秦嗣盛，大家都喊他小秦。他负责爬树及零星工作。邱工语迟，工作却很严谨，时不时在笔记本上记录着，举手投足，都是专家的风范。

小秦平日从事装修工作。每年在安装人工巢期间，负责上树安装鸭巢；在野鸭孵化期间，负责爬树查看人工巢里的孵化细节。当然，攀爬十几米高的老树存在潜在危险。最初他把这件事当作谋生，当他爬上树看到一枚枚鸭蛋一点点变化后，他对中华秋沙鸭也渐渐有了浓厚的感情。

中华秋沙鸭淡雅庄重，堪称鸟类的明星，但凡见到它的人，往往只一眼，便会爱上它。我即如此，小秦也如此，朴老师更是如此。中华秋沙鸭眼神中那股魔力，似乎带着微波，带着磁性，能够黏着且钩住与它相遇的人。

建设林场在敦化市大蒲柴河镇区域内，富尔河途经这里。富尔河，满语“富尔哈毕拉”，汉译“红色和杨树”之意，即岸边杨树较多。富尔河是一条名不见经传的小河，流淌在长白山之北，敦化市西南。发源于敦化市富尔岭山脉北侧土顶子峰的东北麓，从安图县两江镇进入安图境内，由安图县永庆乡立新村汇入古洞河。周围几条江河声名远播，完全盖住这条长度仅有一百二十三公里的富尔河。这条河属松花江水系二级支流，流域面积一千五百零一平方公里。其中，在敦化境内流经大蒲柴河村、柳树河村、浪柴河村、小蒲柴河村、鑫源村五个村屯；在安图县境内涉及两江镇和永庆乡两个乡镇，河流沿线为林区，没有村屯。

从二道白河镇出发，抵达这里需要九十分钟车程。到达林场后，前往人工鸭巢需要通过建设大桥。站在桥上眺望富尔河，河面宽阔，两岸老青杨茂密。不远处沙滩上，聚集着一群野鸭，举起望远镜遥看，果然是中华秋沙鸭在那里歇息。

人工鸭巢基本都挂在河流两岸的树上，与村庄保持一定距离。这里有七个人工鸭巢，其中有一个因不明原因雌鸭弃巢了，里面已经有了四枚蛋。猜测可能是松花蛇或者其他天敌骚扰了雌鸭，雌鸭迫不得已放弃孵化。这里还有一个天然鸭巢，里面有十三枚鸭蛋，就在昨天，跳出了七只雏鸭，巢内余下六枚蛋。想必冬天雪花飘落树洞里，堆积在洞底，还没有化透化开时，便有雌鸭入住，鸭蛋靠近积雪，在孵化中温度低而影响孵化率。

其实，非著名的富尔河是美丽的，是神秘的，也是浪漫的。因为中华秋沙鸭定居在这里，这条河的名字在媒体的报道中才频频出现。有诱惑就有杀戮。这里曾发生一起非法猎捕野生动物案件，犯罪嫌疑人除了在富尔河两岸的山林里安装了捕猎工具外，还在河水中撒下渔网。那年初春，中华秋沙鸭迁徙回来，捕鱼时，被撒下的渔网缠住，中华秋沙鸭伸到水下捕食的脑袋，无法自行解脱，等待它的只能是死亡。这件事发生后，所有知晓的人都紧张起来，森侦大队在中华秋沙鸭经常活动的区域展开了地毯式搜索。清除渔网，摘掉捕鸟夹，清理粘鸟网……行动及时，没有给中华秋沙鸭带来太大的伤害。

昨夜细雨已经浸透林区的土壤，走过大桥，拐进岔路，通往河边的树林没有路，只能在树趟中穿行。这里上一年被溢出河床的水流泡过，有一些包装袋垃圾挂在树枝上，脚下的土地长满杂草，暗藏玄机。积水漫过旅游鞋，也湿透裤子。突然，觉得脚下软绵绵的，后退一步，一条绿色的小蛇，手指粗细，在我眼前钻入草丛中。我本能地跳起来，随之“蛇，蛇……”地惊叫起来。这条小蛇也许被我踩痛，慌张逃遁，它并没有伤害我，却在我心底埋下阴影。我开始哆嗦起来，继续前行时，感觉前面布满陷阱。尽管野草中随处可见美丽的野花，尤其是白头翁在眼前摇曳，这种植物我向往许久。但我因为恐慌，紫色的花儿也对我失去诱惑力。

步行二十分钟后，远远望见几棵挂着人工鸭巢的老树。可是，前面却横亘着五十米宽的沟壑，里面积满了雨水，这是唯一一条通往人工鸭巢的小路。领路的看林员穿着捕鱼人下水的水衩裤，小秦和邱工程师穿着水靴，唯有我没有任何装备。明知山里的水沟冰凉，也只能硬着头皮蹚水过去。积水不深，但也漫到我的膝盖。

蹚过这条水沟来到老青杨树下。小秦打开背包拿出爬树的

吵架

工具——安全绳和脚扎子。脚扎子可以防滑，由鞋底扎板、套环、鞋脚脖固定带扣、鞋脚面固定带扣构成。鞋底扎板中间是向下一次冲压成型的三角片钉，三角片钉和鞋底扎板呈九十度角，鞋底扎板两端卷孔内，分别有连接鞋脚面固定带扣的套环，鞋脚脖固定带扣的两端，分别与鞋脚面固定带扣连接。脚扎子可用于摘蜂窝，或者打松塔，材质是钢的。它是小秦谋生的工具，常年放在那个破旧的绿色背包中。

他穿上脚扎子，很认真，很仔细，之后，一下一下慢慢爬上了树。只见他小心地打开了人工鸭巢的上盖，屏息盘点着。这里的七个人工巢，他都这样来盘点，他的任务就是查看每个巢中鸭蛋的数量，以及孵化情况。为了记录这片区域中华秋沙鸭繁殖孵化的细节，只能用最原始的上树办法，虽然这样对中华秋沙鸭也有干扰，但是，为了科研，也只能用此下策。

富尔河途经建设林场的这段河道，没有村屯，农民活动少，老青杨相对多些，尚没有遭到严重破坏。遥看河面平静，适合中华秋沙鸭生长。这条河最大的优势是鱼虾富足，中华秋沙鸭有足够多的“粮草”备用。

富尔河不仅有鱼虾，河岸林中还疯长着各种山野菜，这些人类喜欢的餐桌美味都是自然的馈赠。一番踏查后，已是正午。我感觉脚下湿冷，胃中饥饿，周身没有暖意，只有填饱肚子，才能驱散寒意。

中午我们在建设林场保护站进餐。有野菜蘸酱卷煎饼，让我感觉到这是一顿久违的大餐。

不完美错过

5 月正午的阳光温暖不燥热，明媚不倦怠，离开建设林场，奔回头道白河中华秋沙鸭保护监测基地。我打开车窗，贪婪地呼吸山林里的负氧离子。道路两旁绽开着黄色和紫色的野花，野花密集处，便有养蜂人的养蜂基地。周围山林野花多，自然吸引中华蜂光顾。中华蜂在这片山林中，被称为野蜂，野蜂属于东北林区品种，体形瘦小，不同于南方蜜蜂的肥硕。我侧耳听到野蜂飞舞的“嗡嗡”声，虽无节奏，但也悦耳。我陶醉于自己营造的乐曲中，突然感觉脖颈处针刺般疼痛，迅速举起手掌本能捂住疼痛处，随手捏住“凶手”——一只中华蜂“偷袭”了我。等到拔出野蜂留在我脖颈处的尾刺，脖颈也随之红肿，红肿处有手指肚大小，慢慢向外扩展，并伴着跳跃性的疼痛。野蜂偷袭了我看似可恨，但它也失去了生命。

成年人的疼痛只能疼在心里。脖颈肿胀蔓延的痛感，折磨着我，使我内心略有烦躁，但也只能忍受着。回到中华秋沙鸭三号保护基地，简称三号地，也在长白山自然保护区辖区，基地坐落在头道白河上游，附近河畔已经挂上五个人工鸭巢。当下，我们想要调查河对岸的人工巢，必须绕到对面的岸边，可是，对面岸边挤满密密麻麻的青杨和桦树，无法搭建掩体。在河道中间有一个凸起的浅滩，正好适合搭建掩体。为了安全地通过河面，科研组在悬挂人工鸭巢时，便在河道中堆放了大大小小的鹅卵石，作为垫脚石。这个掩体用树枝搭起，围上黑色的编织网。看得出，这里是最佳的观察地。据说朴老师曾经在这里守候四天四夜，饮河水，啃面包。我好奇地蹲在这里，想象着周围林海的变化莫测，琢磨着朴老师守候于此所需的耐力。

我对着周围山林东瞧西望，因为充满好奇，移步来到人工鸭巢下，围着挂着鸭巢的大树绕圈转着，仰着头注视着鸭巢，想象着巢里中华秋沙鸭的前世今生。之后，我又回到掩体蹲在里面。眼前的巢箱是朴龙国老师科研团队两年前悬挂的，外面贴着的树皮已经风化，有种做旧的感觉。

小秦已经爬上青杨树，很遗憾地向我摆摆手。失望的信号“咣当”砸向我，我忙问：“啥情况？”

“跳了，昨天鸭蛋还在呀。”小秦满脸苦笑。

中华秋沙鸭有自己的性格，也有它们的想法，人类在它们眼中并不是朋友，它们的世界不需要人类干扰，低调完成跳巢该是它们的本能。可是，人类抱着各种想法，都想目睹这一切。科研组是为了研究，干扰尚可理解，也是迫不得已。摄影人为了捕捉画面，我无法判定他们行为的对与错。而我目的简单，为了完成一部与它们有关的文学作品，对于它们没有一丝伤害之意，却也给它们带来轻度干扰。不知不觉，我的内心潜藏着愧疚和不安，默默祈求它们的谅解。

这棵树巢的鸭宝宝跳巢时间或是在上午，或是在清晨。我一边遗憾，一边离开。仰望蓝天，树冠与树冠相拥，簇拥成天空上的一扇窗。我推不动这扇窗，自然无法摘下云朵。我踩着枯枝落叶，在森林中穿梭，疲惫着，新奇着，仰望心中这扇窗，它已开满梦的花朵。随后有几只中华秋沙鸭在我眼前飞过。它们舞动双翅，似欢呼新生命的加入，又似在嘲笑我错过跳巢的精彩，也似在安慰我："还有的，还有的……"

遗憾！心底不停地念叨着。如此不情愿地错过了雏鸭生命的第一跳，酝酿半载的憧憬没有变成现实，犹如当头一棒，让我心里酸溜溜的，有些委屈。原来那些毛茸茸的小生命，似乎并不待见我这位远来的客人。

出师不利，想想这也许是天意。如果轻而易举看到跳巢，也许明日我就要返程了。况且轻易得到的东西，往往珍贵程度会大打折扣。既然中华秋沙鸭跳巢的场景是可遇不可求的，那就等待吧，获得越艰难，才越觉珍贵。我的一颗心在失望与希

捕食

望间徘徊，有疼痛，有期许。

翘首以待吧，我心中宝贝鸭和鸭宝宝回归河流的日子。我已经痴迷，且把它们也安顿在我的生活里。我祈求鸭妈妈不要让我失望，祈求那些可爱的小生命不要让我扫兴。因为我想把它们写入我的文字里，让更多的小朋友知道它，继而去保护它。

鸭蛋孵化需要二十八天或者三十天。小秦通过中华秋沙鸭孵蛋时间，可以计算预产期，偶有误差也是前后一两天，他还会通过观察鸭蛋的变化判断雏鸭到来的日子。周围人工鸭巢的情况，小秦了如指掌，他翻开笔记本，很肯定地告诉我：“今天不会有小生命出现。”

一句话带来的全是失望。

昨晚，白河林业局那有鸭宝宝即将跳巢。我穿梭在山林中，手机信号时有时无，无法收看直播，失望中便把希望寄托给视频号。离开基地回到镇里，我迫不及待登录手机，寻找直播录像，可惜没有找到。一颗心在失望与希望间起伏。为了看到鸭宝宝跳巢时的精彩画面，我向朋友讨要视频。从朋友那得知，准备跳巢的那个人工鸭巢，因为安装了录像设备，在有光线时，随时可以观察鸭妈妈和雏鸭的动态，昨天鸭宝宝都已脱壳，今日跳巢合情合理。通常，跳巢时间在清晨六点或者八点左右，而这个鸭巢的鸭宝宝却在夜半时分悄悄跳出树巢，待到天明光线清晰可以直播时，鸭巢中已空空无鸭。满心欢喜的等待就这样落得一场空。我暗暗佩服中华秋沙鸭的机警，能巧妙地躲避人类的侵扰。我又悄悄为自己惋惜，雏鸭跳巢似乎就在眼前，我却与之擦肩而过。

发呆是首歌

朴老师还在松江河流域调查人工巢孵化情况。早饭后，我继续跟随小秦来到三号地寻巢，这里的五个人工鸭巢中，一个已经被雌鸭弃巢，另一个昨天鸭宝宝悄然无声地完成跳巢，还有三个鸭巢正在孕育生命中。我与小秦穿林子，蹚小溪，步行三个小时，查看了三个不同区域的人工鸭巢孵化情况。最后，回到河边的掩体中。这个掩体在岸边，在石头堆砌的防洪堤坝上。掩体用树枝搭成三角形马架，长度约五米，上面盖着一层塑料薄膜，薄膜外罩着黑色的网，地面铺满碎石。相对其他掩体而言，这个掩体高，人可以直起腰身就座，这样即使坐久了也不会太累，想到这里我心中涌起一股莫名的幸福感。

我拿起小刀在塑料薄膜上划开一个三角形的口，这个口可以作为观察的窗，透过这个小窗可以近距离注视着对面的人工鸭巢。这个人工鸭巢就是朴老师用捡拾而来的仿实木垃圾桶制作而成，巢顶是旧的圆菜板，里面铺了干草和树叶。这个人工巢中有十四枚鸭蛋。我蹲守在这里，迫切地等候鸭妈妈飞出来觅食。

与中华秋沙鸭相遇，如同遇见喜欢的人，它们举手投足都让我期待，都让我欢喜。

我静静地守望，耳畔回荡着鸟儿的低鸣，有轻柔的“唧啾”声，清脆的，活泼的，每一种声音都在昭示着它们的存在。不同的鸟儿，鸣叫声不同，交错着，回荡着。我无法从鸟儿声音中辨析鸟儿的品种，只能沉浸在各种鸣叫中，体悟着它们的快乐。与鸟鸣相得益彰的是河水流动的声音，这两种声音融合在一起，成为一首森林的交响乐。

我实在无聊，仰头循着鸟鸣声寻找鸟儿，却不知鸟儿躲在哪片树叶后，树枝和树叶都是它们的掩体。但是，声音已经告诉我，鸟儿真实存在。正如我们一样，躲在掩体中，其目的就是不想让鸟儿发现。人与鸟儿在玩儿捉迷藏，鸟儿也在与人类玩儿着躲猫猫。

山林中仿佛时间都停止了，周围的事物都在正常的轨道上运行着，我却只有发呆。我望着鸟巢发呆，望着河水发呆，望着山林发呆。

突然想起闺密对我说过：“找一处可以发呆的地方，安静地住上一段日子，该是一种奢望。”

对于我，奢望已经变成现实，发呆成了此时此刻最佳的表情，也是最佳的状态。

中午十一点左右，鸭妈妈从巢口探出头来，东张西望片刻后，飞出鸭巢落在河水中，如同需要漂洗的毛绒玩具一样在水面漂着，没有规律，也没有方向，自由地漂浮着。它时而潜入水中，几秒后探出头来；时而扑扇翅膀，似乎在伸懒腰；时而摆动它的长脖颈，如同在做颈椎操。几个慵懒的动作后，它开始梳洗打扮了，形单影只，显得格外孤单。雄鸭交尾后，便完成繁衍后代的重任，离开雌鸭到深水域去觅食及养精蓄锐了。雌鸭留在头道白河独自完成孵化和抚育雏鸭成长的任务。

雄鸭的做法看起来比较绝情，用人类的词“大男子主义”定性它，也不为过。关于这个问题，我问过朴老师，老人家说：“雄鸭很伟大，它离开雌鸭是为了把这里的鱼儿留给鸭妈妈和鸭宝宝们。”每一种行为背后都存在合理性，想必中华秋沙鸭能在地球上繁衍生息一千多万年，雄鸭的做法一定有其道理。

我屏住呼吸目不转睛地注视这只雌鸭，看它梳洗的过程，看它捕鱼的惬意。此时此刻，该是即将当妈妈的雌鸭最为轻松的时刻，浪花飞溅，朵朵翻滚，把它卷入洁白的浪花中，但见它推着浪花向下游去，瞬间就不见身影。浪花犹如人类的灵感一样，只存在瞬间，之后，我的眼前又恢复了平静。

按惯例，雌鸭飞出巢穴后梳洗和觅食需要两个小时。看来，我又要继续发呆了。鸟鸣声再度冲刺着敲击着耳膜。

我心中不禁奇怪：刚才注视雌鸭时，鸟鸣声哪里去了？

清晨匆匆出发，忽略了午饭的问题。我一上午穿梭山林，消耗体力，胃开始暴动了，才想起还没有吃午饭。这时，我居然羡慕起中华秋沙鸭的生活，河里有鱼儿不会饿肚子。扭头望着河水，自然也见到穿梭的鱼儿，只可惜，我进化成人类，已经没有消化生鱼的能力。

河水继续有节奏地流淌着，鸟儿安静十几分钟后，又开始“啾啾”唱起来。而我，继续饿着肚子发呆。饥饿的人总能想到办法，因为胃在抗议。我极不情愿地走出森林，想去基地办公室讨水喝来饱腹。那里的工作人员听说我还在饿肚子，端出他们中午剩下的韭菜饼和玉米粥。免去一切客套，我居然连声谢谢都省略了，狼吞虎咽地吃空了这里的餐食。胃里有了食物，精神自然充沛，我小跑回到掩体，又伸长脖子去注视鸭巢。

偶尔瞅一瞅河水，突然看见鸭妈妈领着一只鸭宝宝逆流而上。我和小秦都很奇怪，昨日跳巢的鸭宝宝应该是十三只，为何此时只有一只鸭宝宝呢？猜测种种，最后只能安慰自己说：“鸭宝宝淘气走失，鸭妈妈在寻找鸭宝宝。”

山林的天色渐渐暗下来，放风的雌鸭也回来了。

一分一秒在发呆中流逝，虽然心中的盼未能如愿。但是，置身林海，远离喧嚣，也是对心灵的净化。我想起台湾诗人余光中的一句话：“这是春天呢，这是发呆的季节。”

发呆是首歌，似乎这一天我在歌声中度过。默默耕耘，不问收获，不管此次是否圆梦，都是上天最妥帖的安排。

红石有林场

喜欢鸟类，便会喜欢自然。尽管5月的长白山并不温暖，但我还是死心塌地喜欢上这里。

几日来，见到的鸭巢都是人工巢。朴老师说：“今天领着你到红石林场看看天然巢。”

红石林场隶属白河林业局。红石河流经此地，红石河由白河分流而成，当地人称这条河为五道白河。从二道白河出发，行车时间四十分钟，其中一段是黄土路，尚未铺设柏油路，车子颠簸，且手机信号也极微弱。我颠簸得有些眩晕，脑海还在不停想象着抵达后的景色——葱茏的参天树木，遍地的野花——思绪信马由缰，繁衍出许多美丽的画面。

车子停泊在林场之外，这里有一片空地，当地村民正在种植木耳。眼前最显眼的景物是一棵三个人才能环抱的枯树，这棵枯树如同一座雕塑，孤独地伫立着。枯树有很多分枝，每一枝都如同伸长的手臂，试着在托起天空。这棵枯树上面有很多天然树巢，有松鼠的洞穴，有杜鹃的巢穴，有中华秋沙鸭的巢，有鸳鸯的家……透过望远镜，我看见一只啄木鸟，旋转着向上攀着登着，长长的喙不停敲打树干，有时略作停留，想必它是发现树皮或者树干内有小虫，之后，又是一下一下啄开树皮，再用舌头探入树干的缝隙内钩取食物。

前一年，朴老师在这里发现中华秋沙鸭两处天然巢穴，这是其一，这个树巢高度约二十米，比人工鸭巢高出一倍。看此高度，我内心忐忑，隐隐为要出生的鸭宝宝担忧。这棵树实在是高，小秦都无法爬上树去一探究竟。唯一的办法就是死蹲死守。树巢中有多少枚蛋，也有待考证。

此树枯萎多年了，树巢都很隐蔽。尽管这样，依然被摄影人发现。

观察中华秋沙鸭是一件很枯燥的苦差事。这棵枯树的周围没有遮挡阳光的绿植，一览无余地接纳了太阳的拥抱。一行人安装好摄影设备后，等待着神秘的雌鸭出场。通过它出来觅食的时间和频率来推算雏鸭跳巢的时间。

这时，远处飞来一只大鹰，在半空盘旋，频频挥动翅膀，时而引颈鸣叫，似乎在传递信息，还像在发号施令，盘旋几圈过后，便了无踪影。之后，耳旁仅剩下细弱的鸟鸣。大鹰是雏鸭的天敌，它能够预知中华秋沙鸭的跳巢时间。它似乎是在准备偷袭雏鸭，而刚才的鸣叫似在召集伙伴一起动手。

眼下，我与野鸭的四位粉丝，聚在这块空地上等候着。气温一点点攀高，时针尚未跑到九，我就已经汗流浃背。为了防止蚊虫偷袭，我一直都是全副武装。无法预知眼前巢中雌鸭准确的出入时间，只有目不转睛地盯着，只有盯着才能捕捉到精彩的瞬间。去年，朴老师与助手在这处天然巢踏查时，足足守候一上午，雌鸭都没有出入，就在朴老师扭身与助手说话间，雌鸭冷不防地飞出来，精彩的一刻错过了，朴老师和助手好生遗憾。遗憾成为教训，此后，在守候鸭巢时，他们握着相机的手指是静止的，眼睛一刻也不离开巢口，嘴巴都成了装饰。

百无聊赖中，我看到空中盘旋着几只亚成体中华秋沙鸭。亚成体是动物幼体成长的一个阶段，外形与成体几乎相同，但性腺尚未发育成熟。我没有相机，只能端着望远镜仰头观察。因为远，因为高，望远镜的倍数显得尴尬，我看到的亚成体鸭都是模糊的。朴老师迅速拍下飞翔的亚成体鸭，通过老人家的相机，我看见亚成体鸭美丽的翅膀，还有那份灵动、那份神秘。亚成体鸭就这样飞来飞去，仰着头的我，似乎也是它们俯视的风景。它们伸长脖子探入巢穴，长喙张张合合，似是在鸣叫，只可惜距离太远，我只能看到口型，却听不到声音。它们可能是在向鸭妈妈撒娇，也可能是在召唤刚孵化的鸭宝宝出来玩耍。这时，雌鸭探出头，长喙也在张合，算是回应。是解释？是拒

观望

绝？还是警告？无法猜测，只见捣乱的亚成体鸭无精打采地离开。

这只固执的雌鸭，悄悄地回到鸭巢里。

朴老师见雌鸭又回到了树巢，起身与附近种植木耳的农民聊天。农民说：“早上四点左右，这里好多野鸭在树枝上蹦来跳去，七点左右才安静。”本以为这里只有两处天然巢，为了查看明白，朴老师扛起相机去寻巢了，就在不远处，果然发现有天然鸭巢。只可惜，没有见到巢中的野鸭。

中华秋沙鸭是珍贵的，也是矜持的，雏鸭跳巢的场面岂能说见就见，如能见上一面，岂不是如中彩票一样让人兴奋。静候是常态，必须耐得住寂寞。观望，观望，继续观望，不经风雨怎见彩虹，不经得起寂寞难见中华秋沙鸭。

长白山的温度说变就变，刚才阳光丰足晒得我大汗淋漓，临近中午时分，阴云密布，预报的中雨即将到来。纵有万般无奈，还有百般不舍，也要离开，必须离开。

一行人在倾盆大雨中离开了红石林场，我的内心又多了一份牵挂。

守株是待鸭

5 月 20 日，全世界都在表白我爱你。

这个特殊的日子，我四点起床，迎着清冽的小雨，再度奔往五道白河红石林场。

面包车在曲折的林中土路上飞快地奔驰，那里的雏鸭就要出巢了，因为是天然巢，具体日期无法准确推断。而我，远道而来的“接生婆”，也许不受雏鸭的待见，已经错过了与几个鸭巢中鸭宝宝的会晤，内心有些焦灼，无奈中安慰自己，既来之则安之，也许雏鸭是为了留住远方的客人，故意躲开我的视线跳下来。在 5 月 20 日这一天，我向中华秋沙鸭表白：“此时此刻，我的爱都给了你们，中华秋沙鸭我的爱！”

车子停泊在眼前这棵干枯的老青杨树附近。这棵枯树不知经历了多少沧桑，已经枯萎成标本，它身上发生了多少故事我们不得而知，树巢中诞生过多少生命，更是无从计数。斑驳的树皮上，镌刻下自然之书，我凝视良久，阅读着岁月的沧桑。树根在腐烂在蔓延，这棵树不知还能坚持多久，它终将会倒下，树巢也会随之消失。想到这儿我心里酸溜溜的。虽然生老病死是常态，但是，中华秋沙鸭会失去一个可供孵化的家园。在老树的后面还有一棵青杨树，似乎在守候这里的故事，似乎在承载着上苍的使命。前面的老树一旦倒下，似乎后面的青杨便会继续担负起孵化的重任。

老青杨异常安静，刚刚还有亚成体中华秋沙鸭闹巢，我们到来后，它们都飞到附近的树冠之上。观察地点的周围树木环抱，仅有一块平地是栽种木耳的基地。一行人都架起相机，调好角度，一个个镜头如一口口大炮瞄准鸭巢。万事俱备，就等鸭妈妈和雏鸭跳出来。为了节省时间，我们出发前就买好了早餐。来到五道白河后，我们坐在另一棵老树前，一边盯着枯树的树巢，一边进食。咀嚼时我尽量紧闭上下唇，免得凉风随食物带入胃腹。本来阴冷的春天里，我的胃部已经隐隐疼痛，四肢也酸痛不堪，只能慢慢忍受、努力适应，绝不能再节外生枝。否则，我将要错过一年才能目睹雏鸭跳巢的场景。

此时，啄木鸟不识时务，居然在敲击树皮，看似勤劳，却煞风景。往日，啄木鸟来访，雌鸭会愤怒飞出来，伸长脖颈，瞪着眼睛，用它们的语言对不速之客啄木鸟发出警告。可是，今日这只雌鸭却无动于衷。小小的细节让朴老师多出疑惑，难道雏鸭已经悄悄跳出来了?

枯树高耸，我们无法爬上去探看明白，为了不错过最佳时间，等候是唯一的上策。这时，天边滚来一片黑云，以压顶之势将我们盖在其下，刚才欢腾的阳光也了无踪影。这是一场暴雨来临的前奏。气温随之下降，我没有保暖的衣物，哆哆嗦嗦地默默祈祷，把心中的热情全部寄托给中华秋沙鸭。

我知道，在这样的等候中，如果暴雨不留情面，我不仅不能如愿见到跳巢的场景，还会被暴雨拍成水鸭子。如果能够看到雏鸭跳巢，一切辛苦和磨难也都值得。

从早晨等到中午，仅仅几个小时，似乎经历了四季。雨滴

憧憬远方

毫不留情地砸下来。室外没有掩体遮阳，也没有帐篷避雨，我只能回到车里。当身体接触到车子座椅，我感觉仿佛坐到了火炕上，冰冷的四肢在车内渐渐有了些许温暖。

没有看到雌鸭出入树巢，不知“产妇”近况，还要继续等待。想要看雏鸭跳巢的念头已有半载，想来能轻而易举得到的东西，往往不会珍惜，留下的记忆也不深刻。所以，付出的辛苦，经历的艰辛，也都无所谓了。

十一点零五分，雌鸭飞出鸭巢，所有的担心在这一刻得到了安抚。仅此一点可以肯定，雏鸭还在梦中，我们在寒风冷雨中的守望是值得的。

我常在欣赏摄影作品时，赞叹摄影作品拍得好，拍得妙。这段时日，与朴老师一起观察中华秋沙鸭后，更有所感悟，好片不单是拍出来的，还是蹲出来的，更是守出来的。文学作品不只是写出来的，还是走出来的，更是等出来的、熬出来的。为了看到野生巢中雏鸭跳出来的场景，朴老师多年来就这样静静地守候着。

太阳和乌云交替着在空中出现，时不时还有狂风漫卷。枯树干在摇晃，树枝在摇摆，拉动破损的树根也随之晃动，真怕风儿把老树刮断刮倒，那样，鸭巢将会遭到破坏，雏鸭也将受到伤害。风儿毫不留情面把暴雨刮来，为了获悉雌鸭准确的“预产期”，还需了解它的回巢时间。我们继续等候，只是，此时的等候中似乎有了希望。新生命的诞生总是令人欣喜和期盼的，可是心甘情愿当好中华秋沙鸭的“接生婆”并不是件很轻松的事情。

按惯例，雌鸭归巢时间在十二点左右。此时，不仅有雨水来袭，还夹杂着黄豆粒大小的冰雹。其他几位摄影老师用塑料薄膜遮住相机，同时也穿上雨衣，而我毫无遮挡地站立风雨中，穿着的薄薄的户外服已经挂满了雨水。关键时刻，不能离开。

明星范的雌鸭哪里去了？我一遍遍焦灼地问自己。

我最初觉得在阴冷的河边监测小屋里守候就够难熬的了，可与眼前露天观察天然巢对比，在小屋里守候当属上好的热茶，而露天观察就是一杯带着冰碴儿的山泉水。

520，多么美好的数字，应该是让人温暖的日子，而我却在风雨交加中露天守望。对于我爱着的中华秋沙鸭而言，我属于单相思而已。

水面的爱情

红石林场的天然树巢充满神秘，我们本打算继续守候于此，可是，天边又飘过席子一样的黑云，严严实实遮住头顶的这片天空，似一口硕大的黑锅盖在半空，仿佛随时都会落下。随之，暖洋洋的感觉散去，凉风裹挟冰雹和暴雨袭击着我们。山里的雨水从不客气，也从不顾忌田间地头耕耘者的感受，说来就来，说下就下。遇见这样的天气很无奈，我们只能急忙逃回车内，再从红石林场撤回到头道白河监测基地的小木屋。

小木屋对面的两处人工巢，其中一处前几天雏鸭已经跳巢，另一处被鸳鸯霸占。在鸟类保护基地，不管何种鸟类利用巢穴繁殖，都是合理的，都是让人开心的。

午后，这里依然没有阳光，周围阴沉沉，小雨滴如小石子，时不时砸在水面，静谧在水中的树影被砸成碎片。野鸭们在头道白河支流处的浅滩上休息，一只雄鸭从正午十二点就在浅滩

等等我

卧着，疲惫的眼睛半睁半闭。午后两点，这只雄鸭才伸长脖颈，翘起尾部，挤出一摊白色如线一般的粪便后，乐颠颠下水捕鱼去了。

雨来了，气温也随之下降，上午被阳光暴晒的热汗溻透罩衣，温度下降后又被雨水淋湿，我不停地打着寒战。尽管如此，我的眼睛依然注视着河面。一雄一雌两只绿头鸭背对背休息，它们互不理睬，尽管同栖一地，也不打招呼，但也不排斥。休息过后，雄性绿头鸭慢条斯理地梳洗羽毛。雌鸭“嘎嘎”叫上几声后，向河心游去。雄鸭尾随其后，游近雌鸭，冷不防跳到雌鸭背部。这时，我如梦方醒，原来雌雄两只绿头鸭也在上演一段赤裸裸的爱情故事。绿头鸭的颜色艳丽起来，可能是体内荷尔蒙的缘故，让它们更加美丽。几十秒后，它们分开，两只绿头鸭在水面挥动翅膀，传达兴奋和幸福，之后，一前一后游到岸边，又开始各自梳理漂亮的羽毛。

似乎这片水域是野鸭们爱情的天堂。绿头鸭的爱情故事刚刚落下帷幕，岸边树枝上落着一只淡蓝色的翠鸟，“啾啾啾”鸣叫着，且东张西望。这时，又一只翠鸟也落在树枝上，它衔来小虫，喙对着喙喂着前一只翠鸟。原来第一只翠鸟是雌鸟。这一幕，让我浮想联翩，动物与人类情感相似，为了博得爱，雄性总是很殷勤，有时也很卑微。

我本意守望中华秋沙鸭，却意外收获两组鸟类的爱情故事。然而，它们的故事似乎只是前奏。翠鸟双双飞走谈情说爱去了，绿头鸭也不知躲到哪里去品味幸福了。这时，三只雌性中华秋沙鸭从上游划水而来，分头扎入水下捕鱼。通过同行一位老师的相机，我看见一只雌鸭的嘴里叼着一条肥硕的泥鳅。它的吃相并不斯文，而是仰起头狼吞虎咽，随后挺一挺脖颈，似乎助力鱼儿妥当进入胃腹。这一幕，看得好担心，真怕这只雌鸭会消化不良。

观察中华秋沙鸭，摄影设备最给力。可惜，我没有摄影设备，一双眼睛权当相机用，我天生近视，只能用镜片后的眼睛死死盯着这片水域。我时而无聊，便不知所措，时而紧张，便怪罪自己不是杨二郎，如果再多出一只眼睛该多好。

三只中华秋沙鸭觅食后，突然不见踪影。两只鸳鸯飞来，一雄一雌，居然毫无顾忌地在水面“打情骂俏”，最后合二为一，缠绵尚未结束，一只雄鸳鸯从远处飞来，瞪圆眼睛，充满愤怒，与交尾中的雄鸳鸯展开了搏斗。似乎雌鸳鸯明白“偷情”败露，不愿目睹雄鸳鸯间的战斗，扇扇翅膀飞走了。两只雄鸳鸯也立刻停止厮杀，起身都奔雌鸳鸯飞去。不言而喻，这是雄鸳鸯争夺雌鸳鸯的情斗，也许还存在着一场“婚外恋”。一直以来百姓说鸳鸯的爱情专一，如此看来，也不尽然。如果不是亲见，我依然相信资料。鸭类的发情期不仅仅在春季，这次，我亲眼看见了这些发生在初夏的情感交流，还有“婚外恋”的场面。

眼前这片水域，看似平静，却悄然地上演着一幕幕爱情故事。绿水青山，如诗如画，谈情说爱都是唯美至极。林中的鸟，水中的鸭，自然天成地完成了情感的交流。

一只雌性中华秋沙鸭扎入河水后，随着水面涟漪的扩散，钻出水面，嘴上叼着一条七星鱼，马上吞入腹中，谁知这条鱼又从它的喙中直直挺挺吐出来。中华秋沙鸭是挑食的，它不喜欢七星鱼，之后，便无精打采地游到浅滩处歇息。一只雄鸳鸯游到这里，刚要踏上浅滩，这只中华秋沙鸭双翅唰地展开，身体直立，脖颈如一门大炮四十五度伸出，向鸳鸯展开强烈的攻势。不知鸳鸯理亏，还是没有能力战胜中华秋沙鸭，畏首畏尾地逃离了。获胜的中华秋沙鸭继续趴在浅滩休息。中华秋沙鸭与绿头鸭可以和平相处，却不能容忍与鸳鸯同栖。

天色暗下来，小雨接连不断，一天的观察将要结束，没有见到鸭宝宝跳出来，我内心的盼再一次留给明天！

巡巢在山林

错过几巢雏鸭的“跳伞”表演，我心里难免有些焦躁。新的一天，尽管阴云密布，朴老师还是带着我们去了头道白河保护监测基地。

小秦又去巡巢了，与野鸭寻巢同音，意义却相差十万八千里。

中华秋沙鸭寻巢是指亚成体鸭在鸭妈妈孵蛋时，常常飞到鸭妈妈孵化的树巢里，因为好奇，左看右瞅，学习鸭妈妈如何孵化，偶尔还与鸭妈妈撒着娇，为此，常被鸭妈妈严厉地轰出去。鸭妈妈担心亚成体鸭不小心碰坏正在孵化的鸭蛋。然而，亚成体鸭并不甘心，依然去鸭妈妈孵化的树巢捣乱。在鸭宝宝跳巢前，亚成体鸭还会围着鸭妈妈孵化的树巢欢呼。待鸭妈妈领着弟弟妹妹跳下后，它们急忙钻到鸭妈妈孵化鸭蛋的树巢里，似在探秘，似在学习。有的亚成体雌鸭还会把羽毛一根根啄下来铺在树巢中，用羽毛作为占领巢穴的标志。亚成体鸭的这般操作，酷似孩童玩儿过家家，有些滑稽，有些幼稚，但都是真情实感的流露。

小秦巡巢，并没有这么简单，他要调查哪些鸭巢里雌鸭正在孵蛋，还有鸭蛋的孵化情况，都要踏查，都要记录。此时，小雨淅淅沥沥下个不停，我自告奋勇与小秦同去巡巢。穿梭在丛林中，我随手拍着野花，看着野草，也是惬意满满。小秦每次爬上树，我便拍下他查看鸭巢的情景，看似他在掏鸟窝，如果有不明真相者，会把他当作坏蛋，当作鸟类的敌人。我学会了从他的眉宇间辨析鸭蛋的孵化情况。小秦爱笑，一旦他皱起眉毛，眉心的川字纹拧在一起，我的心情也随之低落。那一定是雏鸭偷偷跑了，他也束手无策了。

巡巢很枯燥，可是，朴老师带领科研组一年又一年来巡查。为了研究中华秋沙鸭，孤独、枯燥，似乎成了常态。如果不亲历这个过程，看着一张张摄影作品，想象着面对静谧的河畔，端着相机按动快门，很刺激，很惬意，这应该是件很美好很快乐的事情。个中滋味，只有经历了才颇有感触。

同时，巡巢这份差事的责任重大。每一个树巢里蛋的数量、鸭蛋的变化、每个孵化巢中雌鸭的出入时间，项项都要了如指掌。小秦敬业，他凭经验对常见的问题都能解答得明明白白。虽然不是科普专业术语，但是，更通俗易懂。

与他一路巡巢，听他讲中华秋沙鸭的故事，以及平日巡巢中遇到的事情，也是一种收获。

风儿呼呼地刮，已经淹没了鸟鸣声。风儿刮得缓慢时，才能听到水波流动的欢腾。不知是鸟儿因为寒冷而躲了起来，还是因为风儿吹口哨时过于专情，将鸟儿鸣叫覆盖了。暴雨袭来，但是，由于密实的树冠交错着，使人感觉到只是毛毛细雨。这场雨并没有扰乱我们继续巡巢。

巡巢后的工作便是守巢了。守巢更枯燥。近乎目不转睛地盯着鸭巢，雌鸭何时出树巢，何时入巢穴，必须逐一记下来。

在雏鸭先后跳巢的这段时间里，朴老师忙，小秦忙，他们的忙都是静止的。他们的忙就是用眼睛不停地盯着鸭巢，不敢溜号，唯恐走神而错过雌鸭出入巢的时间。那样，科学研究就缺少了雌鸭的相关数据。

中华秋沙鸭是国家一级保护动物，有用于繁殖的树巢的地方必须受到保护。被保护的区域里，不会人来人往。这样，中华秋沙鸭成为这片林海中唯一令我惦记和迷恋的朋友。

我们完成巡巢后，小秦在河段上游人工巢下的掩体中观察。我独自回到基地的停车场，躲在车中避雨。刚刚坐稳，小秦传来消息，他在上游看到鸭妈妈带着二十六只雏鸭在河中嬉戏。朴老师听后，迅速抓起相机，顶着中雨，一路小跑奔往河流上游，我跟随在后面，脚步却跟不上老先生。中雨还在下，风还在刮，我们抵达掩体时，披着塑料薄膜的小秦，半蹲半跪在掩体中，瑟瑟发抖。

河水湍急，时不时刮起一阵狂风，我的心似乎揪在一起，我在为雏鸭们担忧，水是凉的，天是冷的，难为这些刚出生没多久的小生命。雨水打湿了我的衣裤，暂时还没有见到雏鸭游过来。就这样，在雨中继续等候了一个小时，在上游观察的姜权老师收工来到我们的掩体。我翻看他的相机，他居然拍到了二十八只雏鸭。二十八只，好震撼，大场面，忒稀罕人。想必是两窝雏鸭，或是三窝鸭宝宝合在一起而成。我继续翻看相机，发现雏鸭身后，两只雌性中华秋沙鸭相互追逐，激起一层层水波在水面炸开。这两只雌鸭并不友好，其中一只较为强势，不允许另外一只雌鸭靠近雏鸭。如此看来，二十八只雏鸭是两家鸭宝宝。这是一场争夺鸭宝宝的战斗，为了强大自己的族群，鸭妈妈是贪婪的，也是自私的。每一个鸭妈妈都喜欢鸭宝宝，都想让自己族群的鸭宝宝无限量地多起来。胜者为王，胜利的鸭妈妈领着雏鸭浩浩荡荡游向上游。

中华秋沙鸭是群居家族动物，鸭妈妈喜欢抢夺其他群的鸭宝宝壮大自己的家族，似乎有女皇容纳天下子民的气度。这是基因之故，抱团取暖。只有种族强大，才能抵御天敌的侵袭。

二十八只？朴老师诧异。基地鸭巢前几日只跳了十四只雏鸭，剩下十四只又是一巢雏鸭，然而，这十四只雏鸭却不在科研所掌握的人工巢之内出生。难道附近藏着没有被发现的天然巢?

对于我，见到雏鸭是件开心的事情，虽然没有亲眼见到雏鸭在水中疾奔，没有亲眼见到它们跳巢，但只要它们顺利降落，安全抵达河水中，在鸭妈妈的带领下去觅食，我也就不虚此行。

我内心隐约的遗憾和焦躁散去，新生命是抚慰内心最好的良药。

一厢也情愿

5 月下旬，长白山居然还在下雪。对于我而言，每一朵灵动的雪花都带着期许，寄托着厚爱。对于当地人，5 月的雪早已不足为怪，让人习以为常。风伴着雪打在脸上，让没有带来厚外套的我感到透心地凉，觉得室外的温度似乎接近 0℃ 。这里好多人都穿上了羽绒服，而我却只穿着单薄的外套穿梭在山林中。

这次我为观察跳巢而来，黄小得知我被冻得瑟瑟发抖，埋怨我不知道好好照顾自己，问起我所在的位置，他要给我送来羽绒服，或者接我离开山林。我冻得上下牙打架，手指麻木，哆嗦着看到他的微信后，心中满满的感动，虽然身体还在打着寒战，内心早已热血沸腾。

三号基地的人工巢中的鸭蛋还在孵化中，朴老师说：“今天的任务就是看鸭宝宝表演，等待鸭妈妈来抢鸭宝宝，这个场面绝对火爆。”

每天都是崭新的，每天都有意外收获。朴老师领着我们来到一个我未曾来过的掩体。这个掩体用四根树干连起，周围用黑色丝网围上，还有一个塑料薄膜做成的门帘子，可以挡住微弱的冷风。我称这个掩体为“树屋”，因为这是由四棵柳树围成的屋子。坐在这里，可直接避开寒风的侵袭，虽感觉不到温暖，但身体不会战栗。

树屋搭在河边，与河岸只有三四米距离，河对岸是峭壁，这里是天然的避风港。这片水域上下游都是一浪推一浪的激流，只有这里风平无浪，水面微风助推涟漪，如果不是近距离欣赏，无法看到水面微弱的波澜。

因为与河水为邻，清澈的水域折射出河沙的金色，在水波的涌动中，树木映在河水中曼妙的倒影，如被熨烫过的丝巾铺在了河面。

没有中华秋沙鸭光顾时，我便借助掩体的摄影口欣赏山水。满眼的绿意，虽无法疗伤，但足可以慰藉内心的焦灼。

上午十点，上游飞来一只雌性中华秋沙鸭，“嘎！嘎！”叫得凄凉。朴老师告诉我们：“昨天它的雏鸭被抢了，它是在找孩子呢，好可怜的鸭妈妈。”

这只雌性中华秋沙鸭游到我的眼前。关注中华秋沙鸭已有时日，这还是我第一次如此近距离地欣赏中华秋沙鸭。透过掩体，我们似隔桌而坐，彼此注视着却相对无言。雌鸭缓慢地拨

母爱

动双足，足蹼划向后面时，脖子随之成 S 状一伸一收，如小舟划动着。它瞪着黑色珍珠般的眼睛，闪着神秘莫测而又伤感的光。突然它身子跃起，快速地挥舞翅膀后，一头扎入水中，随后长喙叼出一条胖乎乎的鱼，仰起脖颈将鱼吞入腹中。之后，又东张西望了。

不一会儿，又来了两只中华秋沙鸭，三只鸭你追我赶。此时的三只鸭中，除了丢失鸭宝宝的雌鸭，还有两只是亚成体鸭，想必亚成体鸭是失雏鸭妈妈的姐妹，或者“闺密”，它们一起来寻找鸭宝宝。与其说找，不如说抢，其实就是在寻找中抢回自己的鸭宝宝。这时，我问朴老师：“如何区分哪只是鸭妈妈，哪只是亚成体鸭？”

朴老师告诉我：“从大小可以看出来，再有就是看它们的眼神，鸭妈妈目光慈祥温润，亚成体鸭目光机灵活泼。”

鸟类与人类情感如此相似，目光里的爱也是共通共存。

三只中华秋沙鸭巡查这片水域，来来回回并不厌倦。之后，停泊在丢失孩子的位置。它们不懂成语刻舟求剑，却不自觉演绎着刻舟求剑的又一个版本。它们在等待鸭宝宝们的到来，它们在等待强盗鸭的到来。亚成体鸭是铁瓷，是帮手，它们都信心满满准备夺回被抢走的鸭宝宝。

眼前宽阔的水域成了宽屏幕电视，中华秋沙鸭就是故事的主角，我作为观众，随着野鸭们的动态和目光，内心也跌宕起伏。

大自然可以把人类的知识变得宽泛，把人类的思维变得活泛，由此不断地激发人类的思想活力。驻足河畔的我，在观察大自然美景时，在观察中华秋沙鸭的过程中，调动了无穷的想象，启动了尘封的情感，有时多愁善感只因心底藏着爱——对自然的爱，对动物的爱，尤其是对中华秋沙鸭的爱。

夕阳西下，我恋恋不舍地离开山林。那些可爱的小精灵离巢后藏在何处？暗暗埋怨它们，为何让我等得好苦。

不知不觉，我的世界被中华秋沙鸭占领了，我着魔一般爱上了水域中的宝贝，长白山的宝贝。爱它之深，其他鸟类——譬如鸳鸯——飞过眼前，都不会让我如以前相见那般惊喜。

如果思念的对象是人的话，这或许就是爱情的前奏了。可怜的我，一厢情愿，算不算单相思。

鸭宝演大戏

听过一个段子说，长白山一周有四季。听起来让人觉得有点夸张，如今，我却身临其境了。这一周来，我的确经历了四季。降温猝不及防，升温也是非常迅速。昨天最低温度 4℃，今日最低温度 14℃。似乎一脚踩在冬天，另一只脚踏在夏天，季节在跨越中以光的速度一闪而过。

通过观察记录推测，今天没有跳巢的雏鸭。这时，一位摄影姐姐央求朴老师去拍摄已经跳巢的雏鸭，我没有拍摄设备，但是，为了观察必须与他们同行，也在同行中感受摄影人的艰辛。

二道白河镇的天空出奇地湛蓝，白云悠闲地飘在天空，与慢节奏的小镇遥相呼应。只为拍摄，出发时间比往日晚些。走出青年旅舍，通亮的光芒迎面扑来，瞬间，浑身暖意融融。想必这样的天气里，雏鸭们也会心花怒放。

拍摄还在老地点，三号科研基地白河浅水区域。还是躲进那个看起来比较结实的四根柱子的树屋里。一行人麻利地架起设备，静候鸭妈妈和鸭宝宝的到来。

几日来，我们似在与鸭妈妈打游击战，我们在鸭妈妈眼里也许就是敌人。中华秋沙鸭本能机警，在它的世界里，人是比天敌更让它们恐惧的群体。眼下，我可以读懂它，可它却不懂我，毕竟我们躲在暗处。躲在暗处，通常会担上坏蛋的嫌疑。中华秋沙鸭不是人类，但很多看法和人都是一样的。

在山林深处发呆曾是我工作忙碌时的向往，可是，连续几日如此，不免有些恐慌。我的眼中有树，有水，有石头，耳边有鸟鸣，有水流，有风声，唯独不见中华秋沙鸭。如此寂静与寂寞中，偶来一只小鸟都会让我欣喜若狂。鸟儿是森林的小精灵，没有鸟儿的森林，是没有灵魂的森林。我的目光循着鸟鸣声追随而去，尽管看不到鸟儿，可是，心却在飞翔。

透过掩体的缝隙，我的目光与蝴蝶一起翩翩飞舞。寂静的山林，静谧的河畔，一切生灵都会让我兴高采烈。

河面水位慢慢下降，水面的涟漪也显得懒散。之后，河水平静得如同死水，中华秋沙鸭都去了哪里？

如此静谧，似乎是黎明前的黑暗，难道我心中的宝贝鸭正在酝酿一台大戏，等待我们去欣赏，来犒劳我多日的辛劳，来慰藉我焦躁的心情？人在无聊时的异想天开，可笑之极，却是

自由活动

消磨时光最好的方式。

在三号基地里，我所在树屋一公里之外的那个人工鸭巢，该是我唯一寄托希望的地方。在雌鸭外出觅食之际，小秦爬树去探看巢内鸭蛋变化情况。而我，偏巧这时走出树屋，去拍白色的野花，还有黄色的野花。春天里的花朵多为黄色和白色，我一直存疑，这次在与朴老师的交谈中获悉了答案。

原来花青素（又称花色素）控制花朵颜色。在花青素的合成过程中，如果缺乏光照，会大大影响其合成。同时，低温导致花青素合成缓慢。相比之下，类胡萝卜素的合成途径和化学性质都比较稳定，对于光照和低温变化不明显。对于早春尚未长出绿叶、营养相对匮乏的植物而言，胡萝卜素无疑利于花朵的整体生长。其次，植物开花是为了结果，繁衍后代，而在这一过程中，许多花朵都需要靠虫子授粉达到目的。可是，早春气温低，很多昆虫都还没有出现，只有少数的昆虫，黄色是昆虫普遍喜欢的颜色，植物们为了吸引昆虫的注意，也就开出黄花。

大自然中藏着无穷的秘密，只要去探寻它，去挖掘它，其神奇中都藏着意想不到的故事。

野花的吸引，使我不知不觉途经小秦探巢的附近，远远望见雌鸭浮在岸边水面，我本能地驻足。直觉告诉我不要打扰它，可它却窥见了我，一时间，我挺尴尬，进退维谷。这时，我多情地以为几日相处会使它对我萌生感情。我错了，高估了自己。从雌鸭警觉的目光里，还有将要爆发的愤怒中，我明白，它彻底把我当作坏人或是天敌。它更加担心的是我会加害它未出世的鸭宝宝。我只好选择逃遁，乖乖地退到树屋。

中华秋沙鸭孵化的这段日子里，小秦似乎也当上了“接生婆”，承担着产前的诊断工作。只可惜，接生婆也有疏忽时，他忽略了好几窝已经跳巢的鸭巢。这次，小秦很认真，爬上树后掀开人工巢的上盖，伸长脖颈在人工鸭巢里巡查一遍后才退到树下，急忙来到树屋，告诉朴老师：“鸭蛋还没有变化。”一句话，把我的希望之火又浇灭了，随之焦灼爬上了鼻翼，似乎有一股火在鼻腔内燃烧。

太阳缓缓地躲入树冠之下，又到了收工的时间。朴老师起身擦拭相机，我猛然回望，河对岸飘满飞蛾，再仔细一看，一群雏鸭一闪一闪地跳跃，密密麻麻如聚集在天然浴场，又如同满腾腾的饺子在锅中沸腾着，我兴奋地喊了一声：“鸭宝宝！”

老人家眼疾手快，迅速举起相机对着小精灵按动快门。我则跪在沙地上，透过掩体的小窗口用目光追随灵动的小身影。

鸭宝宝欢天喜地捕捉岸边的石蛾。石蛾，是许多鱼类的主要食物来源，在河水生态系统的食物链中占据重要位置。石蛾幼虫生活在湖泊和溪流中，偏爱较冷而无污染的水域，其生态适应性相对较弱，是显示水流污染程度是否超标的指示昆虫。这时，鸭宝宝比鸭妈妈灵动和活跃，鸭宝宝不停地游来游去，有的鸭宝宝居然捉到了小鱼儿。自然界的神奇，生物多样性即是如此。中华秋沙鸭似乎是自然的精算师，能够精准计算石蛾出生的时间，石蛾密集繁殖的时间，正是雏鸭跳巢的日子，这样，雏鸭就有了食物。捕食一周石蛾后，雏鸭可以捕鱼了，石蛾的繁殖似乎也停止了。

有一只鸭宝宝吃饱后，蹦到礁石上摇头晃脑。鸭妈妈是很好的教官，在雏鸭吃饱后便发出命令，小家伙们如离弦的箭纷纷归队，暗灰色的双足划出绿波，溅起一串串水花。小家伙们回到鸭妈妈身边后，尾随鸭妈妈向前游去。小家伙们如同孔雀的翎羽有规律地黏附在鸭妈妈身后，鸭妈妈在前引领，远望鸭群如同美丽的孔雀在河流中游走。雏鸭们争先恐后靠拢鸭妈妈，你追我赶，时而撒娇，时而顽皮。“孔雀”长长的尾羽不停地变换着形状，河面之上，好似一只美丽的孔雀在翩翩起舞。

此景来得突然，巴掌大的掩体缝隙已经容纳不下我的目光，目光可以扩散，却无法拐弯，鸭妈妈领着鸭宝宝如率领一叶叶会潜水的小舟在航行。“小舟”忽而不见，又忽而探出水面，清澈的水面漂着一朵朵跳动的希望。

这支队伍二十八只鸭宝宝，正是前几天出生的两窝鸭宝宝，一窝是人工巢出生，一窝是天然巢出生。两天前，姜权老师就在此处拍摄到这震撼的画面。那次，我却失之交臂，错过了与之对视的机会。还好，上天眷顾我，鸭妈妈怜爱我，在我略有失意和失望的傍晚，为我补上缺失的宏大画面。

这个强势的鸭妈妈统领两窝雏鸭，如首领，如女王，有着号令千军万马的气势。两窝雏鸭汇集在一起的场面自然壮观。只是可怜了失去鸭宝宝的鸭妈妈，雏鸭被抢后沉浸在悲伤中，天天来此寻觅，且“嘎嘎”地叫得悲凉。静坐河畔，我似乎听得懂它的诉求，从叫声中、从举手投足中皆能感受到它的失落和无奈。这时，我又听到了“嘎嘎”的叫声，从哀怨的声音里，听出它寻子的迫切。不一会儿两个都做了妈妈的雌鸭在水面又是一场恶战，平静的河水搅动得浪花飞溅。胜者依然获胜，高扬脖颈统领雏鸭游向河对岸的峭壁后面；失败的鸭妈妈“嘎嘎”地叫得凄惨，听着让人怜惜。我想起一句古诗：“辛勤三十日，母瘦雏渐肥。”鸭妈妈近三十天枯燥寂寞的孕育，是希望的起航，可是，等到鸭宝宝跳巢后，鸭妈妈刚刚沉浸在幸福中，便又被无情地夺去了鸭宝宝。

可是，人类面对雌鸭被夺去雏鸭却无能为力。人类可以为它们提供温暖舒适的人工巢当作产房，人类可以往河段投放野生鱼，为它们解决食物的缺乏，剩下的坎坷和苦难也只能靠它们自己去克服。人类所做的一切都是为了物种的延续。

中华秋沙鸭由于生存的需要，队伍越庞大，获取食物的机会越多，抵御天敌的能力越强。抱团取暖不是人类才有的生存法则。

白天没有发生什么特别的事，傍晚却有鸭宝宝们上演这场空前的大戏。柔绿的河面是天然的舞台，鸭妈妈和鸭宝宝们都成了一流的演员，上演着合家欢的戏码。只是，那只失去雏鸭的雌鸭还在“嘎嘎”地鸣叫着，悲伤的叫声在耳畔久久回荡，犹如一枚针在无情地刺痛我的心房。

水域里寻亲

对于中华秋沙鸭雏鸭接连不断地跳巢，除了无奈的“错过”，还有眼睁睁的“无能为力”。

我已经不敢对能在红石林场老青杨的天然巢下看到雏鸭跳巢抱有太多的奢望。雏鸭迟迟不见我，我不得不自省，老人说过，动物有灵性，它可以看到人的恶行。

清晨四点，朴老师接到影友的电话，得知红石林场天然巢周围的亚成体鸭正在闹巢，是否能跳还是未知，朴老师是鸭司令，果断决定去红石林场。朴老师急忙打电话叫醒我。这个消息给我带来希望，有希望就有动力。我以军人的速度，十分钟完成洗漱，五点准时出发，六点抵达红石林场的枯树下。

这里已有两位影友蹲守两天了，他们风餐露宿，十分辛苦。这里夜晚温度低，使人无法入睡，他们几乎整夜蜷缩在帐篷里，透过帐篷的小窗仰望星空，度过漫漫长夜。我们到达时，他俩正在吃早饭，简单地用煤气炉烧水泡面。其中一位影友还带病工作，一袋中药汤也要在这里饮服。

枯树充满神秘，中华秋沙鸭更神秘莫测。守在树下的我们都成了探秘的人。

一个小时悄悄溜过，老树静悄悄，连啄木鸟也罢了工。尽管无声，几双眼睛还是紧紧地盯着约二十米高的树巢。

六点四十分左右，一只亚成体鸭飞到树巢边。这个树巢在老树旁枝干上，这个巢似唇形，上唇凸起如门楣，可以挡风、挡雨，侧面还有一枝干叉，在巢边支起，似乎成了巢的掩体。只见亚成体鸭站在巢的门楣上，四处张望，时不时俯下身体冲着鸭巢说着悄悄话，就这样，停留二十分钟左右。当它准备钻进巢里时，刚刚探头进入，随即一个趔趄，翅膀打开，在空中两个后空翻后飞走了。它飞出十几秒又返回来，却没有停留在巢里，而是落在又一个侧枝上。

山里早晚温差大，两位影友为了抵御夜晚的寒凉，将自己一层层裹起来。随着太阳的眷顾，温度一点点升高，影友们如蛇蜕一样，又一层层地脱下外衣。

对于天然鸭巢，高级“接生婆”朴老师凭借多年的经验，很严肃地告诉我：“越关键时刻越不能马虎。”几人仰望鸭巢，鸦雀无声，一半失望，一半希望，静候奇迹的出现。

我目不转睛地盯着鸭巢，八点三十分，听到枯树下有雏鸭

我是小可爱

的叫声。影友循声去找，未见异常。朴老师起身顺着叫声寻去，在距枯树百米处发现一只雏鸭，毛茸茸的，可爱极了。雏鸭的出现，给大家带来困惑，雏鸭何时出巢？它的妈妈哪里去了？朴老师捧起雏鸭放在自己的鸭舌帽中，鸭舌帽成了雏鸭的摇篮。雏鸭蹲在中间，并不乖巧，时不时还“叽叽”地叫着。朴老师端着帽子里的小鸭去河边寻找鸭妈妈，我紧随其后，给朴老师当“寻亲”的助手。

来到狭长的五道白河岸边，不见鸭妈妈身影。见不到鸭妈妈怎能轻易将鸭宝宝放入河水中，小家伙那么弱小，如何去抵御天敌？遍寻无果之下，朴老师果断决定，带雏鸭回基地，为它寻找一个“继母”。

是否继续等待雏鸭跳巢，暂时并不重要了。眼下，为走失的雏鸭寻找新妈妈，才是亟待处理的大事。小家伙的出现，丰盈了我的故事，也平添了我的忧伤。没有妈妈的雏鸭不能独居，人类绝不能像养家鸡养家鸭那样，马虎地去对待眼前的保护动物。这里本可以一赌，但是，却不能用小家伙的性命去赌。它是国家一级保护动物，它是珍贵珍稀的。

九点三十分，我们急忙收拾起相机离开，留下昨夜守候的两位影友在这里继续看守。为了防止雏鸭“出逃”，朴老师腾出相机包，给雏鸭充当临时的家。担心没有空气，便支起一面留有空隙。车子飞驰着奔向基地，淘气的小家伙居然跳出相机包，向车门跑去。我轻轻地抓住小家伙，小心地把它放回包里。为了防止小家伙再度出逃，我一路捧着相机包。到达基地后再打开包时，发现小家伙把朴老师的相机包当作卫生间，雪白的粪便如一朵梅花粘在包里。朴老师看着这朵“花”开心地说：“鸭宝宝非常健康哦。”

一行人一路小跑，奔往河边的树屋，我的任务就是负责看护小家伙。我把相机包挂在脖子上，手捧着相机包的底部，小心翼翼地迈着步子，心里不免紧张，我捧着的是国家一级保护动物。那一刻，我感到像抱着大熊猫一般骄傲。瞬间，浓浓的责任感升腾，还有自豪感，因为，我在与国宝同行。

来到树屋后，静候鸭群的到来，我们在为小家伙等待新的妈妈。

就在这时，红石林场影友传来消息，十点三十分从枯树的天然树巢里跳出了十只雏鸭，我又一次与雏鸭跳巢擦肩而过。然而，我并不遗憾，每一次失去，都会有另一种收获。“捡”回来的这个小家伙，是我与雏鸭跳巢失之交臂后，上天给予我最好的补偿。

与此同时，死看死守的两位影友中，有一人录制好了雏鸭跳巢的全过程，另一人因激动而忘记变换相机光圈，使拍出的作品画面发白。等待了一年之久，才盼来了雏鸭跳巢的场面，却因小小的失误而没有拍摄到满意的作品。

这时，方知眼前的小家伙是提前来到这个世界上，却扰乱了蹲守树下的我和朴老师的思维。也许是因为我们太在意这个落单的雏鸭，而错过拍摄记录雏鸭跳巢的机会。本想为它寻找新的妈妈，却阴差阳错让小家伙与亲妈妈分离。

有时，做某件事情时，初衷看似善良，却因为不明真相，无意间充当了破坏者的角色。

好消息频频传来，建设林场的人工鸭巢，雏鸭在八点三十分完成了它们生命的第一跳，九只鸭宝宝兴高采烈地拥抱富尔河。

好事多磨，失去常有所得，一切都是恰恰好的安排。

午后四点，小家伙“叽叽”叫个不停，不用猜想，便知道它是饿了。朴老师斟酌路线，准备送它回到河里。老人家把小家伙放到河岸边时，歉疚地说：“爷爷对不起你了，这边会有一个好妈妈等你呢。”

小家伙似乎听懂朴老师的话，有些胆怯，匍匐在岸边叫个不停，当它看见一只石蛾后，麻利衔起。食物就是力量，它居然逆流而上。这时，我更加肯定了自己的揣测，中华秋沙鸭的声音中有光波，那是人类无法破译的信号，上游的确有鸭群在。对于刚刚来到这个世界的雏鸭来说勇闯激流有着无法想象的难度，而小家伙却能感应到它的同类就在上游，任何艰难险阻都有信心逾越。

雏鸭被送入河中，我内心的歉疚感略减，同时，一份担忧袭来。

傍晚时分，正是中华秋沙鸭觅食的时间，我期待着可怜的小家伙能够找到大部队，期待着能在鸭妈妈率领的大部队中见到这个小家伙。

拭目以待，相信奇迹会出现。

死蹲加死守

跳巢，雏鸭跳巢，陆续几个鸭巢的雏鸭都已经完成生命的第一跳。迷恋它们的我，一次次与鸭宝宝跳巢的场面失之交臂。虽然我没有心灰意冷，但是，也不敢轻易奢望。内心依然不甘，尽管困难重重，我还是继续留在二道白河镇。明后天，三号基地里的一个鸭巢的雏鸭可能会从睡梦中醒来。

等待让人有些焦躁，还好有真山真水相伴，可以让我暂且忘记些许烦忧，尽量放空自己，毫无杂念地迎接鸭巢中小生命的降临。

这里的摄影人，等待中也有收获。他们可以继续拍摄已经跳出鸭巢的雏鸭。六点出发，抵达头道白河中华秋沙鸭一号监测基地。我还是比较喜欢这里，这里的小木屋，可以遮风，可以挡雨，还有长条木凳，不用席地而坐。环境的优势让我多了一些喜爱。况且，这片区域水面平而静，折射的倒影静谧得如同一幅油画。

这里也有风儿吹过，但对河面的干扰却似蜻蜓点水。这里还有鸟儿在树梢上唱着美丽的歌谣，还有鸳鸯漂在水面时不时摆出各种造型。我一次次望着河水发呆，时光在凝望和发呆中悄然流逝。

一部望远镜成为我观察野鸭们的利器。借助它我可以遥望几十米外的鸟儿觅食与跳舞，可以近距离欣赏鸳鸯谈情，目光还可以与蝴蝶一起飞舞。孤独的等候中，这部望远镜成为我寂寞中最好的密友。

同时，我非常期盼朴老师的手机响起，这样，可以获悉其他巢营里雏鸭跳巢的喜讯。因为错过了几次雏鸭跳巢，朴老师说："这次死蹲，别错过科研基地鸭巢里的雏鸭跳巢。"

人生偏得有一次足矣，贪多势必适得其反。

水中鱼多，山中鸟多。每只飞鸟儿，每种野草，每缕清风都带来生命的气息。在顾盼焦急中，不同的鸟类遄飞我的灵思，也丰盈摄影人的心魄。摄影人的镜头对准树枝上歇息的鸟儿开始猛烈扫射。我没有摄影设备，用手机拍拍风景也能激发内心的喜悦。静谧中，树木有语言，野花有故事，岸边的石头都有台词。而我似乎成了总导演，安排它们出场的顺序，脑海中呈现出它们的对话。

与其他掩体对比，小木屋可以容人直立，可以容人踱步，

充满母爱的眼神

没有沙土带来的灰尘，从舒适角度来讲堪称最惹人迷恋的掩体。驻留于此，时间可以随意挥霍。临近正午，鸟类都休息了。百无聊赖中，我在小木屋中踱步，突然发现木屋的木板棚上挂着如蜗牛一样的小东西。我仔细凝视，感觉它酷似宾馆感烟探测器，好奇害死猫，我本想伸手去触碰它，还没碰到，朴老师叫停了我，我急忙抽回手。朴老师说："这是蜂巢，不要触摸它。"

尽管老师发出了警告，我还是停在原地，瞧着它。蜂巢呈淡灰色，里外两层如丝绸围成圆体。我探看明白后，撇开这个角落，移步另一角落。不要惹麻烦，毕竟此行看雏鸭跳巢是作业，与蜂巢无关。

在我这几天与中华秋沙鸭的约会中，午饭基本都是早餐顺便买的包子，午饭时已经凉透，吃入腹中，只能饱腹，背包中有保温杯，保温杯容量小，只能装上一点儿热水，虽然午餐时变成温水，但喝上一口也可暖胃。今天的中午，朴老师说："给你们改善生活。"

说着他拿出了方便面，午餐又是河水泡面啦。

河流是中华秋沙鸭的浴场，也是中华秋沙鸭的公厕，而我们却用河水来煮面，朴老师亲自来煮。我调侃说："这碗面的价值无法衡量，这是科学家鸭爷爷煮的面。"

几日来，雏鸭跳巢是主题，跳巢的时间却依然是未知。在每日的观察和等待中，总是有故事发生。午饭后，几人都有倦意，但都不敢休息，似乎打个盹就会错过精彩的片段。我低头看书，疲惫时眺望河面，居然看到一只绿头鸭领着它的宝宝在这片水域中游过，八只鸭宝宝尾随着鸭妈妈的画面，温暖我的心房。这是多么精彩的片段，目睹绿头鸭雏鸭的风采，算是偏得，也是收获。

我自从迷上中华秋沙鸭，就心有所属，其他鸟类（包括野鸭）都无法激发我的好奇心。我的心很专一，独有中华秋沙鸭。可是，在静悄悄的河畔，见到绿头鸭的雏鸭那一刻，我内心中柔弱的地方也被微微触动了。

绿头鸭雏鸭沉浸在欢喜游弋中，不远处又闪过其他野鸭游动的身影。我内心窃喜，拿起望远镜一瞧，竟然是中华秋沙鸭，鸭妈妈领着雏鸭浩浩荡荡游来了。雏鸭们排成一字形尾随在妈妈身后，鸭妈妈一边游走一边回望，似乎在盘点雏鸭的数量，又似乎在观察身后是否有敌情。

随后，鸭妈妈摇摇头，再点点头，酷似老师在讲解难题，讲着讲着便扎入水下。雏鸭也效仿妈妈的样子，顾头不顾尾地把头埋入水中，毛绒的尾羽露在水面。鸭妈妈入水抓住一条小鱼儿，其中一只小鸭探过脑袋张开小喙，鸭妈妈把鱼儿送到雏鸭喙中，眼神中流淌出的慈爱一览无余。一只比较活泼好动的雏鸭，头埋入河中抓住一条鱼儿，鱼儿比它自己的身体还长，它飞快地游到岸边，爬到礁石上，独自享受美味去了。还有一只雏鸭，刚刚抓到鱼儿，还没有吞入腹中，身后便有小伙伴来偷袭，只见这只雏鸭紧紧咬着鱼儿，小足蹼迅速拍打水面，踏着水波，似乎在用轻功表演，边跑边吃，后面的小伙伴未能得逞，失望地转身自己去抓鱼儿。有一个小家伙不会抓鱼儿，鸭妈妈游在前面，扭头嘱咐，用翅膀拍打水面，将身体放平后，头先扎入水下，随后身子也潜入水里。雏鸭学着鸭妈妈的样子，扎入水中。鸭妈妈很细心，从抓鱼儿到梳理羽毛，面面俱到，每一个动作都传授给雏鸭。

雌鸭的伟大，通过望远镜全部呈现在眼前，母爱不仅仅会在人类之间彰显。

鸭妈妈带着小家伙们爬上河中心的一块礁石去休息。这时，我的电话响起，为了不影响摄影人拍摄，我悄悄离开小木屋。当我结束通话后，退回到小木屋，鸭群竟然已经离开了。

为什么会这样呢?

原来我离开小木屋时，我的影子干扰到了鸭群。我觉得自己很对不起小木屋里正在拍摄的影友。一天的观察和等待在我的歉疚中落下帷幕。

焦躁的一天

身体的疲倦只是表象，内心的焦急才是本质。雏鸭跳巢进入倒计时，可我却有些忐忑，唯恐又一次错过。

清晨四点三十分，朴老师发来微信："五点出发。"

我虽然倦怠，还是匆忙爬起来去粥铺买来早点。六点未到我们便到达了三号科研基地，依然潜伏在那个五米长的掩体里。

三号科研基地在头道松花江的支流头道白河的一个分支流的岸边，河床一边山林辉映，一边林海呼应，远远望去，河流波光粼粼，森林浓翠蔽日，蓝天通透如洗，酷似一幅水墨画悬挂在天地间。此处的老青杨树上，挂着中华秋沙鸭的"产房"。这棵老树距岸边约两米，这片水域适合野鸭休憩玩耍。不远处便是深水区，将一片长满芦苇的沙滩环抱。

小秦几乎把鸭巢所在地当作了家，不管刮风下雨，不管高温酷热，他都早早起来死看死守人工鸭巢。在将要当妈妈的雌鸭觅食的空当，他还要爬树“查房”，发现雏鸭已经破壳了，这是多么令人兴奋的好消息。

今日的天气预报，最高气温是34℃。明天长白山山区温度骤降，还有中到大雨。虽然雏鸭预计在明天跳巢，想必鸭妈妈能够预知天气的变化。雨中跳巢，对弱小的雏鸭来说该是多么残酷。如果今天雏鸭们完成生命的第一跳，那该多么完美，我的想法合情合理。

每一个人都在沉默，都在期待着能在今日的高温中完成“接生婆”的使命。

此处的长掩体可以容纳很多科研人员和摄影人来此观察和拍摄。

到达掩体后，第一项任务就是安装设备，除我之外，每一位老师都麻利地支起三脚架，安装相机，调好最佳角度。我没有摄影设备，少了很多劳累，在一旁专注地用手机拍摄花絮。

朴老师在黑色的丝网上，按适合观测的角度，划开巴掌大小的洞口，然后采用障眼法，对丝网进行简单处理，利用光线和树影的交错，麻痹动物们。

万事俱备，只差一跳。

生命里永远有一种等待，因为等待才知道人生有多么美好，就像向日葵每天等待着向太阳敬礼与微笑。然而，等待时是寂寞的，同时又是充满好奇的，无所事事中我用望远镜去探秘鸭

言传身教

巢的外观。我第一次仔细观察这个鸭巢，这是用朴老师捡来的垃圾桶制成，巢的外面粘上树皮，入口上面也贴上三片树皮，入口下面也如此。无论远观，还是近瞅，极其仿真，足可以假乱真。其实说是假也不确切，毕竟人工巢的材料来自山里，选于林区。新产房投入使用的当年，就有中华秋沙鸭来此安家乐业，并产下十四枚鸭蛋。

前几天，小秦又清理了树下的枯枝和杂草，为小生命拥抱自然营造出一条平坦之路。

八点阳光扫过鸭巢，渐渐向树冠挪移。这时，一只大隼在鸭巢周围盘旋，它是雏鸭的天敌。鸟类自有它们的感知能力，大隼已经获悉鸭宝宝即将破壳的消息。对这只大隼的到来，朴老师显得不安，毕竟老人家更了解鸟类之间的关系。

原本我对这只威武的大鸟还有好感，知道它对雏鸭存在威胁，那份好感瞬间瓦解了，它也成了我的敌人。

天气预报说明天有雨，风儿似乎提前跑来报信，掩体内时不时有阵阵凉风吹过，头顶暖阳，背有凉风。多日来的室外奔波造成的身体的疲惫和内心的焦躁，让我的体温持续升高。凉风吹过，我不停地打着寒战，手和脚都冰凉。我深知我将以滚烫的体温去拥抱期待许久的场景。

河水哗哗流淌，似乎是这场大戏的背景音乐。后台的一切都准备妥帖，只待鸭妈妈的出场，鸭妈妈该是这场大戏的报幕者。然而，报幕员很矜持，都已十点，仍然没有动静。鸭巢的出入口不见雌鸭俊秀的身影。我越是紧紧注视着鸭巢，越觉得这里充满神秘、充满幻想，越是激发我探究的欲望。

鸭巢里面的场景，想来也该激动人心，鸭妈妈在培训雏鸭跳巢常识——如何跳出、如何奔往河流、在何处集合以及途中遇到的危险如何处理。雏鸭们应该都在跃跃欲试，因为外面的世界非常精彩。

一个姿势久坐，浑身麻木，腰椎间盘的酸痛也不合时宜地折磨我。可是，不能离开低矮的掩体，自然无法随心所欲舒展酸痛的腰身，这一刻散步成了奢望。突然感觉自己也成了一只野鸭，掩体是我的巢。只要等到雏鸭出现，我便可以洒脱地走出掩体。它们通过跳跃完成与世界的问候，我却通过它们的一跳完成此行的使命。跳，成了我和鸭妈妈，还有雏鸭共同的愿望。

离开，不妥。可是，腰的疼痛无法得到舒缓。无奈，我只好侧卧在掩体中由礁石铺成的地面上，凹凸不平的礁石成了新型的按摩工具。侧卧无法减轻疼痛，我索性不管不顾地伏在礁石地面上，让太阳光温暖脊背，用太阳的热度去驱散身体的热度。

趴着时，无法目视人工巢，我内心隐约掠过一丝悲伤。仿佛此时是在迎接自己的临盆，疼痛中充满希望，自己浑身的酸痛也正是分娩前的征兆。想象归于想象，我暂且充当雏鸭的“接生婆”，我多么希望用我的疼痛去加速它们的一跳。如果可以早些见到它们，我情愿用疼痛作为见面礼。

尽管我趴伏在地上，耳朵却时刻警惕着。十一点，一直沉默的朴老师轻轻地说：“鸭妈妈！”仅仅三个字，我腾地爬起来，疼痛似乎是粘在身体表面的灰尘，是强加的附属品，三个字便驱散疼痛。透过我的“洞口”，看见鸭妈妈从它的洞口露出上半身，左右环顾五分钟，又退回鸭巢。这是跳巢前的准备吗？雏鸭跳巢倒计时中……

鸭妈妈探出头来，这一刻浓缩了我几个月的期待，稀释了我几日等候的焦灼。接续而来的安静中充满喜悦，且让人有些疯狂。虽然我在电视、网络上，多次看过跳巢的画面，可是却从未在现场见过。人生的第一次是何等地有纪念意义。想一想，期待在提高，欲望在膨胀。水流继续在弹奏交响，偶有鸟儿环绕树巢鸣叫，它们在用歌声欢迎新朋友的到来。

通过这些日子的观察，鸭妈妈每日出巢时间大多很固定。鸭巢里没有时钟，而它对时间的掌控却很准确，不知它如何感知时间的变化。鸭妈妈刚才观察完环境后回巢，想来又是在对雏鸭进行跳巢前的集训，临阵磨枪。

正午十二点，鸭妈妈再一次探出头来，只是瞬间，又回到巢里。就这样它反反复复五次探出头来，应该是夯实雏鸭的“蹦极”预案，似乎要做到万无一失。十二点二十分在第六次探头后，鸭妈妈居然飞出了鸭巢，在附近的水域梳洗打扮后，又在周围巡视一圈，十二点四十分飞回鸭巢。

时间在凝望中流逝。所有的人都进入战备状态，相机调好光圈和速度，全神贯注，甚至目不转睛，大家都不想在关键时刻出现闪失而遗憾。

这时，鸭巢周围的鸟儿安静下来，鸭妈妈也安静了。雏鸭是否能今天跳巢又成了未知，我很着急地问朴老师：“老师，今天能跳吗？”

朴老师说：“按惯例，下午跳巢的可能性不大。今天温度高，巢内温度会更高，它出来洗澡给自己降降温，同时用羽毛带点河水回去，给鸭宝宝们降温。”

我又问：“既然不出来，为何还要继续等？”

朴老师说：“为了防备出其不意。五点发现脱壳，需要十个小时才能跳巢。等到这里天黑我们再收工吧。”

鸭妈妈安静了，我的腰、我的背，又开始疼痛起来，坐也不是，卧也不妥。在铺满礁石的地面，左翻右滚，只想缓解疼痛。想想自己，放下工作，撇下家人，为中华秋沙鸭的一跳，在长白山逗留半月有余，很多朋友认为我疯了。而我自己也怀疑自己是否正常。从长春出发前，我并没有料到这一跳如此艰难，还想象着此行该是一场不错的旅行。然而，这些天，在山里，在河边，看枯树，瞅森林，属于长白山的景区却并没有光顾。两天前我想放弃时，我在中国文联培训班的同学姜老师（他是一位出色的摄影家）在电话里安慰我：“不管多难，都要等待。那是很神圣的一跳。我为了拍到这个画面，等了十三天……”这份问候和支持，再度为我注入耐力，况且，半途而废也不是我的性格。

不知是哪一种树木或是植物引发过敏反应，我的皮肤不知不觉中布满红色疹子，浑身痒痛，轻伤不下火线，我爬起来又跪在掩体的“洞口”等候。我自认为，经历的波折与摄影人经历的相比较微不足道。我只有风餐，还未露宿。朴老师曾为了记录天然鸭巢里中华秋沙鸭每日的变化，在帐篷里吃住十一天，那才是真正的风餐露宿。

鸭妈妈似乎体谅我的寂寞，三点钟在巢口左右观望后，飞出鸭巢落在河面，洗完澡后倒栽葱扎入水中捕食，补充能量后飞回了鸭巢。在它的眼中，我们的角色可能是天敌。它这么飞进飞出，是挑衅？还是在打游击战？

已经午后四点了，按惯例，雏鸭不会在傍晚回归自然。但是，为了不因错失任何机会而遗憾，我们还要继续静候。太阳慢悠悠落下，丝毫没有同情我的执着。我蜷缩在掩体已经十几个小时了，鸭妈妈无动于衷，一直在考验我。

蚊虫是黑夜的宠物，随着太阳落下，它们蜂拥而至。原本山里昼夜温差大，又遇气温突降，如果继续静守，身体一定吃不消。此时我浑身已经酸痛不堪，亟需一张床，好好休息。傍晚七点，我在漆黑中深一脚浅一脚地离开科研基地。尽管不舍，还隐隐担心淘气的小家伙们再次与我擦肩而过，但是，自己此时的身体状态不能露宿，既然如此，一切随缘。

剩下的精彩能否看到只能靠天意。

生命第一跳

“一切皆有可能。”我一直喜欢这句话。

多日观察鸭巢的经历，改变了我对人生的许多看法。人不能与自然去争，顺其自然，才是最好的结局和境界。雏鸭与我捉迷藏，而我却乐在其中。昨天我凭借臆想去揣测它们跳巢的时间，妄图强加以自己的意愿，却忽略了万事万物都有自己的规律。

天气预报今天有雨，也要坚持。两点醒来，拉开窗帘，只见星星点点的路灯在雨中闪烁，内心有份盼，失眠随之而来。我们又在黎明前的黑暗中出发，从青年旅舍出来跑到朴老师的面包车里，这么短的距离，运动鞋便已经湿透。等到达长掩体时，鞋子彻底成了凉鞋。

朴老师说：“这场雨是开春以来最大的一场雨。”

听罢，我的内心一阵疼痛。这样的暴雨，雏鸭如何承受？

还好，昨晚小秦用农膜把掩体罩上。我们到达这里时，周围还是黑压压伸手不见五指，但已有两位科研人员早早到来。不知为何，坐在遮盖农膜的掩体中，感觉自己都成了蔬菜和水果，且是在市场极其畅销的那种。雨越下越大，体温的高热一直不退，外加亏欠的睡眠，使我状态不佳。由于双眼浮肿，我只能在一条缝隙中观察掩体外的世界。我咬牙继续忍受着，不想因自己的不适影响大家的拍摄心情。

虽然雨天拍摄效果受限，但科研人和摄影人并没有放弃，他们为心爱的相机穿上了雨衣。每一位老师的相机都如同上了膛的子弹，激情饱满地等待开枪。

想想这巢雏鸭似乎更追求仪式感，有雨滴伴奏，有波涛弹奏序曲，河水、雨滴，交错成一部交响曲。雨滴如同酵母，与河水融合后，河面在膨胀、在发酵。雨滴就这样不知疲惫地从天空砸了下来，我内心为雏鸭担心着、恐慌着。

灰蒙蒙的天空如黑色的棉纱罩住这片水域，而我所在的位置是圆心，周围的树木、河水，还有即将凌空而来的雏鸭都是演员。我独立于天地间，成为不折不扣的观众。

此时此刻，鸭巢中的鸭妈妈和雏鸭们，让我爱恨交加，为了它们，我撇家舍业在鸭巢下守候；为了它们，我忍受着身体的酸痛在山林中穿梭；为了它们，我放弃了庸常的生活，把精力都奉献给它们。我倾注如此深沉的爱，多么希望能换回一个温暖的拥抱。

可惜，它们不属于人类，不会懂得我所付出的一切。雏鸭迟迟不出来，似乎在考验我的诚心。

等待中我琢磨起“跳巢”一词，跳巢，顾名思义，就是从这个区域跳出，跳到另一个区域。我迷恋上这个词，是因为中华秋沙鸭。因为中华秋沙鸭生命的精彩就是从这一跳开始。

六点三十分，鸭妈妈从巢口探出上半身，机警地东望望，谨慎地西瞅瞅，时不时扭头对巢中鸣叫几声，继续伏在巢口近两三分钟，才退回巢里。鸭妈妈反反复复三次观望后，一只雏鸭也学着鸭妈妈的样子趴在巢口，毛茸茸的小家伙除了头顶，全身都是灰色的绒毛，因为弱小，它尽力伸长脖颈，对外面的世界充满新奇。鸭妈妈发现后，用翅膀将它扯回鸭巢。似乎这只雏鸭很不情愿，转眼间，它又趴到巢口，这次更加挺直身体，尽力扬长脖颈，呼扇两只枝丫般的翅膀，它在向大自然问好。

这时，鸭妈妈也在探头观望，伸展身体间，不小心用胸口将这只兴致勃勃观望的雏鸭挤出巢口。只见雏鸭舒展三角形的小翅膀，双足蹼成八字，头朝下，小家伙居然不惧树高，从来没有学过飞翔，却能拼命地挥舞翅膀落下来，只是瞬间，它就从十多米高的鸭巢重重地摔在湿漉漉的地面。我端着望远镜找寻落地后小家伙的身影，只见它弹起，再落下，就不见踪影。

巢里巢外一片寂静后，鸭妈妈再度伏在巢口，长喙成八字，

跳巢

可能是在嘱咐雏鸭们，随后率先纵身一跳。与此同时，巢口由刚刚的安宁变得吵闹起来，雏鸭们争先恐后拥到巢口，有的侧身去观察，有的低头去俯视，还有一只骑在洞口，顽皮地看着眼前的一切。紧接着，一只只雏鸭有条不紊地跳下来。落地的那一刻，我的心悬起，担心摔坏弱小的生命。只见，小家伙们灵巧落地，肚子贴在绿莹莹的杂草上，随后，一个前翻才平稳站起来；笨拙弱小的雏鸭则平摔下来，但见它侧翻后，踉跄站起来。这时，突然有一只在此守候多时的雌性中华秋沙鸭拼命地追赶雏鸭，强盗鸭来抢夺雏鸭了。幸亏刚刚跳巢的鸭妈妈勇猛无敌，才撵跑了强盗鸭。

跳巢只用两分钟，十四个小生命如飞行员跳伞一样，纷纷以飞翔的姿态勇敢地降落。

小家伙们落地，弹起，如灰色的小皮球在草丛中滚动着挪到浅水区。鸭妈妈“嘎嘎”的呼唤声传到每一个小家伙耳畔，小家伙们乖巧地向妈妈怀里靠拢。这时，暴雨没有停息，且更加肆无忌惮。手机里的天气预报显示气温为2℃，山里和水边，温度略低于天气预报的温度。躲在掩体中的我，冻得缩成一团。遮盖掩体剩下的一块塑料薄膜成了我的救星，不顾及形象的好与坏，美与丑，我披上薄膜。它为我挡住了风，少去风儿横扫，似乎暖和许多。小家伙们在如此恶劣的天气里拥抱这个世界，对跳巢的雏鸭们来说是何等残酷。鸭妈妈似乎也知道这点，慈爱地将几个娇弱的鸭宝宝捂在羽翅下，其他雏鸭也撒娇地往鸭妈妈怀里拱，鸭妈妈叫了几声，酷似批评，小家伙们消停了。鸭妈妈环顾四周，确定没有危险后，起身沿着浅水区向深水区前行。雏鸭们似乎经过专业的训练，均匀地排列成一字长队，以步行军的态势紧跟鸭妈妈疾步行进。雨中的泥沙滩松软，时而有小家伙陷入泥沙中，但见它挺直身子，猛地从泥沙中跃起，加快脚步，并没有被落下。

穿过泥沙滩便到了深水区。深水区浪花翻滚，如舞蹈者甩袖起舞，浪推着浪，跳跃翻滚，气势壮观。大雨如注，水面上涨，外加冷风助力，鸭妈妈并不畏惧，勇敢地领着雏鸭沿着礁石回旋逆流而上，以身示范，勇敢冲入波浪中。雏鸭们有些恐慌，犹豫片刻，在鸭妈妈的“鼓励”下，也随着鸭妈妈奔向波浪。闯过第一道风口浪尖，它们似乎在窃喜，突然又一股波浪袭来，三只雏鸭被冲出几米之外。鸭妈妈忙扭身率领大部队回返，找到这三只雏鸭后，但见长喙一张一合，似乎在叮嘱，只见这三只雏鸭跳到妈妈的背羽之上，大部队又继续逆流前行。这时，鸭妈妈像一艘船，游在前面，要问船儿谁来坐，三只鸭宝宝坐上面。这次，鸭妈妈避开激流险浪，尽可能地沿着礁石边以 S 形的路线挺进。如此看来，路程绕远，但减少阻力。中华秋沙鸭迂回的战术，让我佩服得五体投地，它们知难而进的精神更是让我折服。

远远望去，逆流而上的鸭妈妈和它的雏鸭们与浪花搏击，冲破几重波浪后，似乎乏力。这时，鸭妈妈跳上一块礁石，小家伙们连跳带爬攀到礁石之上，聚在鸭妈妈的双翅之下歇息。鸭妈妈宽大的翅膀就是小家伙们的保护伞，避风，挡雨，还能温暖着它们。

我曾看过资料，雏鸭跳巢后，鸭妈妈会领着它们悄悄躲在河边的芦苇或草丛里，待雏鸭们恢复体力再出去觅食。只因跳出来后出现疯抢雏鸭的强盗鸭，这个鸭妈妈才改变初衷，改变觅食的方向。

掩体低矮，我只能跪式观察，透过巴掌大的观察口，借助望远镜才能望见七八米之外的鸭巢。就这样，我目不转睛地盯了近三个时辰，眼皮已经僵硬，眨眼似乎都变得奢侈。此时的风雨似乎是这场“阅兵”的序曲，在猛烈而疯狂地弹奏，鸭妈妈率领雏鸭们在交响曲中表演了“海陆空”的乐章。

秘密的家园

早些年，人们在长白山山区毫无节制地乱砍滥伐，破坏了好多老树，势必影响中华秋沙鸭安居孵化。

幸亏科研人员及时发现，为中华秋沙鸭搭建人工产房，解决了孕鸭的“住房”问题。

为了见证中华秋沙鸭生命中的第一跳，我蹲守在人工产房下面十几日，终于看到雏鸭跳出了鸭巢。之后，我兴奋许久，暗自惬意，与雏鸭完美地相逢也算是填补了人生的一隅空白。

可是，人心贪婪，我还没有目睹过天然巢中雏鸭“蹦极”的场景，于是内心又萌生期盼，也算是奢望。

于我而言，心中有梦，一定要去圆梦，哪怕付出艰辛，哪怕经历坎坷。当我获悉抚松县漫江镇长松村头道漫江岸边的天然巢就要有雏鸭跳巢时，全身的血液似乎都充足了电，我以最快的速度抵达长松村。

这处天然巢是中华秋沙鸭秘密的家园，两年前才被这里的村民发现。眼前这棵神秘的老榆树，已有二百多年的历史，已经枯萎很多年。一棵枯树看似很平常，很无奇，隐藏在树洞的中华秋沙鸭却在悄然无声中酝酿着新的生命。如果没有这次跳巢，这棵树不会走入我的视线，也不会吸引我为它披星戴月而来。

受观鸟经济的影响，长松村村民在岸边搭建百米掩体，三名村民从村里承包了这段水域，联络南来北往的拍鸟人，这里也算是拍鸭驿站。为了更好地了解天然巢中鸭蛋的孵化情况，村民小罗在树洞里安放了监控设备，站在树下便可以知晓巢内的动态。

我透过小罗的手机屏幕，看到鸭蛋刚被啄破手指肚大小的裂口，按惯例，雏鸭在二十四小时内应该离开树巢。眼下，跳巢倒计时中。

不看不知道，看了真惊讶。河岸边陆续聚集着南来北往的摄影人，“长枪短炮”架在鸭巢的对面。摄影设备如同大炮，一个个黑洞对准鸭巢的方向，看着壮观，细瞅极恐。

我没有摄影设备，准备用望远镜遥看雏鸭跳巢的瞬间。

这周围有十个人工鸭巢，其中长松村有四个，天然巢却只发现这么一个。这处拍摄点下游原有一段橡胶坝，因为河道整改，橡胶坝拆除，水面下沉，水位最深处下降近五米。因此，岸边裸露出淤泥，无法还原曾经水位与树根平齐的场景，雏鸭跳下来后，也不能直接进入河水中，需要在泥滩上冲刺百米。

如此黑乎乎的岸边，作为拍摄的背景画面并不美丽。对于我而言则无所谓，我看的就是过程。

山里的空气依旧清冷，这次我穿着厚厚的羽绒服也没有感觉到温暖。周围的树木刚刚冒芽，依然显得萧瑟，唯一抚慰心情的便是耳边的鸟鸣，各种鸟鸣交错成一首林间的交响曲，时而还传来村庄里的狗吠声。想想这就是儿时的声音，听着让人感觉特别亲切。

小罗说："姐，与我同行，可以看到跳巢的全过程，姐在树巢下等着就行。"

各路神仙，各就各位，架起"大炮"等待产房传喜讯。

我坐在距离天然巢约五十米的地方，如果离老树远，手机接收不到信号，如果离老树太近，又怕巢内雌鸭惶恐。因此，五十米恰到好处，我们做好隐蔽，悄然无声地守候着，名副其实地成了产房的守门人。即将当妈妈的中华秋沙鸭成了明星，聚集在这里的四十几人都翘首以待这场跳巢大戏，主角明星中华秋沙鸭和它的雏鸭成为众盼的对象。

就这样苦苦等待一天，居然没有丝毫动静。这位矜持的鸭妈妈不走寻常路，居然打破了常规，头号鸭宝宝都已破壳二十四小时，它居然还稳坐巢中。无奈，夕阳已经西下，树巢下的观众只得收起设备，恋恋不舍地离开漫江。大家约定次日清晨四点再来等候。

有期盼，有等待，便有了能量支撑身体。

次日我早早起来，顶着星辰来到江边，而我居然不是最早到达者。为了拍雏鸭跳巢这场大戏，每一个人都不辞辛苦。

就这样，我与小罗又坐在老树的不远处，通过树巢里的监控设备实时观看巢内鸭妈妈和雏鸭的动态。一只雏鸭很活跃，在鸭妈妈背羽上调皮地跳来蹦去，想来它应该是头鸭，发育好，破壳早。不管它如何激动，如何憧憬巢外，鸭妈妈依然稳稳地搂着其他鸭宝宝一动不动。

高科技电子设备的存在，使鸭巢没有了秘密。鸭子们不会想到，它们的头顶有监控在拍摄它们生活的点滴。五点三十分，老树的周围有几只亚成体鸭前来闹巢。巢里的鸭妈妈开始东张西望，似乎是在进行跳巢前的酝酿。

等待漫长，却充满希望。六点三十分，三只雏鸭异常活跃，排着队在鸭妈妈背羽上跳跃，还有两个鸭宝宝按捺不住梦想，攀爬巢壁在试飞。鸭妈妈仰着头，长喙一张一合，眼睛透着慈祥。雏鸭蹦来蹦去，看似玩耍，其实是在练习，活跃十分钟后，又被鸭妈妈搂入怀里。天彻底地亮了，鸭妈妈却用双翅继续温暖它的鸭宝宝们。

六点五十分，鸭妈妈开始梳理羽毛。中华秋沙鸭不仅对栖息地挑剔，而且对自己的个人卫生也很在意。通过观察发现，中华秋沙鸭每次离巢或是有活动时，都要事先认真梳洗打扮，似乎同人类一样，外出要有端庄得体的服饰、干净通透的妆容。羽毛梳理整齐后，它仰着头，警觉地瞪着眼睛，聆听巢外世界的声音。

聆听几分钟后，鸭妈妈又打起盹了。鸭妈妈很疲倦，一直以来，依靠当妈妈的欣喜来支撑，困顿中头不停地左右摇摆，眼睛张张合合，尽量保持清醒。

七点三十分，鸭妈妈站起身来，伸长脖，小鸭子们也自觉将小脑袋朝向巢口的方向，很有规律地围在妈妈周围。鸭妈妈走到巢口后停了下来，随后又蹲卧在巢里，还在欢喜的雏鸭被鸭妈妈的翅膀逐一收拢在怀里，又是一片安静。

通常雏鸭的活跃度与发育程度有关，猜测此时鸭妈妈在刻意地考查鸭宝宝，通过鸭宝宝攀爬自己背羽时表现的好坏来判断雏鸭是否活跃。也许鸭妈妈来到巢口的瞬间，瞅到密密麻麻的摄影人，在鸭妈妈眼里，这些握着“长枪短炮”的人是敌人，随时都会伤害到它们。

孕育是一项艰辛的工程。一个月的孵化期使鸭妈妈眼睛无光而憔悴。在即将跳巢的清晨，它又打起盹来，这是疲惫的体现。这段日子，它在睡觉时或者休息时都是睁一眼闭一眼，显得十分疲惫。

八点巢里又活跃起来了，雏鸭在鸭妈妈的背上玩耍。这时鸭妈妈“嘎嘎”叫了几声，似乎在安抚鸭宝宝，又似乎在叮咛。此情此景，应该是跳巢前的培训。

雏鸭们都在跳跃着欢腾着，相互比赛，相互鼓励，争先恐后在鸭妈妈的背上表演，鸭妈妈的背羽成了小舞台，一个个小演员似乎在做出场前的热身。台上一分钟，台下十年功。跳巢只有几秒，而这些小鸭子却用两天的时间练习，一边积蓄能量，一边酝酿跳跃的勇气。

鸭妈妈陪着雏鸭反复练习，反复休息，为跳巢储备了足够的能量。

我来了

八点四十分，鸭妈妈的长喙张成八字，随后“嘎”地大叫一声。这一声很震撼，躲在树巢下的我都听得清清楚楚。这一声，就是集结号，雏鸭们瞬间停止活动，乖乖地躲在妈妈身下，瞪着一对对黑亮的眼睛，“叽叽”叫着，似乎是誓言，似乎是承诺，似乎告诉妈妈：“我们很勇敢，妈妈请放心。”

随后，鸭妈妈的长喙开始不停张合，我却听不到清晰的叫声，鸭妈妈如同一位老师在滔滔不绝地传授经验。根据以往经验，跳巢前，鸭妈妈应该外出踏查路线，观看周围环境。可是，眼前鸭妈妈并没有按常理出牌。鸭妈妈的脖颈伸长，似乎在踮起脚观望巢外的动态。我看得云里雾里，屏住呼吸，拿捏不准鸭妈妈下一步的打算。这时，小罗拿着对讲机对拍摄的人群喊：“注意，鸭妈妈要出巢。”

八点五十二分，鸭妈妈“嘎嘎”叫了两声，洒脱一跳。就在瞬间，小鸭子们“叽叽”叫闹起来，并紧紧跟随其后，三个一群，两个一伙，逐一跳出，洞口外有一处偏树杈，其中有两只雏鸭居然落在树杈后弹起，再落到树下的淤泥中。待我醒过神来，八只雏鸭完成了气势磅礴的跳巢。这个树巢内有十枚蛋，孵出八只雏鸭。

多么希望时钟定格在此时，以慢镜头推进雏鸭跳出巢穴的过程，从雏鸭的表情到雏鸭的动作，不遗漏一丝细节。可惜，时间无情，让我惊讶后留给我的还是遗憾。

雏鸭出巢了，我的视线迅速从监控的手机上移开，急忙抓起望远镜眺望树下。这巢雏鸭跳巢后，选择哪条路线奔向河流？都在猜测，都在揣摩。

老枯树距离河岸只有百米，小鸭子在泥滩上以跳动的姿态向水面前行，巢外阴冷，淤泥中冰凉，雏鸭幼嫩的足蹼正在经受着冰冷的考验。来到河岸边，雏鸭扑通跳到河里，无师自通，快速游走。偌大的河面，幼小的生命，如果不借助望远镜，很难在水面寻到可爱的毛茸茸的小家伙。

我一直存有疑惑，为何跳巢后鸭妈妈领着雏鸭会逆流而上，一番观察后猜测，兴许因为向下游动，水流顺势，容易把雏鸭冲跑，只有逆流前行，雏鸭才能向着妈妈靠拢，冲跑的可能性小些。这应该是鸭妈妈的智慧所在。

河面上，鸭妈妈在前面引领，七只小鸭紧紧跟随，还有一只小家伙却落在了岸边。鸭妈妈急忙绕回来，“嘎嘎”地不停呼唤，等到落单鸭宝宝归队后，鸭妈妈继续率领雏鸭们逆流而上，游向张家吊桥。

天气阴凉，江水也冰冷。最后归队的雏鸭在鸭妈妈的授意下，爬到鸭妈妈的背羽之上。就这样，鸭妈妈驮着雏鸭在河面上游动二十分钟，游累了，趴在对岸的泥塘上，这时，雏鸭们又被鸭妈妈搂在双翅之下。

天气预报所说的雨如期而至，顿时，江面雨雾笼罩。摄影

鸭妈妈巡洋舰

人都披上了雨衣，都想拍摄鸭宝宝更多精彩的瞬间。而雏鸭似乎并不在意雨水打湿羽毛，趴在岸边的泥潭上学着妈妈的样子梳理湿漉漉的绒羽。

雨越下越大，雏鸭再次躲入鸭妈妈双翅之下。鸭妈妈抖开双翅，给孩子撑起避雨的伞。

细细想来，眼前鸭妈妈打破常规，没有在跳巢前观察巢外环境，也没有伏在巢口观察周围动态。突然的一跳让摄影人出其不意，仅几十秒的时间，好多摄影人还未来得及按动相机快门，便错失了珍贵的一幕。

漫江的食物暂时还不丰盛，因为冷，因为饿，休息后的鸭妈妈带着雏鸭在河面上来来回回游走。

雏鸭的降临使我的心情变得激动，而面对如此阴雨天，我心中又隐隐生出一丝担忧。

此处天然巢已成为摄影人的焦点，对中华秋沙鸭毫无干扰下完成拍摄，似乎无法实现。鸭妈妈不按规律的举动，就是对观察者和拍摄者的抗争，这其中自然也包括对我的抗争。我有些内疚，只因内心承载一份使命，初衷是善意的。我默默道歉，只是我的歉意，鸭妈妈听不到。中华秋沙鸭之所以能够成为活化石，与它十分机警息息相关。中华秋沙鸭的性格如此，人类观察和拍摄的行为一定干扰了它。既然爱它，就不要打扰它，不要去伤害它。这里本来是属于中华秋沙鸭的秘密居所，被人类发现了，有人欢喜，也有人担忧，而我属于后者。

助跳也有理

斗转星移，这是发生在又一个初夏的故事。

头道大桥一号巢雏鸭要出巢了。

这个消息让我非常兴奋。一号鸭巢是人工巢，坐落在头道大桥中华秋沙鸭保护监测站黄色小木屋的对面。巢箱用木板制成，表面涂上了蓝绿色的漆，挂在青杨树上好多年了，风吹日晒，颜色与树林融合。

这个巢箱一直没有雌鸭入住，这是第一次当产房。然而，住进这个巢的雌鸭却不是第一次当妈妈。它应该是在2015年初为鸭母，当时安家在保护中心中华秋沙鸭保护监测基地的三号地，入住的也是一号人工鸭巢。挂有一号鸭巢的青杨树周围有铁栅栏围着。这只雌鸭首次当母亲，一直都在很精心地孵蛋，谁知却被一条松花蛇盯上了。这棵树周围的铁栅栏，给松花蛇偷袭带来便利，再者初当母亲经验不足，蛮有经验的松花蛇便把它当作了目标。当松花蛇钻入树洞偷袭时，这只年轻的雌鸭正好在孵化，一场激烈的搏斗后，雌鸭的嘴角被蛇咬伤，只好逃走，无奈放弃即将破壳而出的鸭宝宝。首次孵化遭受攻击，给这只雌鸭带来了伤害和恐慌，嘴角又留下圆圆的疤痕。

中华秋沙鸭看起来都是同样的容颜和装扮，没有特殊的标志，人类很难辨别出个体差异。唯有它，嘴角的疤痕，不仅让摄影人记住，还成了科研记录的标的物。但凡见过它的人都喊它“豁嘴”。

今年春天，它与鸭爸爸水面恩爱时，我是局外人，却目睹了一切。这个鸭妈妈体态明显臃肿，在水面游动缓慢，青春那股活力已经躲在目光的深处，与年轻雌鸭比较，明显已经衰老。在求偶期间，雄鸭很钟情于它，一直陪它入巢，陪它觅食，没有移情别恋。当十枚蛋全部产下，豁嘴开始孵化时，雄鸭才不舍地离开。

两日前，十枚蛋全部有了裂痕。前一天，某电视台为了拍摄鸭宝宝出巢前的动态，在一号巢顶安放了录像设备。这一切是在豁嘴外出觅食时暗地里操作的，却被机警的豁嘴察觉，它在树巢周围一遍遍徘徊，已近天黑仍不回巢。电视台人员无奈，只好拆掉设备。随后，豁嘴才放心地回到巢箱。

雏鸭已经破壳二十多个小时了，巢内又遭遇录像的干扰，电视台人员汲取前几次录像失败的经验，担心鸭妈妈也在黎明一抹白中，带着鸭宝宝悄悄离开，他们三点半就来到了头道大桥监测小木屋。晨光渐渐透过树梢照射在河面上，周围的小鸟也开始晨练，不管不顾地唱着晨曲。唯有豁嘴安静得似乎不存在，在场的拍摄人员都在苦苦等待豁嘴的出现。

这个人工巢的位置比较理想，鸭巢下是水面，雏鸭跳到水中再弹起的画面一定很精彩，而拍摄的地点在观察小屋中，与野外拍摄相比，可避风雨，尽管林中阴冷，但也是很惬意的场地。这里是科研基地，外来拍摄人员无法进入。可是，媒体记者的身份便是入门的钥匙。所以前来这里拍摄的人，大多与媒体有关。越来越多的人关注生态，在雏鸭跳巢期间，这里成为焦点。一号巢对面的四个拍摄小屋都摆满了“长枪短炮”，就连小屋旁边地面的斜坡上也搭起了帐篷。

苦苦等待六个小时，豁嘴在九点五十分第一次探出头来，眺望片刻又退到巢里；与此同时，两只亚成体鸭一直在周围吵闹。截至正午时分，豁嘴先后探头八次。每次探头，摄影人都要屏住呼吸，小木屋周围顿时异常宁静。过了一会儿，河面有一只雌鸭在游动，好似散步，又像等待。桥下一只雌鸭带着十二只雏鸭游过来，这群鸭是在头道白河中华秋沙鸭保护区孵化，就在两天前跳巢。豁嘴钻出巢箱，在水面四处游走观察动静，发现远处飞来了两只雌鸭在靠近它，由于中华秋沙鸭争夺鸭宝宝的习性，它警惕地“嘎嘎”叫了起来，似乎在叮咛雏鸭不要跳下来。等它驱赶走“入侵者”后，在河面简单觅食，停留十几分钟才又飞回鸭巢中。

午后一点半，豁嘴第九次探头，前半身探在巢口，观望足足五分钟，就这样连续探头十五次。对面的摄影人几乎被豁嘴探头弄得恍惚，心态都要崩溃了。打破常规，不按套路出牌的豁嘴让摄影人恨不成爱不得。我不敢错开眼球，不得不放弃了午饭，真怕一转身一眨眼又错过跳巢的十几秒，那将成为一年的憾事。

山里暮色来得早，下午四点二十分，河面已经看不到阳光了，美丽的树影也没有了亮度。所有人都被豁嘴折腾得筋疲力尽，对雏鸭跳巢都不抱有希望了。这时，豁嘴居然跳出巢箱，同时，一个小家伙也随着豁嘴跳下来，这只小鸭子应该是这窝雏鸭中的长子。豁嘴“嘎嘎”地叫着，仿佛告诉雏鸭:“现在下面很安全，宝宝们要勇敢，要飞翔。”可是，留在巢中的雏鸭似乎没有听到鸭妈妈的话，依然纹丝不动。豁嘴焦急地在树巢下“嘎嘎”地叫个不停，无奈又飞回到巢营。不知道是雏鸭胆怯，还是洞口过高，鸭妈妈需要亲自做思想工作。六分钟后，豁嘴出巢伏在水面，仰起头继续“嘎嘎”呼叫鸭宝宝出来，原本雌鸭声音并不优美，此时显得更加沙哑，又夹杂着焦急。鸭宝宝很倔强，对鸭妈妈的呼唤“无动于衷”。豁嘴再一次归巢，对雏鸭是批评，还是鼓励，不得而知，但是，依然没有结果。直到

休息

豁嘴第三次回到树巢，又再次在巢下呼唤，雏鸭还是没有跟着跳出来。

此时，似乎时间停止，等待拍摄的人都顾不上拍摄，有担忧，有疑惑，人人都很紧张，这个场面从未遇见。我的耳畔似乎传来缥缈的声音:“不跳不跳就不跳。”我无法给雏鸭助力，也无能帮助鸭妈妈，我只有焦急，急得我都想跳入河里，为小鸭子做个示范。

时钟的指针已移过傍晚五点，一片乌云不合时宜地飘来，随后下起小雨。豁嘴无奈地“驮”着长子奔向下游。

巢内尚未跳出来的雏鸭怎么办?

在场的人，焦躁变成了担忧。这时，朴老师果断派小秦上树探看究竟。

小秦掀开巢箱的顶盖，小家伙们蜷缩着靠在一起，似乎在抱团取暖。雏鸭看到小秦后，更加惶恐，九只毛茸茸的小家伙紧紧拥挤在一起成了一个圆圆的毛球。小秦小心地握住一只雏鸭，送到巢口，小鸭子居然舒展全身，舞动两只枝丫般的翅膀，以飞翔的姿态勇敢地跳到河水中。在小秦的辅助下，一只、两只、三只……九只雏鸭勇敢地完成跳巢，小鸭子跳下来的瞬间，鸭妈妈也飞快地游来，“嘎嘎”不停地呼唤。小鸭子听到妈妈的呼叫后，以闪电般的速度乖巧地向妈妈身边靠拢。可惜，团聚的时间短暂，桥下那带着十二只雏鸭的鸭妈妈，似乎练过轻功，踩着水面狂奔而来，明目张胆地抢走豁嘴的十只鸭宝宝。两个鸭妈妈为了争抢雏鸭而“浴血奋战”。半小时的追赶厮杀，豁嘴悲惨地输给那位年轻的鸭妈妈！

大自然多么神奇！强者为王是不变的真理，动物们一代一代用健康的基因繁衍后代，这些遗传习性都是生存的本领。中华秋沙鸭延续了大自然的神奇力量和古老的遗传密码，才得以一直生存延续下来。

一场超乎寻常的跳巢之旅，改写了书本中的相关记录。如果没有录像设备的干扰，如果没有密密麻麻摄影人的关注，雏鸭可能就会顺利跳巢，而豁嘴也有可能避免被夺走鸭宝宝。

干扰也是一种破坏。中华秋沙鸭机警的天性、低调的性格，真的不适应追风者为之“吹捧”。

镜头在不断增加，拍摄行为持续密集，鸟类生存环境也越来越恶劣，险象环生。越来越多的摄影人扛起“长枪短炮”来到丛林中，都想用镜头记录中华秋沙鸭的“惊鸿艳影”。在亲近自然、关爱中华秋沙鸭的同时，不应随意超越它们的安全范围，干扰它们的正常生活，尤其跳巢于它们而言是多么神圣。有时候，保持适度的距离也意味着尊重，意味着完美，尊重动物的拍摄，才是真心亲近自然。

雏鸭借助人力完成跳巢是教训，源于人类干扰。这件事能否给拍摄动物的摄影人敲响警钟，还是只会成为他们茶余饭后的谈资？

第二章

夏长

豁嘴真可怜

曾有一段时日，我处于人生的低谷，那时，感觉生活维艰，便觉得还是做动物好，没有烦恼，没有忧愁。当我见到豁嘴的雏鸭被强盗鸭抢走后，我满眼泪水，同情它，可怜它，原来动物也有忧伤。

为了这事，我失眠了。

雌鸭孵蛋如同人类的十月怀胎。我也是母亲，自然知道孕育新生命时的艰苦和期待。

在它第一次孵蛋时，遭到松花蛇的袭击，致使希望破灭，它遭受的打击可想而知。兴许松花蛇的阴影给它带来的恐慌，使它对雏鸭的警告过于严重，随之，让雏鸭害怕跳巢，也害怕巢外的坏蛋。我无法听懂鸭子的语言，只能借助自己贫乏的想象力去揣摩它们。

豁嘴春季交尾时比较低调，那时，我猜测它鸭龄大，缺少激情，比较沉稳，再者可能由于曾经失去一巢雏鸭而变得谨慎。此次雏鸭跳巢出现意外，或许豁嘴是被动的，或许是它有意戏弄手持“长枪短炮”的人。

我脑海中出现了多个版本的剧情，我琢磨豁嘴的想法，也揣摩雏鸭的心思。

清晨，头道白河是淡绿色的，河面被一缕缕霞光笼罩，我蛮喜欢眼前的景色，绿得淡雅，绿得心醉。柔嫩的树叶含羞一般闪出半个身子，那颜色，那姿态，我都想用指尖把它掐下来送入口中咀嚼。水面呈现出的绿色，如同兑入了牛奶，显得格外柔和，水波微澜平铺在两岸之间，如一张席子，如若躺卧之上，都会做出一个美妙的梦。

豁嘴比我还要勤劳，早早来到这里。它直接飞入一号巢中，在里面停留十几分钟后，很无趣地飞出来，眼中充满哀怨，可怜兮兮地在水面游走。这片水域曾留下它许多美好的回忆。这是它与雄鸭的爱情地，这里也是它孕育雏鸭的温床，它在闲游，也在回忆。时不时扭身四望，它在寻找曾经每一块记忆的碎片。

中华秋沙鸭耳聪目明。只见它伸长脖颈，冠羽随风摆动，随后，整个身体如离弦的箭，“嗖”地飞起来，再落下却直接扎入不远处的水中。当它浮出水面后，我才发现附近有一只雌鸭，再仔细看，是一群，正是抢它雏鸭的那个强盗鸭妈妈带着雏鸭游过来。

豁嘴紧追强盗鸭，试图抢回自己的鸭宝宝。水面掀起无数浪花，一朵朵浪花如同装饰，镶嵌在它们的周围。浪花犹如音符，高低起伏，随着追赶的频率，在演奏一场无声的乐曲。豁嘴毕竟衰老，体力严重不支，十几个回合后败下阵来。尽管失败，可它内心不甘，若即若离，还是徘徊在鸭群周围，且不停地“嘎嘎”叫着。这是呼唤，呼唤雏鸭回到自己身旁。被抢走的雏鸭顺着豁嘴的呼唤声准备过来，雏鸭也想回到亲生母亲的身旁。强盗鸭妈妈岂是等闲之辈，用长长的喙狠狠地咬住鸭老大的脖颈，十只鸭中的老大，有带头作用，是弟弟妹妹的表率，剩下九只雏鸭看见大哥哥被咬得几乎窒息，都乖乖退回到队伍中。

强盗鸭妈妈左瞅右瞧，觉得教育还欠火候，居然对每只抢来的雏鸭都使用了家法。这时，它的长喙看起来不是美丽的红色，而是鲜血的颜色，看着都令人惶恐。小鸭子再也不敢离开队伍，尽管亲生母亲一遍遍地呼唤。其实，撕咬是鸭妈妈教育孩子独有的方式，它用武力战胜敌人，也用武力教育孩子。

人类的“棍棒底下出孝子”的教育方式与鸭群教子方式多么相似。

豁嘴见不得强盗鸭对自己的孩子施展武力，再度鼓起勇气，愤怒地奔向强盗鸭。强盗鸭是鸭中的战斗鸭，不怕事，善惹事，来者不拒，欣然接受豁嘴的挑战。年轻的资本就是精力充沛，

味道好极了

豁嘴的身体已经晃动了，一边打斗，一边撤退，而强盗鸭却不依不饶，直到豁嘴狼狈飞走，河面才恢复平静。

豁嘴无处可去，在空中盘旋着，又飞入一号巢中。这个鸭巢留有它美好的梦，它回到巢箱回忆与雏鸭相处的快乐时光。虽然那段时光短暂，却让它感到幸福，可以慰藉失去孩子的痛苦。

强盗鸭带着二十二只雏鸭又来到监测小木屋对面的礁石上，小家伙们乖乖地在刚刚露出青苔的石头上休息，强盗妈妈去河里捕鱼。这时，豁嘴瞄准时机，飞出树巢落到青石上，欲要与自己的鸭宝宝亲昵。它的鸭宝宝见到亲生母亲先是惊讶，随后惊喜，围着豁嘴撒起娇，豁嘴目光温柔，挥动翅膀爱抚着孩子。幸福的时光总是短暂。强盗鸭浮出水面后，见到此情此景，长颈与水面成四十五度角，直接落在礁石上，张开红喙，一边警告，一边出招。豁嘴还没来得及躲闪，一撮羽毛便被死死咬住。豁嘴本能地挣脱，又一场战斗开始了。随后，它们双双落到河面，经过一番厮打，豁嘴还是败将，只能落荒而逃。此时，雏鸭惊恐地聚拢在礁石上，胆怯地望着这场它们理解不了因由的战争。强盗鸭取胜后，站在礁石上，红喙如一条鞭子，雨点般落在抢来的雏鸭身上。弱小的雏鸭哪里是母夜叉继母的对手，任由继母撕咬，不停地“叽叽”叫着求饶。

教育停止后，强盗鸭扬扬自得游回河中，高傲地在前面引路，雏鸭依次排在它的身后，一支 S 形的队伍飞快向下游游去。

随后，乌云造访眼前这片天空，相伴而来的雨水将天地连接。豁嘴的心情与天气相似，它回到树巢下的水面上游荡，仍抱有幻想。母爱的天性在豁嘴的身上彰显得淋漓尽致。自己爱着的孩子不在身边，每一个母亲都会感到痛苦不堪。

野鸭也像人类一样，可以明显感受到快乐和痛苦、幸福和悲哀。我非常同情豁嘴，豁嘴真可怜。

为何豁嘴会遇到两起失去鸭宝宝的伤心事，或者更多，只是我没有发现而已。第一次当母亲“流产”，源于松花蛇的偷袭，这次做妈妈“难产”，归结于干扰。这两次意外的发生都是因为欲望，一次是因为动物的欲望，一次是因为人类的欲望。

豁嘴一再失去孩子，这对它该造成多大的伤害。

我注视着河面上形单影只的豁嘴，淅沥的雨滴犹如一枚枚银针，狠狠地刺痛豁嘴，也在刺痛我，我的双眼情不自禁流出泪水。

可惜，我却爱莫能助。

妈妈去哪了

大千世界，每天都上演新鲜故事，尤其自然界中，动植物发生的故事更是神奇，如果只是断断续续观察，很难知悉其中的跌宕起伏。当你关注这些生灵后，会发现它们如同明星，都是天才，在没有彩排的情况下上演着一幕幕催人泪下的情感剧。

三号科研基地二号人工巢里的雏鸭跳巢进入倒计时。老青杨树周围静悄悄，静得只听见河水流淌的声音，似乎在酝酿一场大戏。天气预报温度为5℃，山林中温度略低，毫无预兆的中雨成了雏鸭跳巢的前戏。

这个巢箱是前几年搭建的人工巢，巢箱挂上青杨树后第一年，便有雌鸭在这里安家孵蛋。这个巢箱的雌鸭，很勤奋，每年的产蛋数量总是最多，产蛋多，孵化的雏鸭自然多。所以朴老师送给它一个绰号：冠军。

七点十四分，冠军鸭第一次探出头颈，似在查看雏鸭出行的路线，又似观察周围潜伏的敌情，长长的脖颈东张西望片刻后退回巢里；七点四十七分，第二次探头，同样对周围环境审视一番，警觉地又回到巢中。这时，一只雏鸭“嗖嗖”地蹿到巢口，毫无畏惧，从容地毫无保护地完成了跳伞，动作麻利，体态优美，似乎胸有成竹。冠军鸭见大宝贝抢先“跳伞”，先是一惊，随后探头，迫不得已紧跟着跳下来。巢内的雏鸭开始骚动了，纷纷挤向巢口，都想随鸭妈妈出去觅食和探险。勇敢的鸭宝宝骑在巢口东瞅西看，之后也展开小翅膀开始降落，胆小的鸭宝宝趴在洞口，虽然对树下充满向往，但还有些畏惧。与此同时，兄弟姐妹都争先恐后挤在巢口，都在探知外面的世界。它们相互鼓励着，胆小的雏鸭被胆大的雏鸭拉了下来。就这样，不到两分钟，酝酿许久的跳巢表演结束，十三只雏鸭与这个世界见面了。

雏鸭先跳到树下的杂草中，因为冠军鸭在树下等候它们。之后，雏鸭随着冠军鸭踩着雨水浸湿的青草，一蹦一跳向河岸奔跑。这时，只见灰色毛绒的小球在青草中弹起，一个接一个向前滚动，连续地完成整套动作。这段路有五六十米，尽头便是头道白河的支流。雏鸭见到河水并不胆怯，反而兴奋雀跃，它们有着与生俱来的游泳本能，与河岸边的冠军鸭会合后，开始觅食了。

游累了，冠军鸭领着雏鸭爬到岸边的礁石上休息。这时，强盗鸭带着它的雏鸭加上抢来的雏鸭，向冠军妈妈这边，一点点靠拢。两个鸭妈妈争抢雏鸭的战斗随即开始了。强盗鸭比冠军鸭年轻，体力上比冠军鸭更胜一筹。冠军鸭一边保护鸭宝宝一边撤退，看似有些胆怯，看上去强盗鸭占了上风。冠军鸭退到雏鸭出生的岸边，这里是冠军鸭的地盘，它对河水深浅了如指掌。冠军鸭抢占最佳地势后，大吼一声反扑强盗鸭，强盗鸭本能一惊，但已经错过抵御的最佳时机。冠军鸭死死咬住强盗鸭的尾羽，强盗鸭痛苦地挣扎着。强盗鸭的绰号不是徒有虚名，它在痛苦中依然能够寻机反扑，扭过脖颈，一口衔住冠军鸭的脖颈。战事突变，雏鸭们畏惧地聚在一起，它们那么小，哪里懂得“战争”。在争抢鸭宝宝的战斗中，年轻占绝对优势，强盗鸭获胜，冠军鸭只好放弃还没有调教的鸭宝宝，泪水涟涟地离开。

强盗鸭是这片水域的霸主。自己的鸭宝宝，加上几次抢来的雏鸭，汇合成三十五只鸭宝宝的大队伍。原本看起来很宽敞的河道，三十五只雏鸭一起游过，显得狭窄许多。

原本寂静的河面因三十五只雏鸭的欢腾而变得热闹起来。沉寂的林海，也因这群刚刚出生的雏鸭而丰富多彩。植物和动物永远是山林的主人，因它们的存在，山林显得更有生机。

不管雌鸭用何种方式掠夺其他雏鸭，初衷都是为了强大自己的队伍，是为了种族的延续。这也是中华秋沙鸭与生俱来延续种族的生存方式，也正因这种抢雏鸭壮大队伍的习性，让中华秋沙鸭在漫长的进化历程中一直存活下来。所以，它们抢雏鸭之战，对于人类来说，只能关注，不能插手。不管哪方获胜，都应该赢得喝彩。

抢夺鸭宝宝的行为虽不雅，却对鸭族延续功不可没。本以为这是很圆满的结局，作为观众的人类，也该就此移步去寻找下一场大戏。没想到，这场戏还有续集，且剧情悲切，让人噙满泪水情不自禁地参与其中。人世间的生离死别都会引起泪雨纷纷，何况动物世界的情感更真实。就在傍晚时分，浩荡的鸭群出现在头道大桥的上游，群鸭无主，强盗鸭居然没有在这个队伍中。我端着望远镜远眺河面寻觅，也无蛛丝马迹。最初以为它们的妈妈去觅食了，几分钟后还不见踪影。

妈妈哪里去了？

不远处，两只亚成体鸭在水面捕鱼，大群雏鸭中的老大在前引领，领着弟弟妹妹奔往亚成体鸭。雏鸭似乎在询问它们的妈妈去了哪里，又似乎在祈求这两只亚成体鸭收留它们。在它们交流间，雏鸭向它们眼中的“家长”靠近。可是，这两只亚成体鸭却很傲慢，不但不理不睬，而且居然迅速游开。雏鸭群紧追不舍，最终也没有追上两只亚成体鸭。

三十五只雏鸭中的大哥主动承担起临时家长的重担，扑棱着小翅膀，“叽叽”叫了几声，将雏鸭唤回，它们紧紧围在一起。远远望去，如同一株水生植物在河面漂浮。

这一刻，非常感人，又让人感到异样心酸。二十二只鸭宝宝出生才几天，十三只鸭宝宝出生不到二十四小时，都需要妈妈的呵护时，就这样成了孤鸭。

妈妈哪里去了？

它们在河面反反复复地寻找。

夜色降临，没有鸭妈妈保护的雏鸭该如何度过漆黑的夜？我又失眠了，为雏鸭找不到妈妈而担心。

善良的“继母”

人类的楼宇有门牌号，便于别人找到自己。鸭子的巢箱也有门牌号，是科研人员标注的，目的是研究时便于区分不同的个体。经过一段时间观察后，我发现，中华秋沙鸭择鸭巢时并非随意。当然，巢箱的位置以及周围的环境固然重要，但是，它们的选择也很有规律，最先孵蛋的雌鸭通常选择最前方的巢箱，也就是科研人员标注的一号巢，以此类推。不同巢箱中雏鸭跳巢的时间，便可以按巢箱的序号顺序依次错开。我有了这种想法后，雏鸭也真配合我，果真按序号顺序去完成跳巢。

头道大桥中华秋沙鸭基地一号地的二号巢里的雏鸭跳巢开始进入倒计时。这个人工巢雌鸭孵化的动态只有科研人员知晓，所以，外来拍摄的人少了很多。人少，无疑会减少鸭妈妈的顾虑。接下来的每一步都会正常按着跳巢流程推进。

早晨七点半，鸭妈妈先飞出来查看环境后，又飞回巢箱，对雏鸭交代一番后，带着两个宝宝一同飞出巢口。这个人工巢，存在着与一号巢同样的弊端，可能巢壁光滑，可能巢过长，体弱的鸭子跳不出来。

因为有了一号人工巢雏鸭“罢跳”的经验，朴老师嘱咐小秦爬上树，在巢营里用树枝架起一座桥梁。这样，雏鸭借助桥梁，便能轻松地完成跳巢仪式。

这个人工巢共有九枚蛋，孵化出五只雏鸭，其他四枚蛋冻裂。因为春天温度低，这个雌鸭初为鸭母，经验欠缺，保温欠佳。这位新产妇与前几日的鸭妈妈比较，鸭宝宝少，队伍单薄，煞是可怜。它对仅有的五只雏鸭照顾得格外精心，叮嘱后跳出的三只雏鸭骑到自己的背羽之上，那份爱带着温度，在水面绵延。这时，三只帅气的雏鸭坐在鸭妈妈的背羽之上，欣赏眼前这个陌生而又美丽的世界。

昨天找不到鸭妈妈的三十五只雏鸭，昨夜就在巢营附近的草丛中过夜。似乎它们知道今天要有新伙伴到来。这群雏鸭起早在河面上游来游去，时不时捕食河面的昆虫。这群雏鸭很乖巧，没有鸭妈妈在身边，一样死看死守在这里。同时，它们目睹了附近巢箱里雏鸭跳巢的过程。它们看到新生的雏鸭有妈妈呵护，很羡慕。它们的大哥就带着它们向这位女皇般的鸭妈妈身边靠拢。

年轻的鸭妈妈正为雏鸭少而发愁，天赐良机，眼前竟有这么多雏鸭投靠自己，这位新妈妈不费吹灰之力就壮大了自己的娃娃军。

如此轻松地找到了新妈妈，应该是三十五只雏鸭的幸运，也解除了我的担忧。雏鸭天生具有团队精神。鸭妈妈是团队的队长，也是鸭宝宝生活上的导师，还是鸭宝宝成长中的保护神。

这个鸭妈妈的幸运感染了小木屋中的我。我脱口而出："这是一个喜神，是小鸭子的幸运，就叫它喜神吧。"

朴老师竖起拇指赞同。

曾经见过有那么一个鸭妈妈偏袒自己的鸭宝宝，休息时，自己的雏鸭纷纷挤在自己的翅膀之下，抢来的或是捡来的雏鸭则与自己若即若离的，没有翅膀呵护，没有温柔的目光。寄人篱下的小鸭子自然懂得亲疏远近，偶有赖在鸭妈妈身边亲昵者，也被狠心的继母扇到一边。

这位喜神"继母"善良公平，对所有的鸭宝宝视如己出。

队伍大看似壮观，有气势，但是如何管理好却需要喜神格外注意。年轻的喜神数学成绩应该很棒。每次喜神扭身一扫鸭群，便知道雏鸭的多少，如若瞅上一眼停止不前，一定是有雏鸭掉队了。这时，喜神便会嘱咐雏鸭一番，自己则四处寻找掉队的鸭宝宝。

雏鸭找到后，喜神便领着它们向礁石游去。雏鸭学着喜神的样子爬上礁石，趴在青苔上休息。有一次，豁嘴游到这里，看见群鸭聚在一起，豁嘴望着喜神，想趁机抢回自己的孩子。喜神岂能让它得逞，跳到水里追着豁嘴，双翅拍打水面，溅起的水波如同泉涌。喜神一边奔跑，一边张开血红的喙，“嘎嘎”地叫着停在豁嘴的面前，随后，伸长脖颈，微张长喙，双目死死盯着豁嘴。

豁嘴经历过几次战斗失利，感觉身心都遭受创伤，居然不战自败，灰溜溜地躲开了。

喜神以强大的气场和庞大的队伍战胜了豁嘴。

停留在内心的纠结与不安，被喜神的幸运驱散。它接纳了失去妈妈的雏鸭们，这是对种族延续的贡献，也治愈了我的内心。

随后，喜神在前面游走，它的身后，浩浩荡荡的四十只雏鸭形影不离地追随前行。

我一直觉得，世间的一切早有安排，不仅仅是对人类来说，对动物界也是如此。

雏鸭成长记

3 月末，中华秋沙鸭从南方飞回长白山山区，头道白河是它们的“天堂”。安家后，成熟的中华秋沙鸭开始大张旗鼓地恋爱，紧锣密鼓地在鸭巢产蛋，再经过近一个月树巢中孕育，5 月中旬，一群中华秋沙鸭的小雏鸭跟随鸭妈妈从十几米高的巢箱里跳出来，之后，随妈妈奔往河水中觅食。中华秋沙鸭精彩的一生随着第一跳拉开序幕。

鸭妈妈没有上过“学堂”，自然不可能博学多才，育儿知识只能靠自学。可是，从雏鸭跳出巢穴那一刻开始，鸭妈妈育儿的本领似乎与生俱来，它懂得世间所有做母亲的学问。

刚出巢的雏鸭身体虚弱，有些雏鸭很吃力地跟随大部队前行，时而还有雏鸭掉队。这时，鸭妈妈便会安顿好大部队鸭群，扭身去寻找掉队的雏鸭。找到虚弱的雏鸭时，并不责怪它的笨拙，而是不急不缓地游在前面，一边示范游泳，一边扭头叮咛。

只见鸭妈妈游着游着，突然一头钻进水中。雏鸭见妈妈没了踪影，先是怔了一下，马上便跟着钻入水中，随后，母子一起浮出水面。原来这是鸭妈妈在向雏鸭传授捕鱼的本领。雏鸭学习很认真，也很乖巧，模仿鸭妈妈捕鱼的样子十分暖人，它们挥动小小的翅膀，学着妈妈的样子划水前行。这一路，它们还会遇到激流，更会遇到礁石。这时，雏鸭回头瞅瞅鸭妈妈，似乎从鸭妈妈慈爱的目光中读懂欣赏，扑棱着毛茸茸的小翅膀，向礁石上冲刺。浪花似乎在与雏鸭开玩笑，总在雏鸭即将冲上礁石的瞬间狠狠地将它们击退。雏鸭并不气馁，继续舒展三角形的小翅膀，伸长细细的脖颈，眼中闪烁着好奇的光彩，几次跌落，几次爬起，最后终于攀到礁石上。紧接着鸭妈妈跳到雏鸭身边，用翅膀抚摸着雏鸭毛绒的背羽。

喜爱游泳是野鸭们的天性，潜水是野鸭们的特长，只有潜入水下才能捕食。所以，雏鸭只有把这些本领都学精通了，才能独立生存，才能在风雨波浪中锻炼成长。动物与人类在教育和成长方面是相通的，只要努力，只要勤奋，一定能渡过难关。

在雏鸭的成长过程中，鸭妈妈既要承担教育责任，又要承担监护责任，从游泳捕鱼、梳理羽毛到躲避天敌，每一件事情，鸭妈妈都要示范给雏鸭。雏鸭欢快地去学习去效仿。遇到聪明的雏鸭，鸭妈妈会挥舞双翅给予表扬；遇到笨拙的雏鸭，鸭妈妈会用翅膀抚摸它的背羽给予鼓励。鸭妈妈既是慈爱的妈妈，又是全能的教师，全日制全天候地去教育雏鸭，从生存的本领到生活中该注意哪些细节，样样耐心传授。

母爱是世间最伟大的力量，是与生俱来的天性。人类有母爱，动物也有，在母爱面前众生平等。鸭妈妈在雏鸭成长期间，睡觉睁一眼闭一眼是常态，它要时刻警惕着天敌的侵袭和骚扰。

在中华秋沙鸭的族群中，它们依靠数量多去抵御天敌的侵袭。在头道白河水域中的喜神，收编三十五只雏鸭，喜神气场强大，鸭群在它的庇护下，成为头道白河有史以来“赫赫有名”的鸭群。

这一大群雏鸭虽不同母却同心，一起嬉戏一起捕鱼，还有严厉的喜神形影相随，在水面营造出温暖的画面。庞大的雏鸭队伍是水面上浩荡的风景，却给鸭妈妈管理和教育雏鸭增加了难度。指导雏鸭需要花费鸭妈妈很多时间，况且水下还潜藏着“大坏蛋”，时刻都存在着威胁，保护雏鸭又是鸭妈妈的责任。

就这样，鸭妈妈在机警中，引领雏鸭一天天长大，既要抵御天敌偷袭，还要辅助雏鸭们捕鱼充饥，鸭妈妈的辛苦不言而喻。雏鸭刚跳巢的时候，它们都围在鸭妈妈的翅膀下休息。鸭妈妈的警惕性极高，睡觉时半蹲着，似睡非睡，这样可以随时感知外界的动态。随着雏鸭一点点成长，它们睡觉时便分布在浅滩上，与鸭妈妈的距离并不远。看似鸭妈妈警惕性略有放松，其实，所有雏鸭都在鸭妈妈的监控中。如果遇到天敌，鸭妈妈依然可以发出号令，使雏鸭快速入水撤退。因为雏鸭翅膀还没长成，暂时不会飞翔，只能靠游泳逃离。

雏鸭入水后就有了出奇的活力，捕食无师自通。与鸭妈妈不同之处，雏鸭喜欢在浅水区捕食，尤其是几条小溪流汇集的浅滩。这种地方也算水域中的交通枢纽，南来北往的小鱼儿颇多。这时，雏鸭充当“拦路虎”，充分利用地势，小鱼儿绝不会从它们的喙边逃脱。中华秋沙鸭进食鱼类时，先咬住头部，然后张大嘴巴，将整条鱼吞入。雏鸭学习捕鱼之初，看起来有些笨拙，我隔着望远镜都暗暗为雏鸭焦急。只见雏鸭追逐鱼儿几个来回后，才能捉到鱼儿，待雏鸭转身时，鱼儿又挣扎逃脱。有的鱼儿比较大，看上去长度与雏鸭身体长度不相上下，聪明的雏鸭则会叼着鱼儿游到岸边，在没有水的沙滩上慢慢享用美食。

两个月后，雏鸭体态变得与鸭妈妈相仿，唯有翅膀还很弱小。还有两个月中华秋沙鸭种群就要迁徙去南方，于是鸭妈妈又要开启新的教学任务，辅导雏鸭飞翔。飞翔是中华秋沙鸭必须要学会的本领，可学习飞翔的过程却很艰苦。鸭妈妈要不厌其烦地低飞，慢动作示范给雏鸭看，雏鸭一遍遍模仿。雏鸭机灵聪明，学得很认真，常常刚飞起一寸高，就由于翅膀的软弱突然跌落水中，就这样雏鸭在跌与起的过程中，锤炼翅膀的硬度，拉长翅膀的长度。

偶有顽皮的雏鸭会有些许“逆反”，居然不听鸭妈妈的指挥，故意与鸭妈妈背道而驰。这时，鸭妈妈生气了，用带钩的长喙咬住雏鸭的脖颈，算是惩罚。可以从雏鸭痛苦的眼神中看出疼痛和悔意。鸭妈妈就这样教育雏鸭，点对点，一对一，不娇惯，不溺爱，不袒护。雏鸭在学习飞翔中慢慢地成长。但是，没有经历过迁徙的磨炼，无法练就同鸭妈妈一样坚硬的翅膀。

头道白河这片水域是一座天然的“课堂”，喜神是老师，四十只雏鸭是它的学生。迁徙中将要遇见的难题，它都要传授给雏鸭解决的方法。雏鸭日趋成熟，每天都是新模样，每天都有新长进。随着身体一点点丰硕，随着羽翼一点点坚硬，鸭妈妈的习性和本领在雏鸭的身上一点点地彰显。上行下效也是一种传承，雏鸭把鸭妈妈当作偶像，中华秋沙鸭种族就这样得以延续。

有鸭妈妈呵护的雏鸭是安全的，离开鸭妈妈独自生活的亚成体鸭，虽然还没有发育成熟，但要独立面对生活，要自己去捕鱼儿，要自己去抵御天敌。次年，亚成体鸭再飞回北方后，还要把充沛的水域留给鸭妈妈和刚出世的雏鸭。所以，在没有离开鸭妈妈时，雏鸭必须学会一切生存的本领。

人类的渔网有时会成为亚成体中华秋沙鸭的葬身之地。有一些“坏人”在自然保护区以外的水域撒下渔网。人为财死，鸟为食亡，为了食物铤而走险是动物的天性，野鸭也如此。挂在网上的鱼儿诱惑着亚成体中华秋沙鸭，它们为了捕捉到网上的鱼儿，自己也常被渔网困住，有些无法逃脱，成为网中物。而撒渔网的水域多在郊外，很少有人来搭救，亚成体中华秋沙鸭就会被活活困死在渔网之中。

生活在长白山头道白河的雏鸭很幸运，这里有天然的水域，有茂密的森林，还有自然保护区定期投放的鱼类。这里的中华秋沙鸭幸福感爆棚，得到了人类精心的呵护，不必为食物发愁。最主要的是这里没有渔网造成的伤害。这里的雏鸭似乎明白眼前的幸福来之不易，鸭妈妈也深知此地的优势，勤勤恳恳地教育孩子们。雏鸭孜孜不倦地学习，它们非常珍惜生命中这段美好的时光。

随着雏鸭的成长，鸭群迁徙进入倒计时。

爱它保护它

我迷上中华秋沙鸭，心似乎专属于它——我心中的明星。

偶有闲时，便翻腾出记忆的片段，回味它的步履、它的翅膀、它的泳姿……8 月中旬，在中华秋沙鸭民间观察点的上游，山水林工程正在为中华秋沙鸭搭建人工巢箱，短暂的安装，干扰了水域中的野鸭们。这时，六十多只亚成体中华秋沙鸭纷纷聚到这个民间观察点的水面。顿时，水面热闹起来，朴老师本想拍下壮观的场景作为资料，鸭子数量之多，居然无法全部收入镜头。朴老师发来微信告诉我，他见到了一大群亚成体鸭。小惊喜，小兴奋，我决定马上出发去欣赏群鸭的风采。

因为对中华秋沙鸭的痴迷，鸭子的出现就是命令，因为这份痴迷，感觉生活多了一份期盼，即使独处，也不觉得孤单，因为心里早已被明星鸭装得满腾腾。早早出发，来到槽子河与松江河交汇处的两江口，这是民间拍摄点。昨夜暴雨，早些年的运柴道坑洼不平，雨水窝在坑洼之中，如一块残破的镜子。从运柴路下行到河边，便是观察点，十分简陋，岸边泥泞，我穿着白色的旅游鞋已经沾满黑乎乎的泥巴，选择在一棵桤木（桤木：别名水冬瓜树、水青风、桤蒿，为桦木科桤木属植物，是中国特有树种之一。桤木叶片、嫩芽药用，可治腹泻及止血。濒危等级国家Ⅱ级重点保护野生植物）下驻足。岸边还算平坦，急忙安放折叠椅，开始静候明星鸭的登场。这棵树的树叶被虫子啄食，叶脉依稀可见，如剪纸一般，线条均匀地透过蓝天和白云。

上午八点，很准时，似乎职场打卡的时间。一只亚成体明星鸭突然冒出水面，我举着望远镜观察它，同时，屏住呼吸，生怕一呼一吸都会惊吓到它。它体态丰满，羽毛亮泽，头上的冠羽虽然还没有长成，但也惹人喜欢，在阳光的照耀下泛出一抹淡淡的金色。它抓住了一条七星鳗鱼，鸭子小，鱼儿长，鱼儿挣扎着脱离鸭子跳入水中，野鸭迅速又将鱼儿咬住，鸭子与鱼儿在水面折腾几个来回后，才扬起脖颈将鱼儿吞入腹中，鱼儿似乎还在挣扎，这时，鸭子忙将头埋入水下，饮一口河水，仰起头甩甩泛黄的小脑袋，鱼儿与河水一起甩入腹中。可是，鱼儿不甘心，拼尽全力还在挣脱，居然从鸭子长喙中钻了出来。鸭子有些焦急了，运足力气甩着头，将鱼儿一点点甩入腹中。之后，再吞入一口河水，再仰头摇摆，感觉鱼儿十拿九稳沉进胃腹了，才扑扇翅膀自我炫耀一番。

寂静的河面，我当属它的观众，它并不孤单，连贯的动作蛮可爱，甩头，摆翅，并不逊色于大舞台的走秀明星。吃了一条鱼儿似乎已饱腹，随后在河面随性游玩。这应该是一只调皮的鸭子，偷偷离开大群独自觅食，只为体验独自生存的能力，想来没有听鸭妈妈的话。吃饱了，游累了，它跳到横亘在河中央的倒木上，仔细认真打理每一根羽毛，让羽毛干净并涂上油脂，进而增强防水的效果。头颈部梳理不到的地方，它就伸长脖子放在尾脂腺上蹭来蹭去，意在让羽毛沾上油脂。渐渐地，它的眼睑下垂，睡意来袭，它困乏了。没有相爱的鸭子在身边，没有同伴为它站岗放哨，它也能趴在倒木上把长喙插入背部的羽毛中睡去，只不过要时不时地睁开眼睛瞅瞅周围，然后再闭上双眼。一阵风儿吹过，岸边树叶摇曳，水面荡起波澜，睡梦中的它急忙醒来，站在倒木上舒展双翼，伸长脖颈，似乎用声波与亲人传递消息。

从二道白河镇出发时，太阳刚从地平线露出笑脸，本以为是一个晴天。长白山地区的天气变化无常，十点刚到，却下起雨来，我撑起一把黑伞在雨中守候。雨势不急不缓，但鞋子和裤子却被淋湿，本想离开，可是，大群的明星鸭还未到来，心底的那份盼还没有如愿。

虽然中华秋沙鸭的羽毛具有极佳的防雨效果，当雨滴砸在

自由活动

亚成体鸭的身上，它也慌了神，急忙潜入水下不知游向何处，想来是去寻找避雨的港湾。

雨就这样持续了一个小时，似乎雨水也疲惫了，水面又平静如初。临近正午，见到一个鸭妈妈带着十一只雏鸭浩浩荡荡游来，水面不再安静，它们扑棱翅膀，在水面相互追赶。

随之鸳鸯、鸬鹚都来参加表演。鸬鹚如同保镖一样围着明星级别的中华秋沙鸭游来转去，感觉在广交天下朋友，以求得彼此照应而增加安全感，可是，明星鸭对鸬鹚不理不睬。鸬鹚不受中华秋沙鸭的待见，让人同情。尽管我目不转睛注视着十二只明星鸭，却不知它们何时从我视线中消失。

在失望中，又游来七只明星鸭，再一次打破水面的宁静。它们居然把这里当作寝宫，游到河中心的倒木上开始休息，六只亚成体鸭睡熟，疲惫的鸭妈妈为它们站岗。十二点，亚成体鸭们都醒来了，有的站在倒木上梳理羽毛，有的游走去觅食，有的绕着倒木散步。这根倒木成了它们的娱乐活动中心。

这时，不远处两只鸳鸯居然开战，河面水花四溅，明星鸭居然没有受到烦扰，它们各有各的活动，没有一丝厌烦之态。空中有飞机飞过，也没有干扰到明星鸭，它们居然视而不见一般，感觉与己无关，似乎习以为常，没有表现出一丝烦躁来，继续嬉戏和打闹。稍后，却见它们迅速跳入水中，来来回回慌张游动，不敢停歇。在水面转悠两分钟后，鸭妈妈“嘎嘎”叫喊一声，六只亚成体鸭一起在水面奔跑，一条条水帘如同保护伞把明星鸭们围拢起来。

为何会这样?

透过望远镜，看到对面河岸上有一位身穿棕色外套的老者，正在河中撒渔网。一直沉默的朴老师站起身来，愤怒地向对岸老者喊话，让他将渔网撤走，并告知他这里有中华秋沙鸭，中华秋沙鸭有闪失就触碰法律底线了。老者似乎早已知道其中的利弊，不情愿地撤下渔网离开。这时，鸳鸯也停止打闹，慌乱飞走。明星鸭被惊吓了，整整一个下午都没有再飞回到这里。都怪撒渔网的坏老头给它们带来恐慌，想必中华秋沙鸭也有它们的联络方式，已经通知伙伴们今天不要来这里觅食。

中华秋沙鸭在漫长的生物进化过程中，保留祖先的特征，细长的尖喙，有别于其他鸭类。尖喙边齿状，前面还带有弯钩，鱼儿一旦被它们叼住很难逃脱。锐利的尖嘴对付黏滑的鱼类不是难事，可是水下埋设的渔网和鱼挂却暗藏杀机，成为中华秋沙鸭潜在的敌人，足可以让野鸭身陷其中，葬身网里。

8 月份中华秋沙鸭大多还是亚成体，翅膀还很柔弱，体力还很差。它们把头颈伸入水下捕食时，一旦遭遇渔网和鱼挂很容易被缠住。一旦被渔网和鱼挂套牢，无法自行解脱，等待它们的只有死亡。保护中华秋沙鸭，就要杜绝一切不利于它生存和生长的人为弊端。

爱它就要保护它，爱它就不要伤害它。

邂逅小鸳鸯

观察中华秋沙鸭成为我的一项兴趣爱好，虽然辛苦，但也蛮有乐趣。

蒙蒙夜色中出发，朝霞还在酝酿中，我与朴老师都已经抵达松江河畔了。此时，中华秋沙鸭还在上游浅滩沉睡。我们只是担心晚些到来会惊吓到它们，所有的行为都要顾及中华秋沙鸭的情绪和感受，为此，也只能辛苦观察者早些进入场地。

晨光渐渐穿透树林，缓缓洒落水面，伴随阵阵微风，波光喷薄四射。各种鸟儿叽叽喳喳，声音不同，调子不一，交错在一起，调合成美妙的晨曲。这时，视觉、听觉，都在陶醉中。中华秋沙鸭是大牌的明星，名气大，架子也大，并不轻易登场，作为它忠实的观众，不敢对它有丝毫微词，所有的等待都是心甘情愿，且无怨无悔。再说，中华秋沙鸭喜欢静谧，对于单相思的我而言，岂能去怪罪它。

为了不打扰中华秋沙鸭，早饭从简。出发前在超市匆匆买来早餐饼干，只为饱腹而已。一边咀嚼，一边等待，全神贯注地盯着水面，过于专注，饼干从指尖滑落，散落在相机三脚架附近的礁石上。这时，一只亚成体鸳鸯游来，小鸳鸯黑灰的羽毛缺少光泽，腹部已经朦胧可见云彩纹路，黄豆大小的黑眼睛散发着灵动的光，其实，幼小的鸳鸯并不漂亮。鸳鸯不怕人，摄影老师们常常吹口哨便可以吸引它们的到来。这一刻，小鸳鸯扭搭搭爬到我眼前的礁石上，见到礁石上的饼干碎片，居然眼前一亮，小家伙先用喙试探去啄食小块饼干，吧嗒吧嗒嘴，似乎品出滋味来，疑惑消散，大快朵颐。小家伙啄食小块饼干，吃得一丝不苟，对半米之内的我居然视而不见，唯恐打招呼后，会被我抢食一般。

其实，小鸳鸯的肠胃娇弱，不适合人类的食物。有资料记载，曾解剖暴死的小鸳鸯，其中一部分小家伙的肚子里有瓜子、火腿肠、薯片等食物，都是它们吞食人类的食物而撑死。如果经常性给它投喂，会让野生动物失去原本的警惕性，滋生惰性，产生乞食等不自然的行为，这也是对它的伤害。我本意并不想让小鸳鸯啄食饼干，想要制止，可是，鸳鸯和许多野生鸟类一样，非常容易受惊吓，其后果轻则生育率下降，重则直接致死。无奈，不能干扰或者制止小家伙，只能埋怨自己的疏忽，居然把饼干掉落在礁石上。

不知悉这只小鸳鸯成长背后的经历，但能看出它的机灵和聪明。小家伙一边捡拾饼干碎片，一边扭头啜饮河水，饮水不急不慌非常有趣，之后抬起头颈，嘴巴一张一合意在回味。饼干略有一点点咸味，看来小家伙胃口清淡。一口饼干，一口松江水，慢条斯理，俨然大餐一般惬意。对于小家伙，这该是丰盛的早餐。玉米粒大小的碎片全部捡拾干净后，礁石上还有三块略大些的饼干碎片。这时，小家伙凝神观望，我暗自思忖，小家伙无法吞食大块饼干，想必会放弃。可是，小家伙并没有离开，而是用喙衔起早餐饼干放在岸边的礁石上，水波涌到礁石退却，这样，饼干被河水濡湿膨胀，小家伙再低头便可以轻易啄碎吞进。这种浸泡吃法让小家伙获得美妙的感觉，随后，把礁石上的饼干都“搬到”岸边。没费吹灰之力，我遗落的这块饼干都成了小家伙的美食。全部吃干净后，背对着我，一边饮水，一边眺望，这是小家伙饮食后的习惯，它在观察周围的动态。

一番观察后，小家伙自我感觉没有危险了，便趴在礁石上休息。我默默数着一、二、三，数到五时，小家伙闭上了眼睛。再数到十时，小家伙睁开一只眼睛转动眼球，抖动双翅，再闭上眼帘。就这样，每当数到十时，都要睁开眼睛巡视。小家伙在睡觉，我连呼吸都要轻缓，默默数着数字也是消遣，不经意间，我居然成了它的侍卫。也不知数了多少个十，不远处，几只中华秋沙鸭飞来，一头扎入水中。小鸳鸯这才睁开惺忪睡眼，懒洋洋扑扇几下翅膀，感觉在伸懒腰，极不情愿扭搭到水中，慢悠悠游向下游。虽然它们都是鸭族，彼此却很陌生，不招呼，也不排斥，自己过自己的小日子。小鸳鸯似乎觉得自己的颜值抵不过中华秋沙鸭，离开时有些失落，还好，饼干该是它额外的收获。

中华秋沙鸭飞来了，我忙收起悠闲和好奇，举起望远镜，目光定格在距离自己四十米左右的水面，不敢发出半点声响。中华秋沙鸭机警，它不同于鸳鸯，它不会与人类亲近，更是惧怕人类干扰。观察中我更加谨小慎微，比起守着睡眠中的小鸳鸯还要小心。不敢高声语，恐惊水中鸭。

如今，长白山地区生态环境改善了，中华秋沙鸭和鸳鸯等鸟类纷纷选择在这里安家落户，并繁衍后代。人类的惊扰与逗弄对于它们都是伤害，在它们的眼里这些都很恐怖。人类爱这些生灵，就不要去干扰，这也是对动物最好的保护。

豁嘴鸭来了

候鸟是春天的使者，也是北方的精灵。冬去春来，它们会翩翩如约而至。

在诸多归来的候鸟中，我格外偏爱中华秋沙鸭。在屈指可数的中华秋沙鸭中，我偏偏对豁嘴情有独钟。那年春天，听朴老师说豁嘴回到长白山了，似乎与它早有约定，我急三火四奔赴头道白河。

豁嘴是它的绰号，说起豁嘴渊源颇深。追溯到四年前，这只雌性中华秋沙鸭在孵化时，被松花蛇骚扰，搏斗受伤，伤势渐渐好转后，落下一个增生的疤痕。因这处伤疤，人类便多出许多猜测和遐想；因为有这处疤痕，每次透过望远镜，都能看到它与其他野鸭的不同，这处不同，常常给观鸟人带来欣喜。

一个小小疤痕，为中华秋沙鸭研究提供有价值的资料，豁嘴成了活着的标本。如果没有豁嘴这处特殊的标志，观察它，研究它，很难找到个体之间的差异。眼下，有豁嘴存在，就有了参照物。因为这个标志，让我们知道它不是新来的客人，而是头道白河的“坐地户”。从看到豁嘴这个标志起，已经四年光景了。恰好这四年间，它都在产蛋繁殖。以前是否繁殖无从考证，仅从这四年而论，加上它亚成体的两年，豁嘴最少有六岁了。

机警的中华秋沙鸭，天性多疑，又不喜人群和喧闹，无法像熊猫一样人工饲养，所以研究和考证需要借助望远镜观望，还需时间一点点地沉淀和积累。豁嘴的这处伤疤，可以说是科研中意想不到的收获。

头道白河头道大桥是保护区的辖区，原始森林的安静，外加自然保护的力度，又增添了一份静谧。豁嘴选择在头道白河安家，“产房”选在头道白河岸边的人工巢箱，这是它的智慧。豁嘴比较勤奋，每年都是野鸭迁徙的先遣部队。迁徙于它似乎迫不得已，回家总是快马加鞭，头道白河的冰面刚刚融化，它就飞越万水千山回到长白山下的家。

瑟瑟冷风中，我百无聊赖，眼睛一眨不眨地望着河面，突见它与夫君降落在我的眼前。此时，河道的两岸还有冰层，空中还飘着雪花，寒冷对它来讲并不是困难。眼前的豁嘴已经衰老，失去以往的风采，眼神困顿，羽毛亮色也略减。看到它疲惫之态，我的心里也有些许失落感，它的衰老令我悲哀，这也是它的伤痛。尽管这样，并没有影响豁嘴产蛋孵化。看到豁嘴在河面游动，降落，起飞，虽然这些都是生存本能，我却感受到它对这条河流的热爱，对这座大山的热爱。

春天，各种水鸟陆陆续续抵达头道白河，这里是它们美丽的家园。今年，豁嘴又是头道白河迁徙鸟类的先锋部队。一同飞来六只中华秋沙鸭，它们是三对儿夫妻鸭。它们在春色里悠然地用红色的足蹼划动冰冷的河水，一圈圈粼粼的波纹如同女孩儿的酒窝在水面荡开，春天的气息与光影一同铺满整片水域。不远处一群鸳鸯游过来，顿时给寂寥的河面增添了色泽。头道白河是野鸭的天堂，水中有赤麻鸭、绿头鸭、鸳鸯……它们的欢腾，它们的欢喜，一览无余地展示在天地之间。

豁嘴洁白的羽毛在水面起起伏伏，荡出层层涟漪，犹如一枚浸湿的音符，跳跃在头道白河碧绿的水波上，也跳跃在我心灵的深处。河水映衬出树木的倒影，映衬着蓝天，豁嘴夫妻自由地在水中游弋，像蓝布上的一幅画，阵阵的波纹慢慢扩散。我的目光随着它们的移动而转动。周围是安静的，就在这种空灵的静谧中，我默默地看着它们在礁石上休息，看着它们含情脉脉交颈摩擦，看着它们把头扎入水下捉鱼儿。水面折射的斑斓阳光，时不时会照耀在它们的身上，犹如舞台的灯光，让我可以更好地欣赏着豁嘴夫妻的舞蹈。我何其有幸，一睹大自然赋予中华秋沙鸭的高贵和神秘，还有它们的奇美、它们的线条，

快乐嬉戏

以及它们皎洁的羽毛，还有婉转传神的姿态。它们忽而兴致勃发，忽而忘情游动，它们彰显的优雅和美丽，让我常常迷醉其中。为此，迷恋它，钟爱它，似乎都合情合理。

春季是水鸟交配的季节，整个河面都弥漫着荷尔蒙的味道。突然，豁嘴挺直脖颈四处张望，一个潜水之后，居然捕捉到一条大鱼，随后引颈高歌炫耀一番。看似豁嘴在水面自由地漂着，其实，夫君已经紧随其后，豁嘴的夫君站立水面，伸出脖颈，漂亮的冠羽左右摇摆，随之与豁嘴并肩游动，不断地翘起尾羽，并时不时地在水面绕着豁嘴打转，紧接着跳到豁嘴的背部，用喙衔住豁嘴的冠羽，演绎着它们的爱情。

这是它们的情感故事，也是它们在水面展示的春天舞蹈，演绎的春天故事。

其实，我与豁嘴在三年前的春天就相遇了。因为对豁嘴的迷恋，关于它的消息都在时刻关注着。前一年，它在跳巢时，受到了外界的干扰，只带着一只鸭宝宝跳出巢箱，其余的鸭宝宝借助科研人员协助才跳到水面，之后，它领着鸭宝宝们逆流而上。完成跳巢皆大欢喜，本该兴高采烈，然而，在上游却遇到了强盗鸭，豁嘴的鸭宝宝被另一个强势的鸭妈妈抢夺而去，豁嘴可怜兮兮成了孤家寡人，孤单地度过了夏天。

迁徙是野鸭的本能，就在我痴迷于豁嘴的爱情之时，南方的一位网友发来一张图片，一只雌性中华秋沙鸭独自在江面游弋，网友问我："为何这只鸭子没有离开江南？"

我说："也许翅膀受伤飞不起来了吧？"

网友诧异，随后放大图片，果然发现这只鸭子左翅膀折断，成了"残废鸭"，无法飞回家乡。在它的伙伴和至亲都飞到北方后，留下它孤独地守在江南。断翅让它的家变成了远方，也失去了繁殖下一代的机会。

为何会受伤？猜测之一是它被不法捕鱼者撒下的渔网或者渔线网住所致，代价是沉重的。还好，尚有生命在。鸟儿的天性是自由飞翔，一旦无法飞翔，翅膀功能就会渐渐退化，双腿也会越变越粗，最后变得与飞翔无缘。想想断翅的这只中华秋沙鸭，失去飞翔的能力，该有多悲哀。

这一刻，我无比痛恨那些毫无底线滥捕滥猎野生鸟类的不法分子，更痛恨他们毫无自然生态保护意识，毫无法律观念，毫无人类应该有的怜悯之情。这样想来，豁嘴是幸运的，虽然也有伤残，但并不影响它的飞翔，不影响它的迁徙，不影响它的孵化。

断翅的野鸭，无疑给我们敲响了警钟，让我们静心思考人与自然、人与野生动物之间的和谐与共生。

网络流传一句话：抱怨没鞋可穿时，有些人却没有脚。万物皆奇迹，自然有良药。如此想来，不再为豁嘴的伤残伤感了，因为它还有翅膀，它还可以飞翔，它还可以飞回长白山下的家园繁殖下一代。

受伤总是它

豁嘴是雌性中华秋沙鸭，在野鸭的世界里，它已经步入中老年了。起飞，降落，有些慵懒，眼神中也略有疲惫。然而，豁嘴不服老，也不服输，内心有欲望，那是孕育之梦，那是繁殖之欲。

俗话说，饱暖思淫欲，动物也是如此。况且，动物的繁殖与生活环境有关，如果没有充足的食物和良好的环境，动物也会控制欲望，它们不会让后代因食物欠缺而输在起点。春天万物生长，食物多，吃多吃饱，才更有力量去繁殖。中华秋沙鸭是聪明的野鸭，它读懂了长白山下食物的充沛，那些稀有鱼儿可以养育它和它的后代。虽然豁嘴已经衰老，可它并没有停止繁殖的欲望。

只可惜，豁嘴命运多舛，身体伤残，鸭宝宝被抢，孤独如影随形，它栖息在长白山下的日子里，常常孤独地站在礁石上，眼巴巴看着它的鸭宝宝们跟着“后娘”生活。尽管豁嘴目光有些晦涩和凄冷，长喙下还有伤，但是，骨子里那份贵气却根深蒂固。因为贵族气息从耀眼的红喙和足蹼便可一览无余。

豁嘴的伤处，注定了它与众不同。去年跳巢时又受到干扰，鸭宝宝跳巢遇到波折，甚得人怜。它度过短暂迷茫期，本以为今年跳巢后的快乐，可以抚平它曾经的忧伤。始料不及，强盗鸭在豁嘴带着鸭宝宝跳巢后，大摇大摆抢走了它的鸭宝宝。

鸭宝宝再一次被抢后，豁嘴让我惦念。获悉这个“不幸的”的消息，我特意来看望豁嘴。那次，由于车子绕了弯路，比预期抵达的时间略晚。来到河岸时，已经傍晚，太阳公公就要下班了。平日此时，鸭子们都已离开这里休息去了。途中，我一边叹息，一边期待，还是抱着侥幸的心理，赶赴头道大桥。站在桥上，俯视水面，我惊讶了，豁嘴正在桥下的水里漫不经心地游走，不远处，还有一个鸭妈妈领着一群鸭宝宝，也在水面捉鱼。想来豁嘴被抢走的孩子就在这些鸭宝宝中。

那一刻，我异常兴奋，自恋地想象着，豁嘴和这些鸭宝宝是在这里等候我。

我站在桥上，豁嘴在这边游走，鸭宝宝在那边追逐，透过头道大桥的瞭望口，我与它们对望十几分钟。森林的黄昏如期到来，夕阳下，鸭宝宝们跟随它们的强盗妈妈离开，豁嘴这才不情愿地扑棱翅膀起飞。

森林的黄昏总是宁静安详，纵然我心底翻腾不舍，也只能眼巴巴望着它们离去。

豁嘴的残疾看似不幸，却成了牵挂的理由，但凡与它有过一面之缘都不会忘记它。

这一年的春天，豁嘴早早飞回头道白河，我的脚步又追随而来。它的目光疲惫，冠羽暗淡，透过望远镜，已经看出它的衰老，心底不自觉为之疼痛。看着它与夫君水面上恩爱，心底的惆怅略有疏解。它不服老，也不认输，早早地开启孵蛋的模式。

一个月的孕育，却成了我日夜的挂牵。那份牵挂，不亚于想念在他乡谋生的孩子。终于等到它的预产期到来。5 月中旬的清晨，柔绿的森林中刮着冷风，太阳公公却不怕冷，一把把洒下光辉来温暖我。飞来飞去的小鸟儿在林中穿梭，它们在枝头唱歌，在树梢上谈情，在空中舞蹈，似乎这是森林的节日，还有布谷鸟“布谷布谷”地叫着，开启了特殊的一天。

在一阵阵低鸣中，豁嘴探出头了，刺眼的晨光让豁嘴闭上眼睛，慢慢适应后，飞出树巢降落在巢下的水面，犀利的目光已经盯住了一条鱼。不过它并不贪婪，它不去捕捉较大的鱼，因为鱼大不合它的胃口，而非它的能力不及。它一会儿在水面上，一会儿在水下，看起来在与鱼儿捉迷藏。水面恢复平静后，它又一头扎入水中，锁定一条泥鳅，麻利地捉住了猎物。随即，它用长满锯齿的红喙稳稳地咬住泥鳅，迅速地浮出水面，开始吞咽猎物。泥鳅对于其他野鸭也许是美味，可在豁嘴这里，很普通，就是饱腹而已，看不出它的惊喜。这条泥鳅并不大，也许豁嘴惦记巢中的鸭宝宝们，“就餐”有些匆忙，它将泥鳅咽下去时表情有些痛苦，也许是泥鳅险些让它窒息。吃饱了，简单地梳理羽毛后，只见它收起双足，挥动着双翅，瞬间离开水面，匆忙飞回巢中。

之后，反反复复几次探头观望，七点三刻，豁嘴带着九只鸭宝宝离开巢箱，降落在水面。此次跳巢以最快的速度完成后，豁嘴带着鸭宝宝去上游寻觅蚕蛾了。

这是豁嘴振奋人心的“蹦极”，想来开启了它幸福的夏季。

次日，再见豁嘴时，竟然又只剩下“孤家寡人”，它的孩子又被强盗鸭抢走了，是不是前一年的那个强盗鸭呢？没有标志性的特点，暂时也没有被抢场面的资料留存，真相不得而知，想来场面一定很激烈，也很残忍。豁嘴是因身有“残疾”，观察者才能准确地获悉它的境况。

为何受伤的总是它？

我的内心有同情，还有担忧。是因为豁嘴的衰老？还是它的软弱？还是它的善良？所有的猜测自然都是我的想象，答案也是我一孔之见。其实，动物像人类一样，能够明显感觉到快乐和痛苦、幸福和悲伤。

此后的日子，豁嘴跟在大鸭群后面，远远望着，却不敢靠近，不明真相的人，还会以为它是大鸭群的保镖。

几次雏鸭在礁石上休息时，豁嘴都悄悄地靠近礁石，也许想抢回来，也许想抱抱雏鸭，可是，还未曾靠近，就被大群的“女皇”反击，再次落入水中。每次当豁嘴接近那群雏鸭时，鸭宝宝群都会出现小小骚动。小鸭子看见豁嘴妈妈后，“叽叽叽”叫着，却不敢贸然奔向亲娘的怀抱。大群的鸭妈妈伸长脖颈，瞪起圆眼，目光中的愤怒让鸭宝宝不敢与亲娘相认。随后，获胜者扬扬自得，豁嘴暗淡的眼神中，看出恐慌，也看出无奈。

失雏的悲痛，让豁嘴更显苍老。豁嘴母爱的柔情无处释放，还有对鸭宝宝的思念和不舍，于是，心甘情愿地继续当保镖，悄悄地跟随在鸭宝宝的身后。偶尔它与亚成体鸭聚在礁石上，我猜测那些亚成体鸭中也许有它去年被抢的鸭宝宝，豁嘴囤积的母爱，就这样，一股脑都给了这些亚成体鸭。

中华秋沙鸭抢夺鸭宝宝是生存的需要，鸭宝宝群越是壮大，抵御天敌的能力越强。可是，对于弱势的豁嘴却有些残忍，眼睁睁看着自己的鸭宝宝不敢去爱。随着它的老去，下一个生育期是否可以繁殖，还是未知，只能期待豁嘴这个活着的标本，在没有安装监测器的情况下，以生存的智慧和技能给人类解惑解密。

不知为何，我突然生出一个想法，豁嘴是上天派来的使者，以身宣教，让人类获悉中华秋沙鸭在生态里、在自然中，潜藏的密码。其实，动物的世界丰富多彩，它们有情感，有故事，虽然人类无法参与它们的生活，但只要与之相随，渐渐地就会明白动物的肢体语言。读懂读透，需要时间，需要耐性，更多的是需要爱。

为啥受伤的总是豁嘴？想着想着，我再次为豁嘴伤感，为豁嘴担忧。我多想抱抱它，送去我的爱抚。可惜，豁嘴是机警的，我无法靠近它。

盛夏里追踪

林区小镇的夜晚本该是凉爽的，或许有些暴雨前的烦躁吧，潮热中呼吸都是黏腻的。

这样的天气里，二道白河镇却停电了，看着空调无法启动，只好早早起来去翠湖走走，已经是旅游季节了，疫情的缘故，游客没有以往多，另外也是我起得太早。靠近小电站附近的水面，野鸭自在地晨练，十几只黑天鹅也在这里安家了，无疑给这片水域增添了亮彩。理应人人都知道，动物可以自行觅食，不需要人为干涉。可是，居然还有游客买来食物投掷到湖水中，黑天鹅可以无忧无虑地享用丰盛的餐食。习惯成自然，长此以往，我担心黑天鹅会丧失觅食的能力，这样一想，心底便多出忧虑，迁徙在即，不知它们能否独立完成远行。

没有灯光的小镇，并没有瘫痪，只是肯德基停业了，我绕了半个小镇只想以肯德基开启新一天味蕾，却吃了闭门羹。无奈又回到了我在二道白河镇的“食堂”——五味粥铺。虽然这里换了主人，餐食风格依然没有改变。为了水岸调查时体力充沛，我发挥了食量的极限，不是五分饱，不是七分饱，甚至不是十分饱，而是吃到打嗝。明知这样不利于自己的身体，总好过体力不支而影响河岸观察，落下和淘汰都是难堪的结果。驻足河岸的时光，体重、血脂，似乎无关紧要，哪怕身体频频发来预警，为了野鸭，也暂且不予理会。正因如此，与中华秋沙鸭结缘的几年间，我的体重在暴增。

无奈，心中有了目标，为了目标，付出代价在所难免。

台风“烟花”渐渐向吉林靠近，云朵下的雨滴已经发来预报，告知要有一场暴风雨来临。明知这样的天气不利于出行，不利于野外踏查，更不适合山林行走，可我还是离开了长春。离开长春的这一天，也是朴老师爱人化疗出院的日子。朴老师全身心地观察中华秋沙鸭，忽略了家人的病情。他的爱人肠癌手术后，朴老师在医院也做了肠镜，在肠道里发现的七个小坏蛋被及时切除。这虽然不是大手术，但也伤体力。尽管这样，老师还是坚持早些回二道白河镇，我与老师同行。

长白山科学院的几位老师对中华秋沙鸭的夏季调查已经进行几日了。

朴老师归来，我的到来，调查队伍似乎热闹了。此行姜权老师驾车，加上朴老师、小秦还有我，共四个人同行。

7 月末，暴雨来袭之前，素来 22℃的二道白河镇也闷热起来。从松江镇三道村进入村村通乡村道路，这段水泥路虽然是新修的，却极为狭窄，路边有一条水渠，用于排泄山洪，与路面落差很大，车子一旦误入，人与车都很危险，没有熟练的车技很难顺利通行。我满心忐忑，紧紧握着车的扶手。

顺着五道白河行进，途经松江镇金山村，在劲松林场附近有一处宽阔的水域，朴老师摆手，车子停下，朴老师说：“以前朴正吉（曾任长白山科学院动物所所长）骑自行车曾在这里发现过鸭子。”顺着一条只能容得下一人穿过去的毛毛道，几人鱼贯而行，不知何时，一条绿色虫子趴在我洁白防晒服的袖子上，看着如同刺绣，颜色的搭配倒是蛮和谐，虫子在动，我有些惊慌，急忙慌乱地甩着胳膊，虫子却没有离开之意，我只好咬紧牙，用手指夹起，狠狠地将虫子抛入河水中。环顾四周，左看看，右瞅瞅，除了河水哗哗流淌，便是山峰，还有绿树，唯独没有鸭子踪迹。这时，看见对面有几棵笔直的大树，朴老师指向树林嘱咐姜权老师：“记下这个地点，这里适合悬挂人工鸭巢。”

车子小心行进，S 弯道车子颠簸，还是没有见到中华秋沙鸭的蛛丝马迹，我却有些眩晕。在前往红石林场岔路口转弯处的高台沟停车了，透过望远镜，穿过杂乱的野草和树枝的缝隙，俯瞰水面，那里欢快地游弋着六只我心中的明星鸭。此时，雌鸭也正在换羽期间，距离远，很难区别谁是鸭妈妈，谁是亚成体鸭，六只鸭子按常理应该是鸭妈妈领着五只亚成体鸭，偶有特殊的情况就全是亚成体鸭。于我而言，望远镜中的全是精灵，全是明星，只见它们欢快地扑棱翅膀，从水面的波纹看出动感，至于谁是妈妈，无从辨别，也不想去揣摩。

车子几乎是龟速，慢悠悠地挪着，一行人的目光都情不自禁地偏向左面，虽然野草和树枝时而挡住视线，也没有挡住我们的热盼。鸭子是目标，也是焦点。就这样车子拐进了一条算不上道路，只是被人踩出来的小径。这里曾经有一棵老树，两三人都合抱不过来。三年前的春天我曾在这里观察鸭妈妈跳巢，虽然那次错过了与小鸭子见面，却意外捡到一只鸭宝宝。也是那一年，一场风暴，这棵孕育无数生命的老树倒下了。听说之后，我悲伤了一段时日，为那些再也找不到家的小动物。一直想来看看，故地重游也算如愿。

三年前，周围农户在这里培育木耳，而眼前没有木耳的影子，长满了黄豆秧，还有刚刚破土的白菜苗，不远处还有一片人工培植的五味子，五味子茎叶依靠农民立起来的木桩攀爬着，有些已经枯萎，大多还是生机盎然。那棵老树的残骸还在，它诉说着自然的故事。正巧，有一个农民正在侍弄玉米地，朴老师问他是否看到中华秋沙鸭，农民说：“早些年看见过，近两年没有。”

三年前，这棵老树上有天然鸭巢，附近的树上也有天然巢，我曾举着望远镜侦察过，也看见过亚成体鸭在此闹巢，还有鸭妈妈从巢里出入。难道老树倒下，影响了中华秋沙鸭在周围树巢安家？这时，我暗想，也许这里居住的鸭子都是亲属。一家无处安身，其他家庭都随之搬迁。想法藏在心底，依然是自己的想法，无法考证，也缺乏论据。毕竟此行的几位老师都是专家，而我依然是外行。五道白河水面平稳，这条河的鱼儿可以回流，鸭子食物自然充沛。以前这段河流鱼儿很多，只因最近挖砂造成了鱼儿数量减少，这也许是看不到明星鸭的原因之一。

车子顺着五道白河继续前行，驶入林区，手机信号弱，无法导航定位。路边一棵老树上，清晰可见四个树洞，树的背面是否还有，我们的目光无法穿透。这时，树洞里飞出一只啄木鸟，吸引了一行人的注意，停车观望，又看到一只三宝鸟飞入另一个树洞。我们守株待鸟，等候三宝鸟出来。姜权老师与朴老师握着相机瞄准树洞时，我发现道路另一侧的榆树上长满榆黄蘑，如一个个金色的宝塔，闪着黄澄澄的诱惑。我爬到榆树旁的一个树杈上，伸长手臂，费了很大气力才摘下几朵，仰头顺着树干往上瞧，还有很多，可惜，我无法攀上树。小秦灵巧，跳到另一个树枝上，扯着树枝，用脚顶着这棵大树，稳住身体后，将这棵树的榆黄蘑全部摘下来。俯身递给了我，我把这些“宝塔”用衣服捧在怀里，跑回停车处放下。这时，啄木鸟还没有回来，三宝鸟也没有踪影，守株待鸟的两位老师也收起相机下了车，顺着老树边上的树趟子去了河边。河水清澈，河底鹅黄色的卵石清晰可见，大大小小不一，错落分布在河谷。远望河水是黄色，感觉并不洁净，近看方知是卵石的颜色。不知为何，见到清澈的河水，我非常想站立水中央，或是坐在水之上。此行不为游玩，我却对这片水域依依不舍。爬上爬下，汗水湿透裤脚而黏在腿上，露在外面的脚踝突然一阵疼痛，低头查看并没有昆虫骚扰，可是，痛还在蔓延，回到车上后，脚踝居然肿了起来，皮肤表面也如荨麻疹，痒痛着。

“这是怎么了？”我疑惑地自言自语，“也没有被虫子咬啊，咋还肿起来了呢？”

姜权老师说：“路边都是蜇麻子。”

植物居然也能伤害到我，看来只能咬着牙忍耐。

蜇麻子是药材，被药材伤了，我又能奈它如何。蜇麻子学名荨麻，是一种多年生的草本植物，茎叶上长有细小的刺毛，且有轻微毒性，能引起皮肤过敏反应。人或其他动物的皮肤被蜇后，会痛会痒，甚至红肿，要过几分钟才消，非常难受，“蜇麻子”的名字就是这么来的。

荨麻会蜇人，山里人都知道，采摘荨麻需要戴着手套，还要小心翼翼，被它蜇了可不好受。可是，采摘它的人依然是争先恐后，它是一种非常有价值的草药。荨麻全草可以入药，荨麻可以做药用于风湿关节痛、产后抽风、小儿惊风、小儿麻痹后遗症、高血压、消化不良、大便不通等；外用治荨麻疹初起、蛇咬伤等。荨麻具有多种药用价值，加上它富含各种人体所需的维生素和微量元素，野外采摘回来的新鲜荨麻绿色又健康，用来做菜也确实不错，极具保健养生作用。现在吃荨麻比以前更流行，大家都把它当作养生菜。

小秦介绍完荨麻后说："这片林子药材可多了，尤其木通，秋天时，跑山的人成麻袋背出来。"

尽管脚踝痛痒，在途经金山村时，我还是跟着小秦顺树趟子下行至河岸，这里落差十几米，几乎每一步都要扯着树干倒着退下去。退到河岸见到一处人字河流，河流拐弯处形成一处浅滩，浅滩上芦苇茂密。春天时，曾在这里见到明星鸭，此行不知是时间偏差，还是鸭子搬家，一只野鸭也没见到。筋疲力尽地下来，往上攀爬时却难住我，没有道路，都是树趟子，我只好随着小秦走之字路。据说走之字路不伤膝盖，爬坡可以减少体力消耗。我气喘吁吁爬上路面，衣裤彻底湿透。见到阳光时，看看手机，温度 32℃，空气闷热，看来暴雨即将到来。

山里寻一家过得去的餐厅真难。午后一点在三道乡寻到路边的餐厅，一番求助，榆黄蘑成了这顿餐食的精品，似乎有自己的劳动，这盘菜格外香。另外两个菜土豆丝和炒腰花，我几乎没有动筷。结账时，午餐四人六十元，我有些瞠目结舌，不是因为贵，而是觉得太便宜。吃完午饭已经一点四十分。离开后继续前行，途中有一处桥梁维修，从边道通行，临时便桥狭窄，没有交警疏通，几百米的车流拥堵在这里。停车等待中暴雨袭来。等待半小时后车子才从便桥缓缓通过。雨越下越大，雨点砸在车玻璃上、车顶上，稀里哗啦，噼里啪啦，每一滴雨都如同一枚小石子，强劲有力，周围全是雨雾，酷似冰凉的泉水浇在一块滚热的铁板上，发出“啪啦”的声响后，涌起一团团的蒸汽。已经看不清绿树，看不见山峦，车仿佛都成了船，不是在行驶，而是在划行。时而会车，但见车灯闪烁，却看不到车身。雨刷器疯狂地摆动着。想来这就是“烟花”的杰作。雨水似乎从一个固定的容器中一下子倾泻到地面。穿过雨雾，雨滴小了，随着车子跑起来，雨滴落在车玻璃上由椭圆变成圆形，水流也看到了速度。都说隔道不下雨，随着河流的弯度、道路的弯度，看到山，看到树，看到房屋，看到大桥。这时，远处传来雷鸣声，轰隆隆的巨响敲击耳膜。

刚刚惬意几分钟，暴雨又追赶而来。车子本是沿着河边行驶，水面却突然在眼前消失了。雨水时而疯狂，时而减速，路边的树枝被风压倒，树枝却很顽强，又直起腰来，一遍遍挺起，一次次弯腰，随着摇头甩去雨滴又再一次低头。隔着车窗，视线略模糊，但也迫不及待远眺，寻找明星鸭的身影。轰隆轰隆，雷追着，雨撵着，这一刻，我们几人好像逃兵，又好像在寻找新的突破口。行驶的道路上，能见度极低，停车更危险。计划不能打破，今日功课尚未完成，就是下刀子，也不能退缩。

在雨水疲惫的当口儿，远望在一片礁石上有鸭子白色的粪便，却不知鸭子飞到何处避雨。

午后三点钟，车子进入古洞河渔猎滩，路边立着一块写有“秋沙鸭”的大石头。这条路异常狭窄，也非常泥泞，本想拍下“秋沙鸭”几个字作为记录，因雨大无法下车，未能如愿。雨略有收敛后，我还是下了车，顶着雨水拍下了周围的山和眼前的河，代价却是我变成了水鸭子。尽管暴雨刚过，河水却没有被搅动得浑浊，依然清澈，鹅卵石清晰可见。这片水域盛产鹅卵石，奇形怪状，堆在岸边丰富多彩，每一枚鹅卵石似乎都藏着很多故事，也记录着这里的所见所闻。这里来过很多人，也许是游客，周围有烟盒，有水瓶，还有酒瓶等各种垃圾成为这里的败笔。这里还有垂钓者，遗落的渔具就是最好的证明，他们带走了鱼，却留下了人性的丑陋。大自然恩赐了不一样的风景，却被人类轻而易举地破坏了。难怪大海会愤怒，难怪自然会迁怒。没有见到明星鸭，这些垃圾让我的心情十分郁闷。在不远处，小秦清出一个渔网。极目远望，错落的鹅卵石上夹杂着五颜六色的垃圾，不得不感叹，素质，这就是一部分人的素质。

雨停了，阳光、白云，结伴出来，只可惜，古洞河还是寂静的，这里的明星鸭去了哪里？

只有一只斑嘴鸭在水中觅食。想来这便是中华秋沙鸭的珍贵和稀有。如果如麻雀一样，随处可见，自然不会引来关注的目光，也就少去我一次次的踏查，更不会有我用脚步写就的文字。优胜劣汰，能够历经岁月的淘汰，中华秋沙鸭生存至今，自然有它的珍贵处。如此想来，这是缘分，人与人的缘分，人与动物的缘分。明星鸭在这份缘中，拿捏得恰到好处，时而扇动翅膀抚慰我的心情，时而躲开我的视线，让我在焦急地寻找中留有遗憾。

明星鸭就这样把自己活成我心底的一条线，牵着我寻下去，且无怨无悔。

春日观察时，冷风时常让我全身战栗，我便把舒适的踏查寄托给温暖的夏季。眼下就是夏季，却出行闷热，林间蚊虫叮咬。不论春夏秋冬，只要专注去做点事情，都不是易事，冷热都不舒服。尽管如此，踏查还要坚持，决不退缩，这样至少对得起光阴岁月，其他的，就留给时间吧。

忙碌又一天

每一个月的首日，感觉都在重新开启生存的模式。这次踏查恰逢八一建军节。

晨起后，阅读微信都与军人有关，居然淹没疫情带来的恐慌。一直惦记二道白河镇的肯德基，起早绕过几道街，只为这顿早餐。远远看见“肯德基”几个字，门前依然冷清，难道又歇业了？走近瞧瞧，原来没到营业时间，大门上贴着营业时间早七点至晚九点。这就是这座小镇的慢节奏，适合睡懒觉，而我却把睡懒觉的时间用于呼吸这里的负氧离子。

离开肯德基，在长白山大街上慢悠悠散步，在水塔广场对面，有两个秋千，其中一个是长秋千。两个小男孩儿分别靠在长秋千的两端，一个穿着黑色的T恤，一个穿着白色的卫衣。他俩的睡姿如同摆拍，各自的背包成了他俩的靠背。秋千的前面并排放着两台山地自行车。这是两个骑行来此游玩的孩子，没有选择住旅店，此时还有很多宾馆有房间，只是价格偏高。也许他们是穷游，这便是大山的魅力和诱惑。风景为床，自然为被。勇气、激情、胆量、年龄，无可比拟，无法超越，我只有羡慕的份儿。睡梦中的两个孩子，看着辛苦，我却暗暗为之点赞。

小秦的新任务，早晨起来从头道大桥出发，目的地二道白河镇宝马村，调查鸭子数量。

昨天听到这个安排，我很兴奋，与朴老师商量想要随行，被老人家拒绝。朴老师担心山坳起起伏伏，我不能走完全程，这条步行的路线，一旦启程就没有退路。无奈，我与朴老师，还有老人家的学生，八点半准时出发，九点来到二号观察地等候小秦。

二号观察地已经有两位摄影师在这里等候鸭子了。其中一位是《长白山周刊》的记者李德福，他一直跟踪拍摄秋沙鸭已有一年，也陆续写出了很多与鸭子有关的文字。我无法日日与明星鸭厮守，却常常在李老师的文字中徜徉，在他的文字中感受鸭子的温暖。另一位摄影师很年轻，这里的老师们都喊他小金。有七只明星鸭常来这里。近期两次涨水，鱼儿不见增加，为了维系明星鸭的生存，朴老师的学生每日购来十斤泥鳅作为鸭子的食物。一晃，几千元的鱼儿成了中华秋沙鸭的零食，听罢很感动，与他聊天时，他风趣地说：“我一年也吃不上几条鱼。

以后，我不吃鱼了，都留给鸭子吃。”

今年春天，保护中心的周海成老师在二号观察地养了一只小狗，这只聪明能干的小狗居然在附近发现水貂的家，明目张胆地咬死了小水貂。貂妈妈被狗吓坏了，钻入水中逃跑了，躲过了小狗的袭击。如今，水貂妈妈还时常鬼鬼祟祟出来露脸，不知是恶作剧吓唬明星鸭，还是心怀叵测想吃掉鸭子。水貂是外来物种，小狗也算除害。看似安静的河道，不知不觉藏着这么多的故事。

眼下正是亚成体鸭练飞阶段，坐在河边，尽管明星鸭不在，看水看树也妙趣横生。

依据以往的经验，中午十一点，小秦应该抵达宝马村了。拨打小秦电话，居然关机，课题组成员姜权老师焦急地告诉朴老师，朴老师再拨打电话，也是不通，各种揣测，电话落入河里？没有信号？没有电了？还是……所有揣测都是消极的，都带着恐慌，都是最坏的猜想。姜权老师坐立不安，起身离开去寻找小秦了。可是，如何寻找呢，姜权老师应该自有他的方法。

等，盼，很漫长。朴老师一遍遍拨打小秦的电话，一遍遍提示：“您拨打的电话已关机。”老师看似不动声色，却不停地在按手机键，紧蹙的眉头已经泄露了老师的不安。小秦跟随朴老师科研组很多年了，也遇见过很多惊险的情形。他对山林比较熟悉，但是，拨不通电话也让朴老师如坐针毡。

小秦是露水河人，故事很多，他而立那年，与同乡进山采灵芝，中途将饭盒遗落，又与同乡走散，没有食物，没有水，只能孤身一人在山里寻找回家的路。一走就是两天两夜，吃了羊奶子，吃了树叶，喝了泉水，后来顺着河流找到了回家的路，见到米饭那一刻，双眼都是眼泪。也就是这次惊险的历程，让他不再恐惧在山林中行走。

中华秋沙鸭在长白山生活的这段日子，他负责爬树，负责高处作业，陪同科研人员调查。中华秋沙鸭离开后，他还要依靠采山货做零工维系生活。去年 8 月他受聘到池南区安装人工鸭巢，居然遇见了马蜂窝，他眼疾脚快，跳下大树撒腿就跑，跑出很远，才脱去外套，居然还有马蜂叮在太阳穴上。“爽！”他给我讲述这个故事时，一脸苦笑。之后，连续几日眼睛红肿，脸肿得变成大头人。他说：“与鸭子接触，啥稀奇事都遇见过。”

三天前，小秦从大阳岔镇入山调查，目的地是头道大桥。这条路上坡下坡，不知翻过了几道弯。寂静中，他听到重物撞击大树的“咣当”声，声音很大，震耳欲聋，凭借多年经验，他知道这是小黑熊奔跑中撞到了树干上。

因为这个故事，朴老师更加担心了。一小时过后，老师再次拨打手机，听到嘟嘟声，老师紧锁的眉角微微动了动。小秦在电话里告知，不知何时按下了手机飞行模式。

朴老师听后长叹一口气说：“唉，调查最怕联系不上人。”

正午时分小秦回来，他用了五个小时走完这段路程，陆续看到三个鸭家族，十只的、八只的、五只的，三个家族共计二十三只。小秦途中看到黑莓蛇，以往这段路都是蛇的据点，几次暴雨，山坡表面的腐殖土被冲走了，同时也把蛇冲走了，蛇才少了一些。

提到雨，又下雨了。我们按原定计划出发去露水河镇。

穿过露水河镇后，沿着露水河下行，途经永青林场后，水域与山峦毗邻，车子一面临山，一面临水，颠簸着上坡前行，这段水域一直干枯，偶有河水，被大大小小的鹅卵石裹挟着，如一处静止的泉水，已经风化的沙石也是无精打采，我有些失望，这样的水域鸭子不会停留。朴老师却不甘心，见不到鸭子岂能善罢甘休。况且春天调查中，这里已经见过雏鸭。车子在林间的运柴道继续颠簸。

路边盛开着各种野花，有的陌生，有的熟悉，可惜，熟悉的也叫不出名字。偶见一堆堆红彤彤的剪秋罗花，在纷杂的野草中，这几朵红花是一面旗子，也是一片希望。我喜欢剪秋罗花，小时候总爱折回家插在瓶子中。如今，舍不得摘下来，植物也有神经，也有痛感，面对野花时，也曾对自己童年的无知感到惭愧。身体随着车子左一下右一下摇摆，感觉肌肉都被甩来甩去，我调侃说：“继续这样颠簸，中午的面条不用消化，都被甩成稀粥了。”

姜权老师补充说："科研人员常年在山里，为了省时间，吃饭狼吞虎咽，胃都不好。坐车颠簸，大多都得了胃下垂。"

似乎顿悟，我一直被胃病困扰着，难道是野外观察的代价？

仅是半小时的颠簸，我感觉整个身体都被甩得酸痛。临近永青水电站时，透过黄檗树叶的缝隙看到了水面，远望与车子比邻的岸边有一个个白点起起伏伏，透过望远镜，一只，两只，三只……数着，数着，数到二十四只。

一路沉默的朴老师激动得有些语无伦次："我说这里一定会有鸭子的。"

姜权老师并不甘心，再一次举起相机，一通扫射后，放大画面，看到从礁石的后面游过来六只。尽管已经见到了明星鸭，一行人还是抱着侥幸，期待有更多的明星鸭藏在岸边的阴凉处。继续前行，来到了永青水电站。站在山巅之上俯瞰，水面在山岩的曲折中迂回，在周围山林的映衬下如一块碧绿的宝石，铺满阳光的水面，如细碎的银子闪着光芒。时值仲夏，山岩上伸展的枫叶却零星泛着红晕。心底不免有些伤感，再过七八天就立秋了。时光飞逝，中华秋沙鸭又要迁徙离开东北了。举着望远镜一番寻觅，依然还是刚刚见过的三十只鸭子在水面捕鱼嬉戏。不用望远镜，肉眼只能看到水面流动的白线，交错着，延伸着，叠加着，看到这些水线便知道鸭子的数量之多，追逐玩耍甚是惬意。这片水域附近的运柴道年久失修，很少有车辆通过，自然减少了对它们的干扰。这里还没有安装人工鸭巢，拥有多少天然巢还是未知，山势陡峭，山与河垂直，天然巢藏在何处，人工寻找也是一项很艰巨的任务。虽然人类不该干涉野生动物正常的生活，为了科研，朴老师还是安排人员，待到初春，鸭子还没有到来之前，探巢，摸底，对于中华秋沙鸭在此区域生存以及平衡有序发展的情况要更深入地了解。

一行人带着喜悦返回，途中见有一岔道，小秦说："这条路可以走到河边。"

河边，是我每次与中华秋沙鸭约会的场地。听到可以通向河边，又激发我的好奇心，索性请小秦陪同，想看看沿岔路抵达河岸后是否有中华秋沙鸭的痕迹。穿过与我同高，甚至比我还高的各种野草，最令我恐惧的是拉拉藤，第一脚就踩进拉拉藤的地盘。拉拉藤浑身带刺，老百姓说遇到刺就得"留"一阵子。这"留人"的本事皆因它密布茎叶的刺，细细密密的白色刺，像绒毛一样长满整株植物，远看像极了轻薄的白雾，细腻柔软，那是错觉。当我脚踩到拉拉藤，便知道这层"白雾"暗藏玄机，并没那么简单了。这些绒毛小刺会瞬间变成千千万万个小抓手，牢牢地抓住我的裤脚，牵牵扯扯，令我前行受阻。途经它们身边的我，成为它们的依附，隔着我薄薄的外衣，拉拉藤还是划破了我的皮肤，一条条红色的划痕虽不见血，却极痛痒。小时候，蚊虫叮咬后，母亲总是采来拉拉藤，用它藤中的汁液涂抹蚊子叮咬后的红包，之后，红包消去。为此，我对拉拉藤并没有敌意。其实，成片的野草中，藏着好多草药，此行踏查目标是飞鸟，没有闲暇琢磨这些野花野草了，尽管这样，我还是抓住了一片党参的叶片前行，就这样在疼痛与期待中来到岸边。

最近几次暴雨，很多河道河水都已暴涨，这条河却干枯得让人心痛，裸露在外的河底已经干裂，河道变窄。岸边有一位农民摆着七支海竿，却钓上手指一样长的柳根子。问询钓鱼的农民是否看到过野鸭，农民说:“每天都从这里飞到电站。”不知宣传力度欠佳，还是农民不谙世事，他居然不知他见过的野鸭就是中华秋沙鸭。

细细想来，也好，不知道也许是对中华秋沙鸭更好的保护。

长白山地区的天透着奶色的蓝，云朵如同洗过的白。每次调查中，总爱观望蓝天和白云。这次的云朵与以往不同，一朵朵白云密集着，似乎抱在一起，每一朵云又呈拉丝状，好像四周藏着拉面的师傅，都在拉扯着云朵。看云识天气，这该是怎样的天气呢？台风“烟花”是否影响到这些云朵，内心隐隐袭来忐忑，云朵是天气的预报，只是我知识尚浅，无法解读其中的玄机。

对于课题组的科研人员，他们需要掌握鸭子数量、生存区域的食物情况。而我格外关注科研人员背后的故事，还有一路踏查的艰辛。我的喉咙隐痛，我知道出门带来的不安和躁动又来与我结伴了。

忙忙碌碌又一天。时光匆匆，每次山林踏查，总感觉时光对我的苛刻，总是极不情愿地结束行程。回到住处，第一件事便买来消炎药，不能倒下，踏查才刚刚开始。

富尔河寻亲

山与水和风景有关，踏查中华秋沙鸭的路线都与山和水有关。尽管筋疲力尽，还是有一种出游的惬意。青年旅舍昨夜接待一行十人的南方团，这个旅游团昨夜八点入住，九点在大厅里架锅起灶做起晚饭，浓重的方言吵醒了我。清晨我又在他们锅碗瓢盆的交响中醒来，睡眠质量欠佳，周身都不舒坦。

八点出发时我无精打采，车子沿高速行驶，两个小时的车程到达建设林场。车子还未靠近检查站，那只黄毛狗居然“汪汪”叫起来。可能它还记得我，算是欢迎；也许它早把我忘记，叫声是在警告我。今日值班的巡护员我不熟悉，虽然我多次来过这里，但这位中年男人还是第一次见到。站在建设大桥之上，远望富尔河面，有八只斑嘴鸭，还有八只鸳鸯，奔跑着，争抢着，却没有中华秋沙鸭的影子。富尔河的鱼儿多，鱼儿的种类也丰富，想来中华秋沙鸭不会轻易离开这里，况且这里有七个人工巢孵化的雏鸭都跳出鸭巢。车子继续顺富尔河上行，在两边都是树枝的沙石路上行驶，十几分钟后才驶入露天的乡道。一面山，一面水，水是富尔河，水面欢腾着一群群鸳鸯，如此多的鸳鸯，证明了周围野生巢之多。可是，这些野生巢又在哪呢？山林树木是主体，寻找天然巢可以称得上是一项浩大的工程，不是一天两天就能完成的，而是需要很长时间。远山被乌云环抱着，裸露在头顶的天空是蓝色的，略微泛着灰色，眺望间，一只黑色的大鸟飞过，肉眼目测像鵟，鸳鸯都慌张地飞走了。我们的出现，黑鸟也措手不及，没有继续追赶鸳鸯，一溜烟飞入林子里。

河边这一株那一朵地开着翅果菊。淡黄的小花小巧雅致，结伴拥在一起，似乎以单个的力量无法彰显其美丽，只好靠团队协作来点缀这片水岸，除了姿色，在数量上取胜其他小花。翅果菊开花的模样有点像山里常见的黄鹌菜，叶片狭长，如一根锯条，其实更像许多人都爱吃的莴笋叶子，原来它有一张大众脸。各色小昆虫在花间飞舞，让清冷的河岸热闹起来。小时候，我常常把它的叶片和茎枝采回家，用来喂养我饲养的鸭子，为此，我也曾偷偷品尝小锯条的叶片，味苦且口感也不太好，但不知为啥鸭子吃得开心。随着成长，我知道它不仅仅是可爱的野花，还是一味好药，清热解毒、祛风除湿。植物一直是我的偏爱，如此之多的翅果菊就在眼前，岂能视而不见。它们横排开着，竖排摇曳，俨然就是一个老道的模特，摆出各种姿态任我构图遐思。

富尔河的水流一直充沛，滚滚奔涌的浪花气势磅礴，演绎着这片土地的繁华。

车子上行没有见到中华秋沙鸭的身影，便改变路线，顺着来时的路返回后，沿着水线顺流而下。车子在林海中穿梭，如此绿色养眼，如此空气养肺，岂能辜负自然的馈赠，我打开车窗尽情地呼吸。突然，觉得脖颈痛痒，本能地喊着："马蜂！"

"不是，是牛虻。"小秦不动声色地说。

牛虻在东北林区俗称"瞎碰"或"瞎虻"，都是虻的俗称，个体比蝇稍大一点点，雌虫善飞翔，却危害家畜，它们的刺如吸管，吸牛等牲畜的血液。成虫白天活动，午时为活动高峰时段。在环境复杂多样的自然界中，虻类最喜欢集中的地方是近水而温度较高的地方，水田、沼泽地、苇坑、流水、静水附近是它们生儿育女的理想环境。它们往往将卵集中产在水中禾本科等植物的叶上，幼虫一孵化便掉入水中，在水下生活，待到化蛹时才游到岸边。东北林区也是它们的地盘，遇见人时能飞得迅速，袭击颈部或其他露在外面的皮肤，啄取大块皮肉而逃逸。

牛虻叮人时皮肤很痛，还会出血，我算是幸运，只是红胀，只是痒痛。小坏蛋"吻"了我后，没了踪影，可是，耳边依然有"嗡嗡"声音萦绕着。顺着运柴道径直穿到河岸，不远处有一断桥，如一段历史在默默诉说着曾经。这片水域水质清透，河流贴着山崖缓缓流淌。这里原来是一处采砂场，虽然已经被叫停，依然还有一台小型的挖砂机在低着头劳动。水流绕着峭壁迂回，在山崖下的一块礁石上，远远看见一摊白色的粪便。这里应该是中华秋沙鸭的地盘，它们只是暂时离开。也许那台挖砂机造成了它们的恐慌。老师说：“继续寻找，应该在上游。”

步行回汽车的短暂途中，起伏的砂石中长出一株株野花野草，有间距，似乎播种一般。老师一边前行，一边指着野草，告诉我它们的名字，还有它们的价值。

山芝麻，粗壮的枝干顶起淡黄的花朵，枝干侧交错着花蕾，有的开败，有的含苞。看似平平无奇，却是一味中药，清热解毒。很多野草的果实可以食用，山芝麻却不能，它有微毒。

这时，我又看到在砂石的空隙中，错落着纤弱的茎，微小的紫花摇曳风中，花虽小，与大豆的花酷似，老师告诉我这是野大豆。野大豆，豆科大豆属，是缠绕藤本，必须依赖其他植物往上爬。别看它们的茎和小枝都非常纤细，但是它们缠绕的本领还是很厉害的。它是国家二级保护濒危植物。野大豆是当今世界最重要的农作物之一，它是大豆的祖先，为此名列《国家重点保护野生植物名录》。

虽说野大豆是保护植物，但野大豆一点儿也不“稀有”，随处可见，这里的野大豆没有与牛筋草、苎麻缠绕，以独立的个体攀附在石头上生存。

运柴道路坑洼不平，前几日暴雨后，洼处积水，将铺在路上的黄土浸泡成泥浆，车的轮胎随之披上了鹅黄色的外套。同时，起伏的颠簸让我作呕，一阵微风从降下的车窗吹入车内，缓解眩晕。车子速度极慢，如童年坐过的牛车一样，随S形的水域拐着一道道弯。突然，老师连连摆手，同时，不用望远镜也看到了两只明星鸭飞起来。车子停下来时，我才发现我们是在悬崖上行车，靠近河岸的一侧是高二百多米的悬崖，石壁陡立，运柴道、峭壁、水面，形成了大写字母“Z”形。我慢慢落脚，唯恐力度大震动峭壁而落入水中。本能地靠后，为此，能够看到的河流就少去一半。岸边绽放成片的珍珠梅，白色细密的小花扎堆开着，不去仔细观察，都无法发现它花朵的与众不同。

珍珠梅，别称喷雪花、雪柳、线叶绣线菊。因其开花时花朵密集，漫天飞舞，有如喷雪，取名喷雪花；又因其叶形似柳叶，花白如雪，又称雪柳；再因其有菊花的风韵，故名线叶绣线菊。

道路旁、岩石上、田野边，一丛丛的，茎从底部伸展出来，叶子翠绿清秀。像一位身姿曼妙的美少女，兼具梅花的风骨、菊花的风雅、柳树的飘逸。其实，最美的景色总是出自荒芜的乡野。一只只黑色的大马莲蝴蝶在珍珠梅上飞来飞去，像舞台上尽情施展的演员，抖动着漂亮的裙裾，变换着各种美妙的姿态，营造着一种欢快的气氛，演奏着一段段优美的乐章。

飞舞的大马莲学名叫绿带翠凤蝶，还有深山凤蝶、绿带黑凤蝶等好几种别名。雍容华贵的外衣，足以让大马莲在群蝶飞舞的夏季里出尽风头，总能显出它独领风骚的意蕴。我的注意力被大马莲吸引，被珍珠梅吸引，对于水面的动态，暂时失去关注。

在吆喝声中，我恋恋不舍回到车上。车子前行，路边没有规律地挂着一个个宣传牌，都是关于中华秋沙鸭的科普知识。突见左侧的树林中出现一条人工路，路面铺得平平整整，比运柴道要好上很多。左绕右拐，车子驶入一片参地前，参地的前面却没有路，也看不到河，耳边能听到流水的声音，扭头一看，还是一片参地，一趟趟蓝色的参膜，如同一座微型的镇子，整整齐齐。小心掉转车头，生怕破坏了参地，一朵朵艳红的剪秋罗藏在野草中，这一刻，似乎在与我挥手告别，似乎也在微笑示意。脑海中蹦出清代诗人陆求可的《木兰花令·剪秋罗》:“绿叶丛丛春意浅，也算芳菲开一遍。花如散掷紫金钱，易入时人轻薄眼。妖红小小疑桃脸，雨点风摇最娇艳。凭君唤作剪秋罗，试问秋罗谁为剪。”虽然没有见到中华秋沙鸭，这些花足可以慰藉行程的疲劳。

车子再度驶入运柴道。穿梭在山林间，手机和网络信号全无，似乎没有时间的概念，感觉身体一直在颠簸中，颠簸得迷糊，颠簸得醉氧。车子在山根儿慢慢行驶，一面的悬崖慢慢变矮，渐渐地山林与运柴道在同一个平面，这时，又见一处岔路，由小碎石和山皮土铺成，两道深深的轮痕如两道卧在碎石中的铁轨，雨后积满雨水，犹如一长条镜片嵌在小路上。车子沿着沟壑小心地穿过两面一人多高的蒿子丛。下车后，我们踩着大小不一的鹅卵石来到没有落差的水面，我脚下的路，应该是河流的边缘，在雨季，这里也会是浪花飞溅。眼下，泄洪季节，每一段河流的管理者都不会让河流水位出现预警。

这条河依然是富尔河，一面峭壁为这段河流遮风挡雨，河水哗哗流淌，水声风声交替着，俯下身撩动河水，冰凉之感从手臂蔓延周身，舒缓疲惫，颠簸的困顿也散去。回望上游，四只斑嘴鸭，还有两只鸳鸯领着三只鸳鸯宝宝在自由地游弋。继续在水面寻找，见到了八只中华秋沙鸭，这段河流没有人工鸭巢，眼前的明星鸭应该是由天然巢孵化的，曲折水岸中藏着多少天然巢呢？

顺着富尔河绕到大蒲柴河镇已经午后两点了，小镇很寂静，简单吃过午饭后又启程了。

顺着松花江干流的水源地前行，途经抚松县沿江乡楞场村，路越走越狭窄，会车时险些落入沟壑，一路奔向宝石村。在信号的断断续续中，车子绕到了松花江边，远山如黛，云彩浓墨，一幅水墨画近在眼前。计划从这里乘船去山崖后面的港湾探寻中华秋沙鸭的踪影，江面水位低，无法行船，计划又泡汤了。上游的金沟电站还在建设中，很多影友在这里见到过中华秋沙鸭。虽然此行有些遗憾，扭身看周围风景，有群山，有碧水，按常理而言，这里十分适合中华秋沙鸭的生存。宝石村就在不远处，袖珍的村庄如一幅画，庭院、房屋、街道，都如同积木摆出来一样，看着心旷神怡。

生活在富尔河的中华秋沙鸭，是我梦中的常客，不是一次梦见，而是多次。这次富尔河之行，看见了中华秋沙鸭，圆了我心中的梦想。

江中有惊险

中华秋沙鸭出名了，渐渐引起了百姓的重视，尤其是生活在长白山水系中的明星鸭，格外引起关注。我们此行前往抚松野山参省级自然保护区管理局。吉林抚松野山参省级自然保护区管理局，位于吉林省抚松县的长白山腹地，保护区主要以野山参及其繁衍生存环境为主要保护对象，这里的工作人员负责保护区内有关基础调查和监测，以及保护区相关科研和生态恢复等工作。

野山参保护区位于火山锥的基座部分。这里地形、地貌比较复杂，河流宽阔、纵横交错，植被类型多样，有森林、湿地、草地灌丛，还有居民点及农田等，为动物的栖息、繁衍提供了极为有利的生存条件。

科研组早早从二道白河镇出发，九点准时抵达预定的江岸。

眼前的江面是松花江的一段，也是双沟水电站的下游。吉林抚松野山参省级自然保护区管理局白局长来此履新不久，在水面踏查时发现水面聚集着亚成体中华秋沙鸭。凭借他在漫江工作的经验，他知道，这里也是中华秋沙鸭的繁殖地。但是，对于中华秋沙鸭深层的解析，他却是懵懂的。这时，他想到了朴老师，及时与朴老师沟通后，才有今天的行程。

这里踏查必须依靠船只。站在河岸稍等片刻，一艘涂着白色油漆的铁皮船划来，船家是泉阳镇河口村的村民，他对这片水域了如指掌。一行人穿上救生衣上了小船。

江域的一面属于人参保护区管辖，另一面是施业区。野山参藏在周围的山林之中，水绕着山，山抱着水，时而有港湾，时而有峭壁，想来野鸭应该喜欢这片水域。只可惜，水面有渔业养殖，还有不间断的拦鱼网，这些渔网对中华秋沙鸭生存有潜在危险。我暗暗为鸭子的命运担心。陆陆续续，看到了苍鹭，见到了鸳鸯，半空中还有一只隼飞过，隼的存在也是生物多样性的体现。对于中华秋沙鸭而言，隼是它们的天敌，担忧叠加担忧，尽管担忧，也无法避免，比如隼的存在。然而，渔网的忧患却是人为的。在保护与发展的选择中，孰轻孰重，都是公说公有理，婆说婆有理。如何做到兼顾保护与发展应该是一个很尖锐的话题。

小船驶过层层的拦鱼网后，远远看见岸边晒干的淤泥上趴着五只亚成体鸭。船只的马达声惊扰了它们，还没有来得及举起相机，五只小精灵慌张飞走。退潮的江水在岸边冲出水位线，一条条的平行线，裸露在外的淤泥和礁石已经被风干，远远望去，正好成为中华秋沙鸭们的保护色。

保护区位于长白山植物区系，原始地带性植被是温带红松针阔混交林，植被类型有针叶林，人工林居多，还有针阔混交林、次生落叶阔叶林，以及草甸、沼泽与水生植被七种，群系二十二种，群丛类型有三十五种，以温带森林植被景观为主。暗棕壤是覆盖面积最大的土壤类型，肥沃的土质，生长着红松、落叶松、水曲柳、胡桃楸、榆树、杨树、桦树、蒙古栎等针阔叶树种。

绿色是岸边山林的主基调，有的深，有的浅，有的朦胧，有的奶色，绿色在变换中起起伏伏，有了深度，有了层次。船一时无法靠岸，脑海中勾勒着山林的故事，有动物，有植物……

临近正午，一只亚成体鸭从岸边的水域飞过。猜测我们离它们游玩的区域不会太远了。

岸边裸露的树根如同风化的山参嵌在山坡的土壤或礁石上，目光在岸边的变化中寻找新奇。同时，变换的水岸，变换的礁石，在变换中看到不一样的风景。六米长的小船，翻来覆去搅动江水，小船里端坐着七个人，行至水深处，不免担心，不自觉地扯了扯救生衣。船在转弯时，惊飞三只亚成体鸭，它们在水面低飞，对岸边视而不见。随后，又见到五只我心中的明星，它们似乎成为我们的领路员，它们在前面飞翔，船在后面划桨紧追。

本想去巨鹿峰，由于近期雨大，水库不停地排放，造成库区水位偏低。这时，我又发现水面多出了成片的渔网，只能返回。一样的江水，一样的路程，重复着来时的路，心情却大相径庭。虽则无言，我的内心却起伏不平。远望一处村庄，白局长说那是抗联遗址，这里藏着那么多故事。白局长是一位创新的领导，他想实现保护和经营并举，想打造这片水域的旅游品牌，珍贵的森林资源是科普课的内容资源。此行的科研人员则更看重保护。

我陷入思索之中，突然的摇晃打断了我的沉思。渔船在经过拦鱼网时，用一支长杆将网按下，船再慢慢通过，几次都如此，也安然无恙，这次却碰到了船只的水箱，黄乎乎的水掺着油从水箱中喷出来，溅到周围的座位，还有大家的衣裤。我慌张了，毕竟离出发地点还有一小时的行程。船家十分冷静，调整船头，拿起塑料桶从江里取水加入水箱里。船继续行驶，我的手心却捏着一把冷汗。

剩下的行程，我无心再去找寻鸭子了，一个劲儿地默念：安全，安全，安全。

跨上岸的那一刻，紧绷的神经终于松弛下来，周身立刻轻松。

离开抚松县兴隆乡青年村人参保护区，已经没有太多的心情找寻鸭子了。刚刚渔船上的插曲吓到了我，还有德尔塔病毒的蔓延，提醒我要尽快回到居住的城市。尽管心情并不美丽，当车子上行抵达双沟水电站库区时，我还是专心致志地在库区中寻找鸭子。靠近山岩的背阴处，四十多只亚成体鸭如下饺子一样在水面欢腾。无法靠近，只能依靠望远镜数着欢喜。

沿着盘山路离开双沟水电站水域，本想奔往两江口和鸳鸯湖，一场暴雨砸下来，看不到山峰，看不到云朵，视线可及处是蓝灰色的天空，远处犹如一望无边的大海，又像天的尽头就在眼前。计划被打乱，只能慢慢向二道白河镇方向返回。车子途经泉阳大桥时，雨停了，寻鸭的念头再次涨潮一般冲击大脑，下车时却惊飞草丛中的六只鸳鸯，站在桥上看到乌泱一片野鸭，有绿头鸭、斑嘴鸭和鸳鸯在水面漂着，还有一只白鹭和两只苍鹭。看到水面并不洁净，想必中华秋沙鸭不会喜欢这里。

这个夏季，中华秋沙鸭生活的重点水域，一行人用足迹镌刻下印章，见到的亚成体鸭远远不足春天孵化的数量。种种猜测，都不是科研人员希望的结果。大家都希望鸭子们战胜一切艰难险阻生存下来，这样，才不辜负科研人员的一片热忱。

快乐一群鸭

8 月份的长白山，风儿不燥，温度适宜，感觉周身一派舒服。坐在头道白河的岸边，不管是听风，还是观鸭，都是蛮惬意的。

一晃，头道白河岸边的人工巢跳出来的鸭宝宝都已经长成了“翩翩少年”。

亚成体是动物没有性成熟前的称谓，如同人类的青少年。雏鸭的羽毛由灰转变为雌鸭羽毛的颜色，渐渐走入青春期，隔着望远镜，去观望它们的目光和神态，眼睛瞳孔发黄，闪着亮光，那便是未成年，就是亚成体鸭。因为鸭妈妈的瞳孔是黝黑的，而且有些苍老。在没有科研为依据的前提下，我只能依靠观察经验辨识中华秋沙鸭的年轻与衰老。

我抵达岸边后，似乎早与这些明星一般的鸭有了共鸣，精灵们陆陆续续在我的眼前奔跑，戏水，捕鱼，仿佛久别重逢，我与它们似乎都处于兴奋和激动中。

辛丑年的雨水似乎多于往年，前段日子两场暴雨，煞是令人担忧。6 月初，小鸭子刚刚出巢不久，一场暴雨灌满头道白河，水位线预警，清澈的河水泛黄，浑浊中不见鸭妈妈领着鸭宝宝的身影。那一刻，朴老师几乎每天早早来到头道大桥，左瞅右瞅，仍不见鸭子们的身影，朴老师担心小家伙们在暴雨中消失。

等待，等待，焦急地等待。

三天后，水位渐渐回落，水面又恢复了平静。这时，朴老师看到了两个家族的鸭宝宝在鸭妈妈的引领下，又来到头道大桥下捕鱼。朴老师开心地录下了视频传给了我。那一刻，看着雏鸭扑扇着小翅膀在水面追逐，我的心几乎都融化了。

此后，朴老师不定时地发来小家伙们的视频。枯燥的工作中，这些图片和视频足可以消减我生活的烦累。

盼望，盼望，默默地盼望。

8 月初，我如期完成与明星鸭的约会。它们成长的身影我早已经不陌生了，可是，久不见，不仅仅惦记，更多是想念。只可惜，它们不懂得人类的情感，我只是一厢情愿的单相思而已。

不远处的礁石上俯卧着一只亚成体鸭，礁石边的河水中还游弋着两只亚成体鸭，它们三只应该是一个家庭，时而扑扇翅膀，时而潜水捕鱼。由于连续下雨，这段水域的鱼儿也玩儿起了躲猫猫，至于躲在哪里，这些亚成体鸭也不知道。看着它们辛苦觅食，反反复复潜水也捉不到鱼儿，我的心中全是怜惜。

鸭子突遇食物短缺，这是亟待解决的问题。预案，启动应急预案，朴老师买来鲜活的泥鳅。当把泥鳅放入河水中，泥鳅遇见水并不知道自己会成为野鸭的食物，竟然在水中欢腾着。亚成体鸭似乎也有感知，纷纷低飞回到这里，发现了泥鳅，如同节日的盛宴。只见它们在水面上下快乐地迂回，捕到泥鳅的那一刻，激动地钻出水面，伸长脖颈，自豪地摇摇甩甩，一条泥鳅就这样被亚成体鸭折磨得晕晕乎乎，成了它们的美餐。

如果不借助望远镜注视水面，只能见到一圈圈涟漪在慢慢扩散，可以想象水下有鱼，可以想象明星鸭正在捉鱼，可以想象水下还有生灵……随着明星鸭的动作，水面由静到动，这些涟漪无疑给岸边的观察者带来了消遣和兴奋。原本守候在岸边是寂寞的，听着鸟鸣，听着风声，当看到各类野鸭游来，消除了寂寞，驱散了无聊。等候，期盼，只为远远看见那些无法交流，却又为之动心的鸭宝贝。

时光不负有心人，不经意间，礁石附近的水面涟漪套上涟漪，频率如同烟花投掷在水面，随之，一个个小精灵在水面追逐，瞬间，眼花缭乱，如同幻觉，却很真实。举起望远镜细细数来，一、二、三……二十只亚成体鸭，这可是超级宏大的场景。二十只亚成体鸭汇聚在一起，它们应该分属三个家庭或者四个家庭，汇聚在这里如同参加一场运动会。其中应该有鸭妈妈在，只因多，望远镜后面的眼睛无暇细细琢磨。它们这边捕鱼，那边争抢，每一只鸭子都是合格的运动员，没有教练指挥，没有课程约束，都在独自发挥自己的潜能。只可惜，这场运动会的解说词，我只能依靠目光去倾听，依靠望远镜去阅读，依靠想象去猜测。这一刻，目光与大脑同步在水面，连眨眼都不舍得，生怕眨眼的瞬间，错过这场运动会的精彩镜头。

一个人的兴奋点倾注在哪里，哪里就是中心。此时此刻，水面的明星鸭就是我关注的中心。小雨滴答，我却丝毫没有感知，这些亚成体鸭也毫无察觉，它们依然在水面游走、潜水、觅食。还有懒惰的家伙趴在礁石上熟睡。突然，水中的明星鸭“嗖”地一下从水面飞起，礁石上贪睡的家伙也随之扑腾入水，之后一起拉着一道晶莹的水线飞出水面，飞向上游。

端着望远镜查看，在礁石附近，不速之客水獭露着毛茸茸的脑袋在游走，中华秋沙鸭天敌的出现，打断了这场运动会。水下也是一个世界，它是野鸭的世界，它是鱼儿的世界，它是水獭的世界，还是很多我未曾见到的动物的世界。水獭调皮地游到这片水域搞起破坏，不知居心何在。是为了捕食，还是为了抢占风头？反正，我满心满眼都在偏爱明星鸭，水獭在我的心底自然被冠上了“捣蛋鬼”的恶名。

本来一个大家族的鸭群快乐地在水面上展示才艺，“捣蛋鬼”的出现，戛然终止了精彩画面。眼下，明星鸭不会再来这里。

内心隐隐有些焦急，有些失落，因为它们的翅膀渐渐硬了，要飞向远方了，至少今年逗留在这片水域的时间已经开始倒计时了。我很珍惜每一次相见和相遇。每一次相见都有别样的收获，每一次别离都是期盼的开始。在认知和感知不断被刷新后，每一次的关注点不同，失望自然也迥然。不知不觉，我想到了成长，自己的成长，孩子的成长。长大了，离开父母，离开了家，就已标注翅膀硬了。如此想来，翅膀硬了是一件很严肃的事情，也是很残酷的现实，注定父母已经走向衰老，注定孩子要独立面对生活中的一切苦难，要承载家庭的重担，要肩负传宗接代。中华秋沙鸭也如此。刚刚在水中游玩的那群明星鸭，生活在这片水域，自由自在成长，无忧无虑生活，夏季该是它们生命中最快乐的光阴，迁徙离开后，它们将要面对未知的一切。

不知不觉，我的眼睛又是一阵发酸，感觉泪水流了出来。

第三章

秋迁

长白山之鹰

有缘的人早晚会相遇。我自从开始观察中华秋沙鸭，便与朴老师结下了缘分。

在自然保护者的名册里，中华秋沙鸭摄影第一人当属朴龙国；在全国自然博物馆中，制作中华秋沙鸭标本最多的人还是他老人家。想必老人家的网名也应该与中华秋沙鸭有关，结果不然，朴老师的QQ和微信名称都是“长白山之鹰”。初见这个名字，我满是好奇，这个名字有何来历，我一直在心中猜测。可是，老先生是倔老头，语言精而短。他说话没有冗长的铺垫，常常直奔主题，最初与倔老头交谈是一件让我怵头的事情。

还好，遇到难题可以上网查阅资料，一页页地翻看，一字字地寻找，终于解惑。

原来好多年前，一名大学生登长白山时迷路了，不幸坠下悬崖。山高路陡，就连急救队都束手无策时，有人想到了老先生，因为他是长白山的“活地图”。老先生在长白山工作近四十年，山川地貌谙熟于心，最主要他经常给来长白山科学考察的人和外地摄影人当向导。这次悬崖下的救援任务遇到了难处，急救队便求助老人家。老人家踩着峭壁一步步挪到悬崖谷底，几次险些坠落，幸亏老先生身手敏捷，最终把坠崖的学生连背带扛带出谷底。后来，长白山管委会授予他“长白山之鹰”的雅号。

与朴老师接触，由陌生到熟悉后，老先生才打开话匣子，给我讲起他的故事。

1976 年，他从吉林省林业学校毕业后，被分配到长白山自然保护区工作。最初，他是维东站的巡护员，具体工作是在长白山西坡的戗子里看护森林。老先生就在那段光阴里天天巡山，练就了一双铁脚板。自从踏入长白山后，他最大的愿望就是建造一座长白山自然博物馆，收录长白山的动植物资源标本和资料，记录长白山的神奇和美妙，之后推介给旅游者欣赏以及留给后人作为资料。

这是一份传承，更是一份责任。

梦想在老先生年轻时就孕育了。有梦的人，上天都会眷顾他。工作经验在积累，工作成绩节节高。1992 年，他担任长白山自然博物馆馆长，同时，还担任长白山科学院副院长。

长白山老自然博物馆在 1986 年就建成了，建筑面积两千六百平方米。2006年吉林省长白山保护开发区管委会成立后，随着科技手段的丰富、标本和资料的增加，已经使用了二十年的老博物馆面积显得狭小，博物馆展示区看起来也陈旧不堪。为了更好地接待参观者，重修博物馆势在必行。

新的长白山自然博物馆，必须有长白山博物馆人的第一手资料。老先生自然成了筹建新馆的主要项目负责人。这次筹建新馆，各展区陈列内容耗时五个月设计。新博物馆内需要六百多张摄影资料来展示长白山的风景和生物，其中有五百多张都是老先生拍摄的，因为其他摄影师不会系统拍摄长白山的动植物，尤其是很多地貌和火山喷发后留下的痕迹鲜为人知。为了拍到第一手资料，他四处奔波，长白山很多沟谷都留下了老先生的足迹，一天驾车跑千里都是平常事。

2009年春天，老人家为了拍摄一张嫩江和松花江汇合并流入松花江干流的图片，与同事驱车跑到扶余县（现为扶余市）三岔河地区。抵达后，虽然手握地图，但因不了解当地地理情况，只能逢人就问。那天突降大雪，经过一番周折，终于找到汇流处。老先生在河边拍摄几张照片后，觉得角度偏，拍出的图片缺少主题的张力，他并不满意。于是，他竟挽起裤腿蹚着河水靠近两江汇合形成的Y字形处。那里水流湍急，他的脚刚踩到青石的绿苔上，突然身体下滑。同事见到这一幕都吓傻了，慌乱地疾呼："馆长快上岸，危险！"老先生在青石上，根本无法站稳，最终还是跌进水里。幸亏此处礁石甚多，才没有被冲跑，随后他从冰冷的河水中挣扎爬到岸边。

为了尽可能全面地展出动物标本、植物标本、矿石标本和土壤标本，朴老师带着学生踏遍长白山的角落，一起去收集标本和制作标本，他的皮肤被防腐剂腐蚀得伤痕累累，最严重的一次制作标本时手指被电钻碰到而严重骨折。

四年艰苦付出，2010 年长白山自然博物馆在二道白河镇拔地而起。新博物馆建筑面积五千六百平方米，是旧馆面积的两倍还多。走进馆内，首先映入眼中的是长白山的大型沙盘，有山峰，有沟谷，有水流，逼真地展示出长白山自然保护区的主体全貌。展馆中还有关于长白山的动植物资源，长白山的森林生态，长白山的矿产、珍稀药材，以及天池怪兽传说的介绍。动物展厅里，按照动物在自然界捕食、起居的真实形态制作成的标本，用背景板加以装饰，形态各异。生态展厅则以实物、图表、照片方式展示长白山四个垂直的植物带。整座长白山自然博物馆就是长白山大自然的缩影，这里凝聚着老先生及博物馆员工们对长白山深切的爱。

长白山是鹰的家园，也是野生动物的家园，更是老先生的家园。“长白山之鹰”实至名归。

鸭爷爷鸭缘

世间一切的痴迷，都源自人类内心中的热爱。1978 年，朴老师与中华秋沙鸭结缘，也就是从那时起，老人家才一点点地着魔。

那时，朴老师与同事巡山时突然发现中华秋沙鸭，这是他第一次与中华秋沙鸭相遇。中华秋沙鸭外在特征与众不同，当时，他虽然叫不出野鸭的名字，但也相当兴奋。长白山山区森林茂密，再度寻找这种野鸭难度颇大。此后，他对中华秋沙鸭一直“耿耿于怀”。

1981 年，他被调到吉林长白山国家级自然保护区管理局科研所工作，参加中华秋沙鸭生态学研究课题时接触到中华秋沙鸭，才对它有了全新的认识和了解，不仅知道了名字，还知道中华秋沙鸭会在 3 月中旬从长江以南迁徙到长白山区域的栖息地繁殖，完成生儿育女的任务后，又携家带口飞往南方。

朴老师想起初见中华秋沙鸭时的那份激动，梦想的种子在心中生根发芽。此后，中华秋沙鸭的影子时不时在他眼前飞来飞去。作为一名科研工作者，朴老师想要追逐心中所爱。从此，中华秋沙鸭成为朴老师一生研究的对象。

2008年，老先生终于下定决心要进一步观察研究中华秋沙鸭。为了留下影像记录，他买来相机，开启了中华秋沙鸭摄影的艰难历程。科研是苦差事，而朴老师的脚步从未停歇。为了了解中华秋沙鸭的生活习性，他起早贪黑，跋山涉水，熬酷暑，战严寒，这些都成了家常便饭。中华秋沙鸭多喜欢在河流处活动。为了拍摄到满意的作品，朴老师常常天还没亮就到达场地，潜伏在长白山河道旁的树丛中，寻找和拍摄这种“会上树的野鸭”。早期拍摄中，由于条件有限，没有帐篷做隐蔽，只能用树枝搭成掩体，在里面一蹲就是十多个小时。

一次，他在河边蹲守整整十一天，只为观察中华秋沙鸭，这是他拍摄生涯中等待时间最长的一次。经历艰辛，流过汗水，可他并未觉得苦累。见到中华秋沙鸭的那一刻，经历的一切辛劳全都化作喜悦，一种成就感萦怀，他与中华秋沙鸭之间，似乎早已在前世有过约定，今生终要相守到老。还有一次，为了拍到中华秋沙鸭雏鸭孵化后第一次从树洞里探出头然后跳向河面的镜头，他提前在中华秋沙鸭栖息的一棵大树附近搭上一个小帐篷，把帐篷外面全面伪装起来，每天早晨四点多钟天刚放亮就开始紧盯鸟巢，直至天黑才收工。这次，他在帐篷里住了四天四夜，最后也没有拍到雏鸭跳巢。

拍摄受阻，并没有削弱老先生了解中华秋沙鸭的热情。在失败中总结经验，寻找更适合的方法和更稳妥的拍摄时间。工欲善其事，必先利其器。之后，他倾囊购买更先进的摄影器材，为拍摄备足设备。

那时，中华秋沙鸭繁殖期如何自然交配一直是个谜，获得中华秋沙鸭交尾的资料成为老先生的又一个计划。经过长时间观察，最佳拍摄位置和角度已经确定，守株待兔，又苦苦蹲守三十八天后，一组珍贵的中华秋沙鸭交尾的场景定格成影像，瞬间变成永恒。那时正是春寒料峭时，老先生顶星辰、伴晚月，苦苦守候，渴了喝山泉水，饿了就掏出揣在怀里的米饭锅巴，就着咸黄瓜饱腹。

斗转星移，老先生从工作岗位上退了下来，没有烦累的工作牵绊，他的心彻彻底底交给了中华秋沙鸭。中华秋沙鸭一年当中在长白山生活的八个多月里，他每天如同上班一样，早出晚归，办公地点就在河岸，每天静静观察。水流声、鸟鸣声，还有风声，陪伴老人。老人家记录着中华秋沙鸭每一天的变化。因为痴迷，因为执着，其他摄影人都喊他为鸭爷爷。每次见到中华秋沙鸭，他的目光里全是慈爱，如同看到心爱的晚辈一样，散发着满满的暖意，那样慈祥，那样宁静，那样自豪。每一只中华秋沙鸭似乎都是鸭爷爷的孩子，他为它们奉献了全身心的爱。久之，他与中华秋沙鸭有了默契，野鸭的一举一动，老人家都能读懂。

中华秋沙鸭先遣部队每年 3 月 15 日左右飞回头道白河，这个结论是老人家通过无数次观察后获得的。尽管他熟知中华秋沙鸭归来的时间，可是，内心有期盼，3 月初便会情不自禁地来到头道大桥探看。一天下午，老师蹚着厚厚的积雪向上游踏查人工巢，他想越过冰面走捷径，再蹚过阴暗兜风处，便可以到达对岸。他背着的相机包中有一部相机，手中还端着另一部相机。刚刚踏上雪窝，双腿陷入积雪中，积雪没过大腿，他用力拔腿，却踏碎脚下的冰面，猝不及防落入冰水中。老师越挣扎越往水中滑落，几秒时间，河水浸透衣裤，雪落河中变成水，他的棉衣浸水而变得沉重。周围没有帮手，老人家总算爬上岸，两部相机都已经被水浸泡了。老人家不顾全身冰冷，却心疼起相机来。之后，穿着浸满冰水的羽绒裤顺原路返回，平日半小时便可以走到停车处，这次却用了五十多分钟。几乎冻得浑身僵硬，回家后，老人家感冒了，喷嚏连着喷嚏，而他并没有当回事，没有急着取暖，而是赶紧查看相机。可惜，两部相机都无法工作，鸭爷爷暗暗叫苦。联系了商家后，快递发过去维修，更换相机零件耗费五千元。两部相机虽然可以重新上岗，可是，画面却不如原来的通透。

早些年，中华秋沙鸭知名度不高，人们对它的保护还存在着盲区。为了让长白山最珍贵的鸟类、国家一级保护动物中华秋沙鸭长长久久地生存，老人家倾力去宣传，让人人都关注中华秋沙鸭，让人人都关爱鸟中的国宝，让人人都保护长白山的野生动物。2012 年，老人家将自己八年潜心拍摄的一百三十七幅优秀的摄影作品，汇集成专题摄影画册《中华秋沙鸭》出版，为中国生态研究留下宝贵的资料。2014 年，吉林省“爱鸟周”活动在长白山正式启动，老先生的“中华秋沙鸭摄影展”与观众见面。2020 年 4 月的一周，也是“爱鸟周”，“中华秋沙鸭生态摄影展”在吉林省图书馆再度举办，疫情防控期间限制人数，在没有开幕式的情形下，馆内却迎来络绎不绝的参观者。老先生说:“如果能够通过摄影展，让越来越多的民众关注中华秋沙鸭，那么我所做出的这些努力就值了。”

在头道白河栖息繁殖的中华秋沙鸭，受到上游小电站的影响，可食的鱼类逐渐减少。老人家焦急了，怎么办呢？中华秋沙鸭的食物必须是鲜活的鱼类。每次遇到中华秋沙鸭食物紧缺时，朴老师便四处“化缘”，一边向管理部门提出整改建议，一边自己买来泥鳅、林蛙及大头鱼等放入河中，保障中华秋沙鸭的食物充足，而他却躲在监测的小木屋里或者帐篷中，啃着凉馒头。

中华秋沙鸭颜值爆棚，能够被关注成为镜头中的明星，这一切都是鸭爷爷朴老师多年来默默付出的结果。可爱的鸭爷爷也随着成了明星的代言人，当之无愧为其代言。在人生的征程中，人人都在为自己精打细算时，他——可爱的鸭爷爷的心中却只有中华秋沙鸭。

天敌的威胁

科幻小说《三体》的作者刘慈欣曾提出“黑暗丛林法则”：“宇宙就是一座黑暗森林……在这片森林中，他人就是地狱，就是永恒的威胁，任何暴露自己存在的生命都将很快被消灭。”

丛林法则中，强壮者有最多的食物，弱小者也不能忍饥挨饿，弱肉强食，本就是丛林法则，没有绝对公平，只能适者生存。可是，动物的世界里，物种不同，命运不同，哪怕是同一个物种，都有着各自的归宿。所谓的天敌，就是伤害自己或者灭掉自己的物种。每种动物都有天敌，中华秋沙鸭天敌很多，有飞禽，也有走兽。

2018 年 4 月末，正是雌鸭孵蛋的关键时期。一日中午，一条棕黑锦蛇（百姓又称它为松花蛇）出现在树根处，蠕动着往上爬。松花蛇爬树能力超强，性情暴烈，是捕杀高手，攻击性极强，它的唾液可使小型动物死亡，造成的伤口不仅会肿胀，还极其疼痛。这种蛇偏食，对食物比较挑剔，对鱼类不感兴趣，偏偏喜欢捕食鼠类、雏鸟和青蛙，成年蛇更偏爱雏鸭，幼蛇对鸭蛋情有独钟。在这以前，保护人员为了防止蛇类偷袭中华秋沙鸭的蛋，已经给有鸭巢的树干围上了光滑的铁皮，阻碍蛇的攀爬。万万没想到，松花蛇并不是傻瓜，为了猎取食物变得很聪明。它经历几次失败后，居然学会了钻空子，顺着树干边的一根细细的电线攀爬，迂回拐弯，再借力爬上树。松花蛇一旦爬到鸭巢，雌鸭根本不是蛇的对手，只能逃命。一窝即将孵化成雏鸭的鸭蛋，将遭遇灭顶之灾。

就在这时，保护人员从监控中见到这起突发事件，火速赶到树下救援。雌鸭和还未出生的雏鸭们躲过了天敌的捕食，雌鸭继续回巢孵蛋。值得庆幸，雌鸭并没有弃巢。5 月中旬，雏鸭即将破壳时，一只鸳鸯刚刚进入繁殖期，四处寻窝，趁雌鸭每天外出两次觅食的空巢期，居然大摇大摆来到洞口，探头探脑，耍起赖皮。雌鸭回来后，发疯一般驱赶入侵者。

如今可以用先进设备监测中华秋沙鸭的成长过程。可是，中华秋沙鸭非常聪明，大多都能避开人类的监测。没有监测，即使遇到天敌，悄无声息地消失，也无法被人知悉。中华秋沙鸭数量减少了，原因何在？无从得知。

中华秋沙鸭孵化时，为了避免天敌爬入孵化巢而伤害雌鸭和正在孵化的蛋，保护人员都会在挂有人工鸭巢的树干上绕上成圈的倒刺，或者捆扎塑料布，这样就可以减少天敌爬上树的危害。可是，如此围来绕去也存有弊端，人为暴露了中华秋沙鸭树巢的位置，树巢失去隐蔽性，会带来人为的破坏，这又成为隐患。无奈，自然保护区只能派专人对孵化的树巢全天候看护，只有这样，才能确保雌鸭和雏鸭的安全。

想起年少时，我饲养过家鸭，常常晨起后发现鸭不见了，地上有鸭毛，有血迹。这时，老年人会说:“黄鼠狼又来偷鸭了。”为了防范鸭子被偷，大人们便在鸭窝周围装上密实的栅栏。尽管这样，鸭子还是会夜半丢失。家鸭在身边，丢失与否，一眼便知。而中华秋沙鸭远离人群，即使遇到天敌，人们也无法知晓。

中华秋沙鸭毕竟是飞禽，在食物链上它属于弱者。它的生存具有特殊性，树上筑巢，水中生活，会爬树的黄喉貂、紫貂、松花蛇等对雏鸭都构成致命的威胁，水中的水獭和水貂也会偷袭它，还有天上飞的普通鵟、大鵟、长鹰、毛脚鵟、雀鹰等禽类都对它垂涎。尽管中华秋沙鸭机警，有些还是不幸成为天敌的美味。

黄喉貂当属中华秋沙鸭危险系数极高的天敌之一。黄喉貂，俗名青鼬、蜜狗、黄腰狐狸等，国家二级保护动物。黄喉貂身体细长，体长约六十厘米，体重在三公斤左右，头呈三角形，吻部尖，体毛棕褐色或者黄褐色，喉部有一大块黄色或橙色的斑块，也是黄喉貂名字的由来，腹部毛呈灰褐色，尾部毛黑色。黄喉貂四肢较短而有力，善于攀爬，行动隐秘而敏捷。黄喉貂分布较广，适应能力又强，山地、森林、丘陵及荒漠均能见其身影；喜欢昼伏夜出，白天在树洞、岩石缝隙中休息，活动高峰在傍晚和黎明前夕；行动敏捷，善于钻入狭小的洞穴和缝隙中捕猎。黄喉貂性情凶猛，喜欢捕食各种松鼠、鼯鼠，也常捕捉各种鸟类。此外，各种昆虫、鱼虾蟹类和野果，它都来者不拒，黄喉貂偶尔还敢于进攻体形大于自己的动物，甚至有捕食山羊、林麝、斑羚和小野猪的记录，在东北地区的黄喉貂还会捕食紫貂。

黄喉貂爬树的本领之强超乎人类的想象，速度之快也能独领风骚，自然成了鸭巢中雌鸭的天敌，还有那十几枚热乎乎的鸭蛋更让黄喉貂垂涎欲滴。黄喉貂常常会先捕获雌鸭，之后再慢慢享用鸭蛋，赶尽杀绝，不给中华秋沙鸭留有一丝余地。在黄喉貂与中华秋沙鸭的战斗中，后者只有两条路，一是决一死战，二是逃跑了之。在它们的决斗中，中华秋沙鸭永远是弱者，能够逃命该是最好的结局。只可惜那些还没有破壳的雏鸭就这样夭折了。这场战斗，减少的不仅仅是一只雌鸭，还有一窝尚未出世的鸭宝宝。

那年春天的午后，我在静候雏鸭跳巢时，忽然见到红隼如直升机在空中盘旋。

红隼是食肉的禽类，相当凶猛。这只红隼身姿矫健，眼神犀利，体形不大，身材苗条，甚至比不上一些家鸽。它的翅膀尖尖的，尾巴也长长的，背部通常是棕红色，如果看到的是肚子，基本都是灰白色的，若是离得近，还能看到一些深色的纵纹。红隼通常单独或成对行动，飞行迅速，振翅时速度更快。有时，飞行并不靠扇动翅膀，而是依赖于气流翱翔。红隼筑巢不挑剔，喜欢居高临下，有时候还会抢夺其他鸟类的巢穴。红隼也不挑食物，最主要的食物就是鼠类，鼠类数量不够时，红隼也会把鸟类作为主要的捕猎对象。除此之外，蜥蜴、大型昆虫、蝙蝠等等，如果能够抓到，红隼绝对不会放过。仗着不挑吃、不挑住，红隼成为最常见的猛禽。

这时，正在河岸洗澡的雌鸭从水面惊飞，红隼猛然转身追赶，我的心一张一缩，莫名地紧张，为中华秋沙鸭担心，为巢中将要破壳的鸭宝宝担心。红隼是中华秋沙鸭的天敌，况且它们的战场在天空，我无能为力，只能默默注视着。听朴老师说，很多时候，中华秋沙鸭就这样消失了，丢下巢里将要破壳的蛋。在我伤心地想放弃对雏鸭跳巢的关注时，雌鸭回来了，它停在巢口四处张望一分钟后，又低头瞅向巢中，随后，灵巧地钻进人工巢。这次，中华秋沙鸭胜利了，可见雌鸭的勇敢。但是雌鸭似乎受到了惊吓。次日，它没有出来觅食和洗澡。苦苦等待雏鸭跳巢的我，一度又陷入煎熬中。

在动物世界里，身强体壮或生性凶猛就是王道，每种生物能在地球上存活下来，都是遵循优胜劣汰的自然法则。在弱肉强食的自然界能留存下来，靠的是动物自身的特点和优势。中华秋沙鸭靠捕鱼生存，它是鱼儿的天敌；松花蛇喜食鸟蛋，又成了鸟类的天敌……以此类推，自然界的食物链中，每个物种的生存是都一种博弈，靠的是与生俱来的一种生存本能。

动物之间的弱肉强食是生存的需要，它们之间的好与坏，都是相对而言，其结果也符合自然界平衡的规则。

动物与动物的瓜葛，姑且不谈，我们是人类，所有的好恶都是凭人的主观认定，不懂鸟语和兽言，自然无法诠释动物的内心。动物的因素除外，中华秋沙鸭更大的敌人便是人类。

每年二道白河镇孵化的雏鸭数量与迁徙而归的数量存在落差。大面积天然森林被砍伐，能供中华秋沙鸭筑巢繁殖的天然树洞严重缺乏，大范围的中华秋沙鸭繁殖栖息地被破坏，孵化成了妨碍生存的首因。在繁殖中遇见天敌，对于动物而言算是天灾；迁徙路上遇见不测，大多便是人祸。河岸抽沙或采石，河道河床的自然环境被直接破坏，影响原生物种的生存，中华秋沙鸭的食物会减少，无形中带来生存隐患；建筑垃圾、生活垃圾随意倾倒在河边，还有工农业废水的污染，严重改变土质和水质，这也是中华秋沙鸭生存的隐忧；河道投入大量饲料，用于人工养鱼，导致水体的改变，严重影响中华秋沙鸭生存的水源；河滩开荒种田，芦苇丛面积缩小，沿河植被被破坏，水土严重流失，适合中华秋沙鸭生存的水域减少，导致中华秋沙鸭种群的减少；个别河段内，渔民电鱼或垂钓等违法行为屡禁不止，非法电鱼已成为个别人的生财之道，这不仅仅是毁坏生态平衡，更严重的是造成了河流中鱼类资源减少，影响了鱼类繁殖，造成中华秋沙鸭食物紧缺。与此同时，还有一些外来的生物入侵，譬如，空心莲子草、红花酢浆草、凤眼莲等，威胁着其他物种的正常繁衍，形成生态安全隐患；本地恶性杂草葎草、寄生植物菟丝子等大量繁殖，也殃及了生态的安全。

中华秋沙鸭的减少，原因有天灾，有人祸。尽管自然保护立法立规，可是，还有人铤而走险，只为个人的利益，在破坏中华秋沙鸭的栖息地。人类应该退让一步，绕开河道开发，划出一片小小水域，让中华秋沙鸭栖息繁衍。

在长白山自然保护区内，保护人员尽其所能帮助中华秋沙鸭避开天敌，同时监测及监控可能出现的人为破坏。仅仅这一点，便是中华秋沙鸭选择头道白河保护区的最好理由。

鸭守卫小秦

小秦是农民工，擅长瓦工，偏爱攀爬大树，打松塔也是他的绝活。

小秦只因擅长攀爬大树，不畏惧高空作业，得到朴老师认可，而成了中华秋沙鸭科研小组的编外成员。初春时节，他负责爬树挂鸟巢。在雏鸭跳巢那段日子，他在鸭巢附近死蹲死守，负责记录雌鸭出巢时间。雏鸭与鸭妈妈跳出树巢后，他还要爬上树，取蛋壳或者羽毛等样本留作研究。

初见他，他的年龄看上去在四十岁左右。交谈中得知，他属蛇，也许是巧合，长白山科学研究院研究秋沙鸭队伍中有三位老师都属蛇。我调侃说:“动物世界里，蛇是中华秋沙鸭的天敌；人类的世界中，研究团队属蛇的人却成为中华秋沙鸭的好朋友。”

其实，小秦以农民工身份投身到科研队伍行列，差距大，接触这项工作时间并不长，但是，小秦还是蛮喜欢这份工作的。在与他的交谈中我能感受到他对这份工作的热爱。一些科研专业术语和专用名词他信手拈来，这是与朴老师共事而积累的一份科研财富。

小秦高空作业的设备齐全，好多设备我都是第一次见，譬如脚扎子。我好奇地对他说："我也想上树试试。"

他热情应允，答应帮我捆绑工具。我满怀信心和憧憬，可是只爬到一米左右，觉得自己毕竟年近半百，攀高不是儿戏，不能因为好奇而莽撞，况且大树高度有十几米，我便退缩了。其实我是因为恐惧。为了顾及脸面，佯装无所谓地说："我不想打扰鸭妈妈，别吓到雏鸭。"

"低调"这个词不仅适用于人类，动物界也有低调的。雌性中华秋沙鸭就很低调，领着雏鸭跳出树巢时总是悄然无声。每年这时，小秦站在树下，似乎都能嗅出鸭巢中的味道，总是很自信地告诉大家："又偷偷地跑了。"最初我也有怀疑，后来渐渐信服了。

"为何会这样呢？"我好奇地问他。

"我也说不清，兴许凭借这几年与中华秋沙鸭的感情。"

之后，小秦爬树从鸭巢中取出破碎的蛋壳和羽毛，并分门别类地进行标注，留作标本。他还要在废弃的鸟巢里，捡拾出那些没有孵化的蛋。小秦最重要的工作还有守候，守候在那些还没有跳巢的树巢下，成为看巢人。看见雌鸭飞出觅食后，他再爬上树查看鸭蛋的颜色。如果鸭蛋已经有了缝隙，出巢就指日可待；如果鸭蛋颜色变黑，偶尔还有一些亮处，两三天之后就要破壳。如果鸭蛋没有变化，雏鸭还在做着美梦，雌鸭孵蛋进行中。

那一年春天，我陪小秦去巡巢，一路巡，一路聊。他告诉我，有一次鸭妈妈跳巢后，他爬上树准备收取资料，发现一只弱小的鸭宝宝还没有跳出去，正在树巢底向上攀爬，毛茸茸的可爱极了，黑黑的眼睛中全是迷茫。这一刻，小秦的心也是一阵痛，毕竟这是一个小生命，由于体弱，被落在巢箱里。他小心翼翼地用手托出鸭宝宝，放在自己的衬衣里，让毛茸茸的小家伙贴近胸口。他在用自己的体温给雏鸭取暖。鸭宝宝感到温暖，活跃起来，也撒着欢地淘气。鸭宝宝想离开小秦衬衣里的温室，用小喙咬住了他的腋毛打起了秋千。疼痛逼着他笑嘻嘻地骂了一句："你是我的大爷啊！"

这只雏鸭很幸运，刚出生就成了小秦的长辈。

虽是笑谈，足可见鸭宝宝的顽皮。

这只鸭宝宝在小秦的庇护下回到了河流中，小秦看着它与鸭妈妈会合后，才放心离开。

还有一次，他爬上树，发现三只雏鸭被落下了，又是一只只放入怀里带到树下，急忙去河岸把雏鸭放在水里。从巢中取出的雏鸭看似弱小，一旦遇到了水，简直就是注入了能量，欢实地游走，去寻找妈妈了。说来也怪，跳出巢的鸭妈妈藏在哪里，科研人员都不敢肯定，但是，鸭宝宝却能找到。

几年间，他就这样救助了十几只雏鸭。

我与小秦在聊天中慢慢熟悉了，他很健谈，让我掌握了很多知识。潜意识中的偏见，认为农民工只会干活儿，而他却是一位有思想的农民工。他很会讲故事。在他的侃侃而谈中，我听到了长白山很多奇特的故事，还有他生活中的趣事。

比如说，小秦上小学的时候，与同学一起凑齐一百只虱子，一百只小小的生命，凑齐也是一项“工程”，想想都觉得是一个难题。之后，他把虱子放在同桌女生的辫子上。同桌女生哭着告诉了老师。虽然这只是一个故事，却看出了他的顽皮。这也是我有生以来听到的男生恶劣程度最深的恶作剧。

第二次见小秦是在粥铺。那日清晨，朴老师让我与小秦到三号保护基地探巢。早晨六点半，小秦约我粥铺见，我本想买单，在我取餐具时，他急忙付了款，并告诉粥铺的老板娘：“千万别收那位女同志的钱。”早餐消费并不高，但我满满都是感激。因为初相识，只有一面之缘，他却为我支付了一顿餐费。

饭后，我紧随小秦，在基地的林海中穿梭。巡视鸟巢过程中，我与他似乎成了看山的大王，时而听听鸟鸣，时而拍拍野花。

遇见人工巢时，小秦给我讲每一个人工巢的故事。原来这里的人工鸭巢都是小秦挂在青杨树上的。

午饭时间到，由于疏忽，我们没有带来午饭。我俩都饥肠辘辘，不知如何是好。他提议说："我们下山讨口热水喝吧。"

想想也只能如此。

没想到，在基地看护站讨热水时，做饭的大姐得知我们还在饿肚子，把中午剩下的大楂粥盛给我们。

我与小秦"讨饭"成功。

这顿饭，韭菜盒子就大楂粥，因为饥饿，我们吃得格外香甜。

那次进山，我在山中逗留半个月，每天都随他巡巢。之后，看他爬树。很多时候，不亲自踏查，很多概念无法弄清。本以为就是看雏鸭跳巢，却忽略了跳巢背后的故事。小秦巡巢及守株待鸭，属于什么工种在工种名册中都没有标注。我琢磨几日，"鸭守卫"是我送给小秦的绰号。

为了解更多与雏鸭有关的信息，我与小秦成为微信好友。

之后，他在别处树巢下守候时，总是不定时发来与中华秋沙鸭有关的照片，让我一睹许多我未曾见过的画面，也是外人无法捕捉到的画面。我的内心对小秦充满感激。

远方的来客

白山松水，鸟类的天堂。长白山是一座天然的自然博物馆，还是巨大的生物基因库，拥有亚洲最古老的原始森林，又是生物多样性的典型，也是中国候鸟迁徙途中的重要驿站，这里还是一百七十多种候鸟的家园。

头道白河下游三〇一水电站住着一户中华秋沙鸭。雌雄鸭在这里恋爱，附近的老树巢是雌鸭的产房。雌鸭开始孵蛋，大男子主义的鸭爸爸就离开了这里。8 月末鸭妈妈本该带着鸭宝宝离开这里去大江面练习飞翔，鸭爸爸却回到这里与妻儿团圆。这里水美，这里鱼肥，这一家野鸭都喜欢这里，况且，这里仅居住它们一户鸭，小水面独属它们所有，没有其他同族鸭与之争抢食物，还能放心练习飞翔。

十月中旬，一场台风在海上刮过，似乎也波及长白山地区，山里狂风的级别大于以往，冷空气掠过水面。尽管气温骤降，观察迁徙前的中华秋沙鸭的任务也绝不能懈怠。我坐在河畔眺望远方，枯叶时不时落下几枚，百无聊赖，观察落叶也是一种消遣。一枚枚枯叶如飘荡的小舟，仔细一看又像极了小鸭子，在冷风吹拂中却如此灵动。

突然，我眼前一亮，不远处游来一只鸭子，头顶长长的冠羽好像喷了足够多的啫喱水，牢牢定型在一起。这只鸭瞬间吸引了我的眼球，我端起望远镜注视，却发现它与中华秋沙鸭不同。它有着一双传神而又明亮的红眼睛，特别讨人欢喜，头部近红色渐变成颈部的灰白色，羽色鲜亮，这美丽而又陌生的野鸭，瞬间俘获了我。

急忙问询朴龙国老师，方知它是雌性红胸秋沙鸭，与中华秋沙鸭是近亲。

红胸秋沙鸭是一种美丽的水禽，这是我第一次与红胸秋沙鸭相见，欣喜有之，自然要对它研究一番。

红胸秋沙鸭，海鸭类，全世界范围分布，数量极多，成家族群或小群迁飞，保护级别不算高，却也是珍稀鸟类。它喙细长带钩，捕食鱼类，丝质冠羽又长又尖，和中华秋沙鸭酷似，只是它腹部羽毛是红褐色，“发型”也没中华秋沙鸭那般夸张。与普通秋沙鸭相比，红胸秋沙鸭胸色深而冠羽更长。红胸秋沙鸭因其雄鸟的胸部羽毛呈锈红色而得名。它喜欢生活于河流、湖泊、海洋，以及苔原等地。食物主要为小型鱼类，也吃水生昆虫、甲壳类、软体动物等其他水生动物，偶尔也吃植物性食物。

大连红胸秋沙鸭颇多，猜测眼前的这只小红胸秋沙鸭便是大连来的贵客，想必随着这次台风而来，应该不是计划内的远行，但对于它，应该是很刺激的旅行，因为台风将它吹到大美长白山。童话世界中，《尼尔斯骑鹅旅行记》中有诸多故事，而眼前的小红胸一路颠簸，一定也看到了许多不一样的风景，自然也会遇见惊险和惊奇。小红胸的翅膀似乎有伤，翅膀舒展有些缓慢。从海边被风吹来，一路艰辛可想而知，有惶恐，有惊吓，有疼痛，能够身无大碍来到长白山，也是它的幸运。它懒洋洋的姿态，诠释一路飞翔的疲惫。只可惜，我无法与之沟通，它的背上没有尼尔斯，它的经历只能依靠我通过观察它的肢体语言而暗自揣摩。

三〇一水电站水面还栖息着绿头鸭、赤麻鸭等其他鸭族，可小红胸却不与它们打招呼，显得有些孤僻，似乎还有些傲慢。似乎名字中带有“秋沙鸭”字样便与贵族搭边，眼神的高傲只有秋沙鸭族类才有。

这时，水电站水面的主人中华秋沙鸭一家飞来，鸭爸爸和鸭妈妈在前面飞翔，七个少年鸭紧随其后。我眼前这片水域就是它们的练飞场。它们闪电般飞来，迅速落在水面，潜水捕鱼，自由自在，一顿美餐后，游到小红胸休息的倒木之上，不知为何，它们相互并没有打招呼问候，形同陌路。中华秋沙鸭机敏而谨慎，在深山老林里生活久了，成了世外隐者，有些清高。小红胸几次挪动双足，想过去与中华秋沙鸭打招呼，可是，挪移几步又退缩回来。小红胸兴许对中华秋沙鸭有着似曾相识的感觉。如若在鸭族中盘点一番，它们是近亲，都是秋沙鸭类，只因数量、身份和颜色不同，小红胸无法与中华秋沙鸭论高低。在同一块水域的同一根倒木上，却有着不同的身份。小红胸其实也是美丽的鸭，可惜与它近在咫尺的中华秋沙鸭是明星，小红胸似乎认清了这一点，居然傻呆呆地看着贵气十足的近亲。

这根倒木并不长，冷淡在倒木上画出一根无形的隔离线。

这时，不知何故，倒木上的鸭子“嗖嗖”都起身了，作为观众的我还没有醒过神来，它们都惊慌地飞走了。我目不转睛地盯着它们飞走，心里还在期盼它们再次飞来。

一刻钟后，小红胸从前方贴着水面奔我所在的方向飞来，似乎在表演着水上漂的轻功，之后，落在离我更近的地方。我清晰地看见它的羽毛，我看到它尖尖的细喙，还有边缘的锯齿，喙尖端的小钩居然也一目了然。与其他扁嘴巴的野鸭比起来，秋沙鸭体形更接近流线型，这是红胸秋沙鸭的优势，有利于潜水追捕鱼类。缘分不止于此，它居然慢慢地向我游来，慢悠悠搔首弄姿整理羽毛，随后在阳光下伸展懒腰，之后踏浪玩儿起凌波微步，我没有快门记录它波光里灵动的身姿，只能用双眼去捕捉一个个精彩镜头。

孤芳自赏也是一种活法，没有观众，没有掌声，小红胸却不以为然，似乎三〇一水电站这片水域都是它的舞台，虽与大海无法相提并论，但是，却成了它的专场。

小红胸表演累了，环顾四周，感觉没有危险后，一个猛子将头潜到水下，二三十秒后浮出水面，并频频潜水浮出，潜水时与中华秋沙鸭一样，先是身体往上一跃，然后再翻身垂直潜入水中。红胸秋沙鸭在水边生活时，捉到鱼儿后，只要钻出水面便会遇到伙伴一起抢夺它食物的情况，所以它在捕到食物后，就要在逃避中快速吞咽下肚。还有黑尾鸥也会来抢夺它的食物，久之使得红胸秋沙鸭养成一种吃独食的习惯。这次它捉到鱼儿后，衔着鱼儿钻出水面，快速紧贴水面飞逃。它进食的姿态不如中华秋沙鸭斯文和安静，样子很狼狈，美丽的颜值也大打折扣。吃饱了，喝足了，才悠闲漂在水面，头高高扬起，颈伸得笔直。这时，它看见了中华秋沙鸭一家又回到倒木上。眼下我过于关注小红胸，却忽略中华秋沙鸭的到来。小红胸本来自己玩儿得很自在，不知为何，见到中华秋沙鸭后，脚步踌躇，总想靠近中华秋沙鸭，可中华秋沙鸭又不待见它。它被冷落后尴尬地停泊在水面，让我觉得小红胸有些可怜，如同人类穷亲属攀高枝的窘态。

热爱自然的人，与鸟儿的每一次相遇，都是早已注定的缘分。整整一天，水面表演不断，却都是各自为政的巡演。我脑海中设想着小红胸融入中华秋沙鸭族群中该是怎样的舞台效果，也许那点红是亮点，也许显得突兀。向来低调的中华秋沙鸭无法接纳小红胸的原因也是如此吧。

时光匆匆，观察野生动物的时间更如流水，一天似乎只在眨眼间便过去，自我沉浸在一份怀想和憧憬中，中华秋沙鸭不知飞到哪里，红胸秋沙鸭也不见踪迹。我望着三〇一水电站的水面，内心在自言自语：

小红胸，来年再来长白山，我一定伴君同行，那样你就不显孤单。

中华秋沙鸭，无论迁徙何方，愿一路平安，来年我们这里再相见。

有首歌唱道："远方的客人请你留下来。"红胸秋沙鸭是远方的使者，此次到来也算天意。长白山峰的巍峨，松江水的清澈，都是对远方客人的邀请。但愿红胸秋沙鸭不虚此行，能够成为鸟类中传递美好和希望的代言人，让陌生的鸟类都来长白山做客，并在此安居乐业。

古洞河相亲

每一个物种，都有不同的故事，高颜值中华秋沙鸭的故事层出不穷，只可惜并不是随时随处可见，除非天天追着它们，拿出初恋时追意中人的精气神，拿出不怕苦的蛮劲傻气，一定能一睹野鸭世界的情感，它们的爱也如人类一样轰轰烈烈。

闲时常常思索，笔者曾是小女子时，情窦初开，也没有疯狂地迷恋过帅哥，更没有嚣张地追过明星，所以没有经历过刻骨铭心且死去活来的恋爱。一晃已年过半百，也已满头白发，却突来一股激情，迷上中华秋沙鸭，且迷得死心塌地，如若赐我一双翅膀，保不准我也会与之迁徙且“私奔”。

迷上中华秋沙鸭，有些执迷不悟，随之格外关注与它们有关的生活环境，包括河流，包括山川，古洞河便是其中之一。古洞河发源于和龙市西部西城镇境内甑峰岭山脉的老岭峰东谷，是松花江上段的支流，满语意为“浪花翻滚的河”。古洞河绕着错落蜿蜒的山峰流淌，周围山水相连，一朵朵浪花如一朵朵晶莹的花朵在河面翻滚，淘气的浪花让水域多出灵性，让山峰突出动感，不用言说也不用标注，一幅生态保护尚好的画面在山水间铺展开来。这条河流尚没有遭受挖砂破坏，河道也没有受到污染，河水中鱼虾耍欢跳跃，自然会迎来中华秋沙鸭的驻足，也成为中华秋沙鸭迁徙途中的加油站。尤其秋季迁徙前，此处驿站格外受到明星中华秋沙鸭的青睐。

国庆节过后，中华秋沙鸭迁徙前，我跟随中华秋沙鸭科研组沿江河调查的一条路线是古洞河安图县永庆乡东清村至安图县万宝镇红旗村之间的河段。远远望见山与山之间围成一处避风的港湾，与河中央激流相比，岸边水静而浅，适合明星鸭捕鱼嬉戏。红黄秋景倒映水面，几只明星鸭在水面赛跑，速度之快有如快艇，目视已数不清楚数量，溅起的浪花在河面滚动。调查小组急忙找到隐蔽点，开始隔着镜头与它们对望。

最初以为这是鸭子在群殴，慢慢观察发现，这是一场情敌之战。

河面并不宽敞，早些年调查中发现这里有百余只明星鸭，然而，近几年数量明显减少。

眼下聚集九只明星鸭，其中八只雄鸭，一只雌鸭。物以稀为贵，这只孤单的雌鸭自然成为关注的焦点，拉近镜头仔细观察，这只雌鸭刚刚出落成“十八芳华”，在鸭族中约是三岁，已经是成年鸭了，灰黑色的眼球缺少鸭妈妈眼中那种亮度，缺少鸭妈妈目光中那份慈爱和温暖，眼睛虽然很明亮却透出一股稚气。雌鸭情窦初开，游泳姿态轻盈，正如人类窈窕淑女君子好逑的年龄，自然引来诸多雄鸭爱慕而追逐，此时此景，河面变成热闹的相亲会。

无论人类，还是动物，求偶是一种本能。撩妹的技能，动物界中的雄性更胜一筹，人类还有羞涩，还存避讳，而动物不会矫揉造作，不会忸怩作态，不遮不掩，爱得明目张胆。这只雌鸭当属我眼前相亲会上唯一的"女嘉宾"，赢得了这么多帅气的雄鸭频频按键。雄鸭们爱得有些迫不及待，居然明目张胆地取悦"女嘉宾"，一时间，古洞河成了《非诚勿扰》的分会场。

这么多求爱者争先恐后展开双翅，扬起脖颈，舞动双翅，如痴如醉，争相用美妙的舞蹈来博得雌鸭的芳心。情敌之间毫不示弱，岂能任由其他鸭如此撩拨自己心中的"女神"，伸长脖颈，张开长喙，瞪着充满怒气的眼睛，意在撕咬对手，堪比遇见天敌一般。在它的眼里，情敌也是天敌，一个是索要它的性命，一个是争夺它的爱情。雄鸭平日孤僻高傲，可遇见爱情时，一样会流于俗气，不再斯斯文文。彼此间以搏斗来彰显实力，通过激烈的搏斗来赢得心仪的雌鸭，它们鸣叫着，追逐着，直到情敌落败才罢休。

我曾经在其他水域见过仨俩雄鸭为一个"女神"而战，眼下八位“帅鸭”争夺一个“女神”却是罕见。不知是雌鸭数量少，丑也变成了宝，还是这只雌鸭太优秀，才引来如此盛大的求婚场面。每一个求爱鸭都在向“女神”表现内心的澎湃和爱恋，而每一只雄鸭又无法靠近“女神”，“女神”在它们的中央，漫无目的心烦意乱地画着圈游走，正在搏斗的雄鸭把“女神”围拢在中间。眼前的局面，即使雌鸭想逃离都有难度，即使它有意中鸭，也无法大摇大摆地去接受这份爱意。雄鸭的搏斗让这场求婚变得有些生猛，有些血腥。

其中一只雄鸭，应该是这场求婚仪式中的雄一号，它频频向雌鸭曲颈点头，突然长喙浸于水下后再拔出水面，伸直颈部，头不时地左右摆动，头顶的冠羽顿发生机，如扇面倏然展开，不经意一甩，让这只雄鸭多出一股霸气。这一甩，“女神”看在眼里，爱在心中，凝视雄一号有些神魂颠倒。这时，水面不见雌鸭，战事瞬间停止，雄鸭们都在诧异时，“女神”已经钻出水面，依偎在雄一号身边。其他雄鸭岂能任由它们恩恩爱爱，又是一场热火朝天的水面追逐。不是刚才那样的混战，而是七只雄鸭合力一起攻击雄一号。此时此刻，最前面奔跑的不仅仅是雄一号，它的身边还有“女神”陪伴。奔跑是起飞的预热，随着双双展开翅膀，渐渐飞离水面，它们已在古洞河的上空飞翔，其他雄鸭紧追而来。这对儿情侣并不恐慌，相互凝望，眉目传情，长喙在张合，似乎在交谈，它们的情话在风中传递。爱的力量让它们加快飞翔速度，居然甩掉了追赶它们的七只雄鸭。

雄一号美梦成真了，仅过了一分钟，这对儿情侣就在我的镜头中消失。想必寻觅安静的港湾谈情说爱去了。失败的七个选手在落魄中停止攻击，居然知难而退，无精打采地漂在河面，一边捕鱼储备能量，一边东张西望寻找生命的另一半。其实，它们的落寞只是暂时的，天下谁人不识鸭，况且雄鸭撩妹的能力从不逊色，在迁徙的途中，也会有骄傲的“小公主”在等待着它们。

野鸭主动求偶，会更加容易将自己的基因传递，这是自然界动物择偶的结果。中华秋沙鸭为了使自己优秀的基因得以传承，每一只雄鸭都在积极追求真爱，它们在迁徙之路上恋爱培养感情，待春暖花开时，回到长白山孕育下一代。经过这场求婚的战事，强者雄一号优先获得种族延续的机会。

一条河也是一个社会，每日这里上演跌宕起伏的故事，关于中华秋沙鸭的，关于其他野鸭的。故事缘起于野生动物的繁衍生息，只有保护好自然生态，这些动物以及故事才能经久不衰地延续下去，人类的世界才不会枯燥而孤单。有一种温暖来自动物，那份真，那份情，一旦你与它们成为邻居，哪怕是心灵的邻居，就能切身感受到这份暖。

“泡”在富尔河

山不在高，长白山驰名；水不在深，秋沙鸭闻名。

富尔河流经敖东的版图，这是一条不被人知的小河，因为中华秋沙鸭的栖息而冲浪在浩瀚的网络，因为有故事，这条河流也小有名气。富尔河发源于富尔岭，由很多条小溪流汇聚而成，因为山上藏有宝贝人参，所以村民又把富尔河喊为“参水河”。河水经安图县永庆乡立新村汇流成古洞河，涓涓流淌而汇入松花江。

我与富尔河的缘分不仅仅源于中华秋沙鸭，如果追溯，那可要追到五十年前的夏天，我出生的村庄与富尔河并不遥远。儿时的记忆中，大人们常常提及的野鸭，其中便有中华秋沙鸭。正是因为这份记忆沉淀成一份追求，我爱上了这条河，更是如此痴狂地迷恋上中华秋沙鸭。

春天的富尔河我曾来过，周边林海清冷，枝头各种鸟鸣，欢快的、悦耳的，叽叽喳喳，酷似一场音乐会。夏天的富尔河我还来过，远山近林葱茏，见到野花绽放，各种野花，一朵朵，一簇簇，美丽、惊艳，如同一幅美丽的画卷。此次踏入建设林场富尔河畔，恰逢深秋，漫山遍野只剩下星星点点枯黄的树叶点缀着枝头，树林、河流，似乎都找不到亮色，唯有栖息在沙滩上的几十只中华秋沙鸭吸引我的眼球，也点亮秋的萧瑟。

这是春的期许，也是夏的嘱托，为了秋的驻足，等待着，等待着。季节更迭很快，而我的等待却有些焦急。

建设林场归属于敦化林草局管理，林场专设一座中华秋沙鸭保护站，几位“鸭叔叔”日日夜夜为中华秋沙鸭站岗放哨。栖息在这里的各种野鸭及其他鸟类幸福指数颇高，幸福感自然会爆棚。进入林场有一座桥，叫建设大桥，大桥左前方的那片树林中，有多少野生树巢未曾细细数过，但是，科研人员给这里的明星鸭搭建的七个“别墅”巢箱却一目了然。

这里树林环绕河水，河水簇拥树林，相依相偎，营造自然的秘境。这里水美鱼肥，自然引来中华秋沙鸭在此安家落户，七个“别墅”是中华秋沙鸭科研人员开发的“新楼盘”，如今入住率居然百分百，每个“别墅”都有可爱的小家伙从巢箱中跳出来。新楼盘的搭建，为中华秋沙鸭孕育孵化下一代提供了优越的环境，富尔河的“新楼盘”堪比“学区房”一样火爆，自然助推中华秋沙鸭孵化的数量。寂静的富尔河，静谧的林海，因中华秋沙鸭繁衍而热闹起来。

富尔河的“学区房”周围水面宽阔，河两岸树木资源保护良好，从建设大桥流过的河水渐渐变宽，居然在下游冲出一片沙滩。沙滩三面树林环抱，一面河水相依，沙滩如一枚金元宝，虽然面积小，但这是中华秋沙鸭休憩的金窝窝。透过望远镜远眺，二十几只明星鸭在沙滩“聚会”，帅鸭居多，美鸭少而成为沙滩上骄傲的公主。沙滩上凸起一块礁石，居然成了明星鸭的会客厅，一只美鸭伏在上面梳理羽毛，左右聚着六只帅鸭。沙滩距离我太远，透过望远镜也无法看清明星鸭的神情，只能通过肢体语言去阅读、去揣摩它们的世界。

建设林场管理严格，不准拍鸟人进入拍摄，不准当地农民进入采摘山珍，诸多不准只为中华秋沙鸭不受到打扰，只为给它们营造舒适安静的生活环境。沙滩周围没有道路，自然少去来往车辆的干扰，也省去挖砂者惦记，对于这些在金窝窝中成长的雏鸭来讲，这里该是保护上的偏得，这片水域堪比圣湖，这里也当属它们的世外桃源。

端着望远镜的双臂有些发酸，我却不舍得放下，更是目不转睛地凝视着沙滩上的明星鸭。它们虽不喜欢与其他野鸭往来，却与自己族群的伙伴们玩儿得疯狂。几只帅鸭“泡”在河水中捕鱼，这条河的鱼儿资源并不紧张，它们却还是争抢着，追逐着，也许是嬉戏，也许是玩耍，也许是调皮，你追我赶，热闹非凡。别看都是同一条河的鱼儿，在它们的眼里，其他伙伴鸭喙里的鱼儿一定比自己捕到的味美，这仿佛孩童们的心理。其中也许有不劳而获的快感，鸭与人都有自己的小世界，贪婪不仅是人性的弱点，动物中也存在。我无法看清它们的神色，它们所有的动态都是我猜测的依据，所有的赛跑都是我联想的来源。

这片金窝窝，堪称中华秋沙鸭娱乐的休闲广场。站着展示者有之，河中奔跑者有之，潜水捕鱼者有之，追逐抢婚者有之，还有呼扇翅膀在水面飞翔者。这时，两只中华秋沙鸭朝着我的方向飞来，一点点逼近，一点点清晰，原来是一雄一雌，它俩双双飞出家族群，那一定是在约会。

啊，约会！想到约会，我却有些害羞了。

我忙调开望远镜的角度。约会毕竟是带有私密性的，约会的明星鸭也许并不在意我来当观众，而我却不忍心打破那份甜腻。鸟类的情感丝毫不逊色人类，如胶似漆，那份柔情，让人动容，尤其热恋中的明星鸭，我要给它们留有独处的空间和时间，至少眼前我这样做了。

最初以为鸟类的爱情只会发生在春天，碧水荡漾，明星鸭求爱，交尾，营巢，繁殖后代，之后带着小家伙在水面群闯天涯。通过秋天的观察，我推翻了最初的认知，爱无时不在，没有季节约束，有爱的世界总是春天。

转过身来，继续瞄准“泡”在河水中的明星鸭。阳光洒满水面，也洒在它们的背羽之上，它们如同一个个精致的艺术品，镶嵌在富尔河中，形态各异，有静有动。帅鸭墨色的冠羽闪着墨绿的光芒，美鸭浮在水中与倒影呼应，似乎与秋色同频。这是一幅群鸭图，彰显中华秋沙鸭的闲适自在，也呈现这片水域的风和景明。这一切，感谢大自然的风调雨顺，感谢诸多保护人的辛勤付出。建设大桥离沙滩很远，况且桥头还有“鸭叔叔”们死看死守。久之，这片水域没有人为的干扰，聚集到这里的中华秋沙鸭的数量也在逐年递增。

有一种爱，远远地望着；

有一种爱，叫作不打扰。

于我而言，每一次遥看中华秋沙鸭，都是对内心的一次慰藉。本以为看过了，便可以了却惦念，殊不知，每一次相见，又增添了一分不舍。万物有灵，每一只动物都有独一无二的美。而中华秋沙鸭的美，还有爱恨、喜怒和忧伤成为我永不休止的牵挂。

眼下正是它们迁徙前的集训，良禽择木而栖，富尔河因为中华秋沙鸭聚集更有秋的韵味、秋的富足。中华秋沙鸭不像人类那样，固执地守候着一亩三分地，在中华秋沙鸭的眼眸里，生活不仅仅是苟且，还有诗和远方。如此看来，中华秋沙鸭也是大诗人，在大自然的风云莫测中，中华秋沙鸭是一首首会飞的诗，还是一曲曲流淌的歌。

双沟的派对

人和鸟相处久了，人的心情与鸟的心情交织重叠。自从中华秋沙鸭占据我的世界后，它的名字似乎镌刻在我的心间，整个心扉都是它，如同深爱的人，满心都是对它的惦念。

我来过抚松双沟水电站多次，四季风景不同，眼下深秋，满目萧瑟。可是，这个季节的水面却是中华秋沙鸭嬉戏的天堂。其实，它们并非随意觅食嬉戏，不是有河流就去捕鱼，有水面就去嬉戏。它们的挑剔之处在于需要水体清澈没有污染，需要河宽鱼类丰富。通过拍鸟人的反馈，近几年秋季，双沟水电站成了野鸭的乐园，尤为罕见的中华秋沙鸭也来此捕鱼。

双沟水电站位于吉林抚松松花江上游支流松江河上，是松江河梯级水电站第二级电站。环顾四周，仔细观察双沟水电站周围环境，这里确实适合中华秋沙鸭生存。水质好，每天随着水电站开闸放水，营造出一片大水面，水中错落着礁石，周围群山环抱，树木丰茂，岸边老树还藏着适合中华秋沙鸭孵化鸭蛋的野生树洞；周边少有采矿、挖砂等作业，自然没有船只来往，人为活动相对干扰少；最重要的是有丰富的鱼类，这才是中华秋沙鸭来此栖息嬉戏的重中之重。

几十年前，东北师大的生物学科研人员踏查中华秋沙鸭生存环境时，曾在这附近的林海第一次发现野生巢穴。那次踏查几个月，居然发现了亚成体鸭，进而了解中华秋沙鸭性成熟的年龄。足可见，中华秋沙鸭近代史中，这里功不可没，它们在这里孕育，在这里繁殖。周围山势陡峭，悬崖峭壁多，无形中少了人为的破坏，地理位置的险峻也成全了中华秋沙鸭的繁衍生息。

此次深秋我们为了调查中华秋沙鸭迁徙前的数量途经这里，深度观察它们的动态，细心盘点它们的数量。观察有难度，也有惊喜，一切源于内心的热爱，盘点数量自然马虎不得。任务在身，就连眨眼都在刻意避免。我镜片后的眼球几近目不转睛地盯着远方，盯着水面，盯着天空，心无杂念，脑海中一直悬浮着五个字——中华秋沙鸭。

观察动物不适合边走边看，要静下来，要停下来，要坐下来，先让动物们适应你的存在，这样才可以观察它们的行为，才可以看到很多有趣味的片段。观察时间越久，回馈而来的故事就会越多。午后，守在双沟水电站水闸对面的山坡下一个多钟头了，望见绿头鸭成群结队，散漫自由地在水面游弋，斑嘴鸭也不逊色，穿梭在绿头鸭中，公共的水域，一起看风景，一起水中嬉戏，一起翱翔天际。野鸭与野鸭之间和谐相处，同类鸭成双结对秀着恩爱，看着让人艳羡。这片水域，如同舞池，野鸭们在开派对。无论是斑嘴鸭，还是绿头鸭，都擅长水面游泳，取食和抚育后代等都在水中完成。它们都属于游禽，又都是野鸭。双沟水电站的鱼类吸引了它们，加之周围有绿树青山，野鸭会争先恐后来到这边捕鱼。

绿头鸭的雌雄有明显的差别，雄性绿头鸭有明显的绿头，在太阳光下会有金属光泽，雌性绿头鸭则没有鲜艳的颜色，整体比较斑驳。绿头鸭吃饱喝足，喜欢精心地梳理羽毛。它们把喙伸到臀部下面，尾脂腺就在那里，它们从尾部的尾脂腺取油，然后再探到全身各处蹭来蹭去，油脂有润羽、防湿的作用。斑嘴鸭因嘴尖端有黄斑而得名，别名花嘴鸭、谷鸭、黄嘴尖鸭、火燎鸭等，身体大小和绿头鸭相似，雄鸭深褐色，雌雄没有特别明显外观上的差异。斑嘴鸭喜欢干净，经常看到它们在水中和陆地上精心梳理羽毛，洪亮而清脆的叫声，如同扩音器传得很远。

午后秋风不燥，微微凉意稀释疲倦。我目不斜视地等待中华秋沙鸭的登场，绿头鸭和斑嘴鸭虽不是我心中的主角，却作为配角把这场大戏演得热热闹闹，没有让眼前的舞台冷场，也

一对一辅导

没有让我感觉到孤单。突然，一道白光由远及近，从双沟水电站的闸口向我飞来，那抹亮白独特耀眼，与众不同，不用望远镜便可以肯定这就是中华秋沙鸭的身影。我忙举起望远镜，见到一雌一雄两只中华秋沙鸭飞来，红色的喙和足蹼格外耀眼，身体两侧的黑色鱼鳞状斑纹的羽毛如一朵云朵。其中一只是黑色的冠羽，腹羽洁白如雪，另外一只头颈是棕褐色冠羽，两只鸭比翼齐飞，形影不离，不用揣测便知道这是一对儿情侣。雌雄中华秋沙鸭有节奏地如闪电般降落到水域中央。此情此景，让我想起诗经《蒹葭》里的名句："蒹葭苍苍，白露为霜。所谓伊人，在水一方。溯洄从之，道阻且长。溯游从之，宛在水中央。”

此时，我心中的“伊人”就是中华秋沙鸭。

听摄影人说，双沟水电站住着两个中华秋沙鸭家庭，一家是七只，四只雄鸭，三只雌鸭；另一家为十只，六只雄鸭，四只雌鸭。眼前这对儿情侣鸭，是不是这两个家庭中的成员，我暂且还没有能力辨析个体之间的区别。即使它们不是这里的主人，但熟稔的冲刺降落也显示它们绝非过客。它俩的到来并没有影响绿头鸭们和斑嘴鸭们的情侣秀，它们之间看似有距离，而在我的眼中都是一幅画中的风景。情侣中华秋沙鸭在水中闲庭信步，优雅的姿态更显出几分尊贵、几分大气，彰显出大牌明星出席活动的那份风采。它俩时而对望，眼中的柔情诠释着亘古不变的爱情！它俩是我心中的主角，是我心中的明星，即使没有表演，它俩的到来也慰藉了我内心的那份惦念。也许明星是我强加给它们的光环，它们从心底里并不想出风头，有时，低调也是炫耀。毕竟它们从远古延续而来，祖祖辈辈经历了无以计数的风雨，看淡了荣耀，看淡了身份，我行我素地在恶劣的自然中延续基因和生命。

在我独自揣想着它们时，情侣鸭纷纷潜入水中，随后叼着鱼儿浮出水面，进食的那份闲适、那份淡定，让我又多出一份思考——与世无争，活出自我。没有音乐，没有话语，全凭借它们肢体的语言，在这片水域舞台上，低调地开着派对。吃饱喝足的情侣，扭搭搭爬到岸边的礁石上，居然背对背休息了，宣告一场大戏落下了大幕。

等待总是漫长，与之对望的时间又十分短暂。迷上鸟类，迷上中华秋沙鸭，我所有的等待都没有怨言，静静看着时光在流逝，心安理得，没有惋惜，似乎这一切等待都值得，如同为了深爱的人而付出一样。面对水中的中华秋沙鸭和其他野鸭，我想说：“有人爱你们飞翔的姿态，有人爱你们婉转的啼鸣，有人爱你们漂亮的羽毛，而我把你们当作——另一个自己。”

消失的“楼盘”

“大宝树被台风吹倒了。”

大宝树与我非亲非故，听到它倒下的那一刻，我却暗自神伤，泪水居然在眼中打转。

这棵名为“大宝树”的树，是一棵枯萎的老青杨树，位于抚松县新城观景台南侧，在这里堪称鸟类明星的“楼盘”，是诸多鸟类的家园。大宝树树枝错落，在与树干交会处藏着很多天然的树洞，引来十几种鸟类和其他野生动物筑巢繁殖。其中有三宝鸟、蚁鴷、鸳鸯、灰头绿啄木鸟、中华秋沙鸭等鸟类，还有灰松鼠（俗称灰狗子）和花栗鼠（花鼠子）都在此筑巢繁殖，杜鹃也乔迁到这里安家落户。这棵树因地理位置的特殊性，又因居住着多种野生动物，迎来南来北往的摄影人拍摄，引来省内外科考人员关注，还有应接不暇的游人驻足参观打卡。

抚松本地人称这棵树为“网红树”，摄影人唤这棵树为“大宝树”。

一棵树，一个小世界，一处小气候，其蕴藏的故事也有待去观察，去挖掘。

一个夏日的午后，我跟随中华秋沙鸭科研组来到抚松县新城区，驻足观景台一览松花江的富饶，遥望连绵的山峦，扭身回望，便见到这棵老树，因为它已成为网红树，自然成为我此行关注的焦点。这棵老树多大年龄并不重要，树干粗壮，需要两个人才能搂抱过来。这棵树造型奇特，枝杈多而平直，且向上生长，犹如一个个枯老的手臂托起偌大的天空。老树内已经枯干，抚松政府为了保留这株植物中的活化石，在树干的周围用水泥加固，借助水泥钢筋的强度，这棵树还在坚强挺立着，成了抚松新城一道风景。好多人慕名前来，只为一睹老树的风采。

春天里，这棵树就是一个偌大的天然产房，新生命的孕育从这里开始。

就在我凝神思索中，一条暖气管粗的锦蛇从树下慢慢悠悠爬到人行道上，这条锦蛇大约长一米五，蛇表皮上点缀星星点点花纹。锦蛇一边爬行，一边挺起脖颈，东张西望，无法揣测它在等谁来此约会，又在与谁在此告别。我自小对蛇充满敬畏，内心更多是恐慌，本能地一步步后退，又由于好奇，视线并没有离开锦蛇扭动的身躯。这条蛇似乎是这里的主人，不急不慌踏着旋律，时不时左右张望，前后瞅瞅，它对周围的游人视而不见，不惶恐，不疏离，居然大摇大摆且扬扬自得横行在道路上。直到锦蛇渐行渐远后，我才再度回望网红树。

我仰望网红树许久，思量着这棵树发生过的故事。有些不被人知，我只能依靠想象；有些故事摄影人亲见，可以从他们的描述中获悉。这里的一个巢营，居然成为“热巢”，鸳鸯在此产下它们恩爱的结晶，中华秋沙鸭也在这里播下爱情的种子，它们的孕育都是在秘密中进行，谁在先，谁在后，没有影像记录。就在那年初夏，居然有两种不同鸭族的鸭宝宝分别从“热巢”里跳跃而出。摄影人记录下这个不同凡响的场景，才知道这个与众不同的巢营，更惊叹中华秋沙鸭异乎寻常的博爱。

大自然是一本《故事会》，有章节，有段落，网红树上的每一个洞巢都是故事会的经典篇章。那是 2019 年 5 月下旬，一天上午，摄影家郭晓燕与影友们在网红树下拍完中华秋沙鸭闹巢准备收工时，发现一条长一米五左右的黑锦蛇爬上了网红树。网红树上的两个中华秋沙鸭天然巢中的一只雌鸭外出觅食，它还有两天就要完成孵化任务，雏鸭就要破壳了，讨厌的黑锦蛇却在此时偷袭。树下摄影人焦急万分，这处天然巢太高，树下十几名摄影人只能不断地捡拾小石头来干扰黑锦蛇。黑锦蛇受到树下摄影人的干扰，气势汹汹爬出来，瞪着眼睛，吐着芯子，欲要发脾气。这时，它又发现了旁边的树巢，坏蛋黑锦蛇转身爬过去。偏巧此巢的雌鸭正在巢中，这只雌鸭从巢里探出头来与坏蛋蛇展开激烈的战斗，仍然无力阻止坏蛋蛇靠近巢口。此时，树下摄影人非常担心，大家都处于紧张状态。怎么办？怎么办？急中生智，有人想到消防车，黑锦蛇终于被高压水枪冲下大树。此时黑锦蛇腹部隆起，已经吞食了一枚即将破壳的鸭蛋。随后坏蛋蛇被林保人员捕获，送到别处山林里，这样可以远离中华秋沙鸭孵化区域，同时，意在让坏蛋蛇“反省思过”或者“面山思过”。之后，一行摄影人给大宝树缠上了塑料薄膜，这样可以避免再有其他蛇类上树偷袭。那日的经历，在郭晓燕的脑海里久久萦绕，让所有亲历的摄影人刻骨铭心。两天之后，被黑锦蛇偷食鸭蛋的树巢，成功跳出六只鸭宝宝，小鸭子顺着树下溪流奔入松花江宽阔的水面。

偷食鸭蛋的黑锦蛇也许就是我刚刚见到的那条吧，也许不是。因为网红树下，还有一个偌大的锦蛇家族，这里也是锦蛇的产房。为了保护中华秋沙鸭跳巢落地的安全，在网红树下，抚松政府种植了草坪，为鸭宝宝们落地弹跳铺设松软的“席梦思”，同时，不利的是茂密的绿草也在掩护锦蛇的行踪。早些年，摄影人曾在这里拍过蛇类的家族。

这棵树的树巢中孕育多种鸟类，而鸟蛋也是蛇最爱的美食。这条被送走的黑锦蛇，兴许在山林中并没有思过，而是思念，对那些没有入腹的鸟蛋应该还念念不忘。而人类只适宜充当看客，干扰多了，未必是件幸事。这棵树上其他树洞里的野生动物是否都遭受过黑锦蛇的侵袭和干扰，暂没有记录，也无从知晓。追溯往昔，黑锦蛇的成长离不开鸟类的蛋，有多少只小生命随着它们的口腹之快而夭折，也无从细数。

动物多样性，人与自然和谐共生，这些都是保护的成果，可以通过这棵树淋漓尽致地彰显出来。大自然本是一本无字之书，其奥秘和精髓只要用心去读，就能从中读出故事和韵味来。

举起望远镜，我见到树枝上一对儿三宝鸟，它们应该是恩爱夫妻，灰黑色鸟头，蓝灰色羽毛，闪耀着金属的光泽，红色闪亮的喙一张一合，夫妻窃窃私语后，一起抖动双翅飞起，飞行时两翼对称的蓝白色大型斑块耀眼可见，飞行姿态看似有些怪异，胡乱飞的样子如同喝醉酒。三宝鸟的分布并不广泛，在长白山属于夏候鸟，每年于 4 月到达长白山孵化，9 月末带着鸟宝宝迁走，旅居长白山大约五个月光景。三宝鸟喜欢栖息于开阔的林缘和河谷附近，眼前的江岸正适合三宝鸟的栖息。

一只小松鼠从三宝鸟的巢营下方蹿出来。我有些恐慌，还有些好奇。臭名昭著的灰松鼠也是偷食幼鸟的惯犯呀，而我只有通过望远镜遥看，根本无法制止，况且它们是邻居，每天鸟类都要面对被偷袭的危险。不久，三宝鸟夫妻疾飞而下，一边狂叫，一边绕着枯枝转圈。灰松鼠好似被它们转得迷糊了，居然找不到退路，眼看着灰松鼠直接跃下枯枝逃走。我刚刚还在为鸟儿担心，转而又为灰松鼠担忧，落地是否会受伤？整个过程，只能依靠眼睛捕捉，错落的枝丫，沟壑的灌木，还有杂草，都是这里的背景和道具，我无法知道小松鼠是否摔疼。吓跑灰松鼠后，三宝鸟夫妻还在紧张地四处张望，稍后惊醒，才钻进侧枝后的巢营去喂食它们的宝宝。只可惜，无法见到树洞里的世界，那些可爱的鸟宝宝成为我向往的对象。

虽然这棵老树上十几个树洞，陆续都成了产房，眼下夏末秋初大多却都已成空巢，中华秋沙鸭已经跳巢去松花江游弋，鸳鸯也没有怠慢孵化，已经与中华秋沙鸭成为松花江里的邻居。所剩不多的家族看似和平相处，其实也暗藏玄机。它们在相互防御中生存。人类无法辨析动物的对错，在动物世界里，掠夺是动物们生存的本能。

我恋恋不舍离开这里。关于中华秋沙鸭在这棵树上演绎的故事，暂时不能亲历，一份向往寄托给下一个春天，孵化，跳巢……

扭身与老树对视后，一边告别，一边默默许下诺言：来年再相见！

这棵老树是野生动物的明星“楼盘”，在野生动物的眼里，老树给它们带来世世代代生存的快乐。天有不测风云，初冬一场高级别的台风越过高山，横穿江面，居然席卷到这里，这棵网红树未能幸免而倒下。虽然迁徙的鸟类都已离开抚松，可那些不迁徙的野生动物还在树洞中生活，不知小家伙们生存近况如何，不知它们如何度过严寒的冬天。

中华秋沙鸭两处巢营，也许是三处，也就此消失。

为倒下的动物“楼盘”忧伤，为那些野生动物失去家而忧伤。

明知周围还有很多老龄树木，都可以成为它们的新家，那种失去的无奈还是让我伤感。像人类一样，动物能明显感觉到快乐和痛苦、幸福和悲伤，毋庸置疑，鸟类和其他小动物们也会如我一般对大宝树不舍。

西江练飞忙

飞翔于中华秋沙鸭而言，应该是最严峻的考验。拥有强健的羽翅，方可完成万里的迁徙。

每年 8 月末，鸭宝宝基本满百天了，出落成亚成体鸭，虽没有父母俊俏美丽，但也展露出与众不同的端倪。出生地的河水浅滩无法满足这些亚成体鸭的食物需求。这时，鸭宝宝与鸭妈妈不留痕迹地飞走，悄无声息地离开，让一直陪伴它们的摄影人和科研人员都伤感起来。这些鸭宝宝如同他们的孩子，出生后就一直生活在身边，眼下，如同孩子上学而离开，明知这是成长的离别，可每一个人的内心还是囤积着忧伤。

朴老师告诉我：“鸭妈妈带着鸭宝宝去与鸭爸爸团聚了。”

鸭宝宝的爸爸栖息在哪里？这是很多人的疑惑。通常鸭爸爸在松花江和鸭绿江的大江面换羽，因为那里食物丰沛，又是迁徙前的集聚地。

抚松县西江之上有几个小群体旅居，西江是抚松县北山公园脚下的江面，松花江的一段。这里生态环境连年向好，引来中华秋沙鸭驻足。金秋季节，这里的中华秋沙鸭时而在天空翱翔，时而在水中嬉戏，给这片水域增添了生趣。

动物的世界充满神奇，观察它们自然会萌生各种疑惑，关于中华秋沙鸭的疑惑也在我与之对望中萌生。其中，有一个谜团一直困惑着我，雌雄鸭之间依靠什么信号获悉彼此的信息？

人类最初有鸿雁传书、邮局传信，随之电话、BP 机、手机等电子设备成为沟通的工具，如今依靠微信、电子邮件，信息传递即在瞬间完成。然而，动物界没有这些通信工具，中华秋沙鸭却能准时赴约，时间和地点准确无误。

我蹲守在头道白河中华秋沙鸭保护监测基地观察时，曾注意到，雌鸭常常伸长脖颈，似乎在无限延伸，与天空垂直，笔直向上如发射塔，且发出短促而粗哑的叫声。我无法破译声音的密码，猜想这就是中华秋沙鸭夫妻传递信息的方式。它们之间应该独有一种信号，密码只有它们可懂。而且密码的波段具有穿透力，如网络一样，彼此对频后，双方便可领悟。想必雌鸭会定期给夫君发出信号，告知雏鸭的健康情况，诉说彼此的思念，互诉衷肠，还有相约再次相见的地点等，这一揣测是在雌鸭伸长脖颈的那一刻，从我脑海中突然蹦出来的，对错不知，也有待细考。因为有疑惑，便专注观察它们的每一个细节。

居住在西江的鸭宝宝比较幸福，是它们的爸爸飞来与它们相聚，而不是它们飞去找爸爸团聚。

摄影家郭晓燕在一次调查中拍摄到一只背着定位器的雌性中华秋沙鸭，因为没有雄鸭陪伴，独自在西江中孤独地游动。她和影友们一番观察后推断，定位器安在雌鸭后背，导致雌鸭无法繁殖而缺失伴侣，只能孤独终老。郭晓燕惦记着这只雌鸭，次年春天却没有再见到它。郭晓燕及影友们十分痛恨这种不计后果的研究。即便为了研究必须安装定位器，安装在雄鸭身上可能伤害会少一些。

此次是深秋，我跟随中华秋沙鸭科研组再度来到抚松县西江，进行中华秋沙鸭迁徙前的调查。

西江的水域深浅适合中华秋沙鸭生存，这里也是鱼儿喜欢聚集的浅滩，食物丰沛，还有山峰作为背景，可以减少鸭子练飞的阻力，同时，岸边以及礁石可供歇息。中华秋沙鸭的聪明就体现在这里，逐水而迁，傍水而居。水以润泽万物、滋养生灵的特性，孕育了人类及人类的文明，自然也延续了中华秋沙鸭的基因。世界四大文明古国，都因水而兴，因水而盛。人类的亲水而居，源于久远的生物进化的选择。

亚成体中华秋沙鸭成长后，体形看似与鸭妈妈相仿，但翅膀还很稚嫩，翅膀的强度和力度还需要锻炼。所以，鸭妈妈对雏鸭的飞翔训练很严厉很苛刻。鸭妈妈在前面飞翔示范，用双足拍击水面，随着速度提升，拍击水面溅起一团水珠，飞起后如烟花炸开，再形成无数细碎的水珠。一颗颗水珠如一粒粒珍珠，尤其在阳光下，晶莹剔透，映衬远山和绿水。那一刻，鸭妈妈头部的冠羽闪烁着贵气的光芒。亚成体鸭跟随其后，学着鸭妈妈的样子，从涉水到起飞，在半空展翅。水面被这些精灵红色的足蹼拍击后，溅起浪花扩散成亮晶晶的水珠。一只只亚成体鸭成为这片水域上美丽的舞者，都在尽情地舒展稚嫩的羽翅，认真模仿鸭妈妈的姿态。

鸭妈妈在雏鸭的成长中，永远是最严厉最合格的老师。

但见一只调皮的亚成体鸭独自潜水捕鱼，居然没有跟随妈妈练飞。鸭妈妈扭转脖颈，看到这一幕，眼中顿时聚满怒色，一个凌空跃起，离弦的箭一般奔向这只淘气鸭，绝不溺爱，居然用它那锯条一样的长喙，狠狠撕咬它的脖颈，如同人类的巴掌或者棍棒一样，又俨然一副严师出高徒的架势。只见淘气鸭的喙一张一合，整个身体都在抖动，鸭妈妈喙边的锯齿如剪刀一般，咬痛了它。淘气鸭的眼中现出哀求，不再闪烁好奇的神采。就这样僵持近一分钟，鸭妈妈才松开长喙。淘气鸭似乎记住了鸭妈妈的训教，乖乖地加入大部队，练飞时格外认真。

鸭妈妈的严厉，成就了一支军事化的中华秋沙鸭大军。

亚成体鸭恪守纪律，它们一同追逐鱼儿时，姿态一样，整齐地排列，如同航展中的飞机在表演。鸭群犹如一支巡航舰队，每一只鸭宝宝都不会随意离开队伍，行动时，队形井然有序，偶有鸭宝宝掉队，或有其他异动，鸭妈妈都会及时纠正，也会及时告诫。

上午九点左右，鸭妈妈开始陪着亚成体鸭练习飞翔了。它们起飞后，我举起望远镜，它们的身影由大变小，最后在望远镜中消失，江面恢复平静。偶有鸳鸯来，还有其他野鸭来，都是来来走走，这片水域，是水鸟们共同的家园。

望远镜中见不到中华秋沙鸭的身影，我的视线里一片空白，山峰与江面固然美丽，但只有中华秋沙鸭的倩影才能调动我内心的情丝。

中华秋沙鸭飞到哪里去了呢?

我一遍遍问自己。明知它们在练习飞翔，在强健翅膀，可是，一旦从我的视线中消失，我便如此落寞，隐约中泛起缠绵和不舍。长白山的第一场雪后，它们将要迁徙到南方。这些在长白山繁殖的中华秋沙鸭，一番苦练后，羽翼丰满了，学会高飞，自然远行。即使次年春天还会回来，但是，稚气全脱，雏鸭成为独立的个体，那份童真已经荡然无存。

我举着望远镜，望着江面。借着它们消失的空当，我想入非非，与中华秋沙鸭有关的无关的，都涌入我的脑海。思忖间再一次眺望，这些宝贝鸭们又漂在江面了，有的在洗漱羽毛，有的在潜水捕鱼，有的在沙滩小憩……只有鸭爸爸和鸭妈妈成双结对，与鸭群若即若离，相互缠绵，相互追打，旁若无人地秀起恩爱，居然在光天化日之下卿卿我我。这一切，都在江面完成，它们的孩子们远远望着，并不干涉。有几只调皮的亚成体鸭，有意靠近鸭爸爸和鸭妈妈，亲昵而充满好奇，然而，“狠心”的鸭爸爸鸭妈妈，居然伸长脖颈，嘴巴张合给予警告，似乎是在告诉孩子不要干涉父母的私生活。

无法理解中华秋沙鸭的情感世界，便用人类的思维与之对号入座。

在西江水面，有了鸭爸爸这个大家长参与管理鸭群，鸭妈妈少去独自孵化和养育时的那份紧张，更多时间留给鸭爸爸。久别夫妻胜新婚，用在这儿恰如其分。无论是在动物的世界，还是在人类的世界，情感都是延续生存的前提。雌鸭和雄鸭的情感赤裸裸，从不遮掩，只要有爱，就大胆地表白。这份爱并不避讳鸭宝宝们。人类在情感上比动物进步，人类害羞，即使激情澎湃，也要在二人世界中才会释放情感。

天空没有鸟，世界会变小。像鸟儿一样翱翔，一直是人类的梦想。

鸭爸爸和鸭妈妈带着鸭宝宝飞飞落落，歇歇停停，课间时间又回到江面。这时，西江成了野鸭的操场——玩耍和休息的场地。这里既是练飞的起点，也是终点。野鸭们每一天周而复始地重复着飞翔。它们的教学没有课程表，却有准确的作息时间。何时练飞，何时休息，都有规律可循。它们没有钟表报时，没有上下课的铃声提醒，可是，练飞的课程却有张有弛，很科学，很合理，并非杂乱无序。

这次踏查，顺西江岸边慢行，车速只有二十迈，来来回回地巡航，不忍心离开。迁徙开始进入倒计时，每一分每一秒都是珍贵的。天气渐凉，随时它们都会南飞。我借助踏查眺望，默默诉说离别的不舍和思念。

迁徙前的调查很枯燥，这时，中华秋沙鸭在集训中，由家族群合并成大团队，场面浩大，起飞降落如同万马奔腾。中华秋沙鸭的成长中，每一个阶段都有与众不同的画面，眼下大群集训，绝对壮观，迁徙时只有团结才能够抵御危险。想到这里，我心里多出一点儿慰藉，少了一丝担忧。

魔界的精灵

魔界风景区，早有耳闻，一直以为这里只是适合拍摄的湖泊。

金秋的午后，我与朴老师扛着机器，穿过一片树林，来到了魔界。朴老师说：“鸭子白天去大水面练飞了，傍晚才回魔界休息，我们就在岸边等它们回来吧。”

我听罢感到惊讶，中华秋沙鸭原来把魔界当作寝宫。我瞬间对魔界刮目相看。

本以为魔界只是靠颜值博得影友的青睐，原来野鸭也喜欢，魔界一定是具备很多优势。中华秋沙鸭的寝宫，硬性指标必须达标，比如水质，比如生活环境，中华秋沙鸭可不会随便选择住处。魔界在我的内心世界里，不再是拍摄的场景，而是具有深刻内涵的水域。对魔界不仅仅是简单的喜欢，而是深爱了。

魔界不俗，有好几个名字呢，下魔海、后魔界、梦幻魔界等，位于吉林省长白山下二道白河镇红丰村辖区内，离长白山北景区只有几十公里路程，水系源于长白山天池流泻而下的奶头河。这个梦幻魔界之所以有魔力、有魅力、有吸引力，是因为冬天时它具有神奇魔幻世界般的奇妙景致。

魔界形成的原因有诸多版本，版本之一这样说，在没开发成景区之前，这里还是一片密林，建周边水库时，此处是取沙之地，久之，此处变得低洼，长年累月积水形成湖泊。这个湖泊靠近奶头河，奶头河地下有冰泉，水流湍急，常年不冻。在特定的气候环境下形成的雾气，流动于水面与林间，景象宛若仙境。来魔界赏景清晨是最佳的时间，尤其冬季在雾凇的衬托下更美。周围发电站颇多，仅魔界附近就有红丰、金丰和奶头河三个不同规模的发电站。因此，这里不仅水源丰沛，而且终年不结冰。每到冬季，特别是气温低于零下20℃时，就会出现雾凇和冰挂，雾气大，氤氲缭绕，如仙境一般。水面直立或横卧着枯树，在浓浓雾霭中若隐若现，呈现出种种令人惊异的魔幻般甚至有点诡异的景致。如果天气晴朗，水面的枯树、岸边的雾凇与喷薄而出的红日、蒸腾缥缈的雾气交融在一起，便形成了一幅幅神奇魔幻、奇丽绝美的画面。

世间美景都需要用眼睛去发现，需要用脚步去踏查。最早发现这里奇美画面的是当地的摄影爱好者，后来吸引了全国各地摄影发烧友乃至摄影家们，再后来摄影人将这个地方命名为魔界。久而久之，长白山脚下的魔界蜚声全国。每到冰天雪地的冬季，小小的魔界就会聚集许许多多天南海北热爱摄影的人。这些“好摄之徒”不惧严寒不怕苦，三五结伴，住在红丰村的山庄或农户家中数日，只为将这个尚且还算原生态的魔界，从清晨到夜晚每一时段的美丽魔幻瞬间都收入镜头，之后，与热爱自然、热爱摄影的朋友们分享这里具有独特韵味的美。

起初，湖泊里野鸭众多，当地百姓便称它为野鸭湖。这里有秋沙鸭、斑嘴鸭、苍鹭、绿鹭、罗纹鸭、鸳鸯、鸬鹚……眼下深秋，周围层林尽染，水面如一面镜子，映出蓝天，映出白云，映出树木，水面漂着红叶、黄叶、枯叶，一片片叶子如一叶叶小舟慢悠悠地漂着，满是不舍和留恋。最抢眼的便是湖中枯树的木桩，枯木桩的上面长出野花野草，远远望去，如同插着干花的花瓶。这样的花瓶不止一个，转身可见，扭头还有。湖的中央有一高一矮两个树桩，远望如一对儿情人四目相对，似乎含情脉脉，又似乎久别重逢，树桩上的枝枝蔓蔓犹如人的胳膊，好似在握手。对岸的一株枯木，应该是当地人刻意造景，但是，摆在那里，经过风吹雨打，磨出了一个老虎咆哮的姿态，有气势，有威严，仿佛这里是它的庄园，仿佛它就是这里的主人。

我对周围及水中的木桩格外感兴趣，这些都是大自然的鬼斧神工，是大自然打造出的独有的景致。我的到来，不是冬天的邀请，不是氤氲树挂的吸引，而是湖中野鸭的召唤。太阳慢慢落下，中华秋沙鸭却没有准时回来。我不知不觉有些焦急，因为许久未见，甚是思念。

朴老师说：“近期观察发现这里有二十多只中华秋沙鸭，雌雄基本配对儿。”

秋天了，雄鸭的归来，让这片水域多出些许荷尔蒙的味道。雌雄鸭谈情说爱度过秋天，之后便双宿双飞到南方。这一路飞翔，有伴有爱不孤单。

我思念的中华秋沙鸭没有来到眼前，却吸引来无数的蚊子。树林河畔的蚊子极具杀伤力和战斗力，明目张胆地袭击，仅仅五分钟，裸露在外的脸部和手掌被蚊子叮出无数个红点。我有些招架不住，心里对中华秋沙鸭有些嗔怪。我从几百公里之外奔它们而来，而它们居然对我避而不见。

水面渐渐变得模糊，蚊子更加猖狂，我们只好带着遗憾离开魔界，把希望寄托给清晨。

次日，我们四点起床，在漆黑中摸到湖边，找好位置，架起相机，万事俱备，静候中华秋沙鸭起床。五点钟，远望湖面水波涌动，我举起望远镜，见到了湖中心浅滩处的明星鸭。它们漂在河面扬起头颈，每一只鸭子都如一座雕塑，持续一分钟后，俯下头颈浸入水下，饮入湖水后，再次扬头注视天空。这一刻，我想到了瑜伽，这该是中华秋沙鸭的瑜伽。在秋风中，

飞翔

在安静的清晨，凝思，换气，让新一天的空气从外渗透到心底而舒缓身体。

细细数来，眼前只有六只中华秋沙鸭，三只雄鸭，三只雌鸭，它们该是三对儿情侣鸭。瑜伽过后，它们继续漂在水面捕鱼。这里的野生鱼类丰沛，不费力气就能从水中叼出鱼儿来。早餐蛮丰富的，它们吃饱了，无所事事。这时，其中一只雄鸭开始挑逗其他两只雌鸭。我眼前的雌鸭都已经有了情郎，岂能任由其他鸭挑衅，水面自然拉开战事，为情而战。我对雄鸭的滥情并没有感到意外。我曾在春天时就发现雄鸭的“恶习”，眼前的一幕，更印证了曾经的判断。

人与动物有那么多的相似处，雌雄吸引这一点可以相提并论。

雄鸭失踪了一个夏季，眼前的它们体态有些臃肿。想一想，它们是迁徙中的领路人，责任大，使命重，肥硕的身体可以抵挡寒风冷雨，毕竟脂肪可御寒。相比之下，雌鸭显得瘦弱，有些楚楚可怜。

想来附近还有其他中华秋沙鸭的族群，只是避开了我的视线。我有些按捺不住期盼，端着望远镜在湖面扫荡。鸳鸯成对儿，斑嘴鸭成群，绿头鸭数不过来，偏偏心仪的中华秋沙鸭与我捉着迷藏。我的视线死死盯在眼前这三对儿情侣鸭上，看着它们在追赶着，瞅着雄鸭的跋扈嚣张，还有雌鸭的不理不睬。其实，不是我有意偷窥中华秋沙鸭的私生活，只怪我对它们迷恋而无法拒绝眼前的一切。

中华秋沙鸭的世界里没有约束，随心所欲，这片湖泊是自然给予它们的馈赠，它们的到来也是对自然的首肯。它们追逐，它们捕鱼，它们梳羽，它们凝思，一个小时的时间匆匆而过。闹铃响起，手机闹铃是每日六点的出行提醒，只是此时不合时宜的振铃，让我感到时光的短暂，感到与中华秋沙鸭目光相处的短暂。这时，只见它们的双翅轻轻拍击水面，徐徐起飞，随后，在湖面盘旋一圈后，向下游飞去。似乎它们在传递信号，浅滩后面又飞起十几只中华秋沙鸭，原来它们躲着我，在浅滩的丘陵后面休息。

六点似乎是它们离开这里的时间。想到这里，我莞尔一笑。我与中华秋沙鸭一样勤奋，我六点离家去工作，它们六点出发去练飞。

冬天就要到来了，它们的迁徙开始进入倒计时。我多想沿着它们飞翔的航线与它们同行。

第四章

冬旅

为寻亲出发

东北的第一场雪拉开了冬天的序幕。白雪覆盖连绵起伏的群山和浩瀚无边的森林，纵横交错的河流湖泊也被染成一片洁白，飞翔的中华秋沙鸭仿佛翩飞在银装素裹的童话世界里。这时，中华秋沙鸭要迁徙到南方过冬了。多年前，在媒体的新闻中，获悉中华秋沙鸭迁徙后，旅居在山清水秀之地。百闻不如一见，不亲临目睹，总有一份惦念在心间徘徊。

为此，朴老师决定带着中华秋沙鸭志愿者踏查它们迁徙到江南的生境情况。

其实，这个计划是在夏日酝酿的，那时，雏鸭刚刚两个月大，朴老师说：“冬天时，随中华秋沙鸭迁徙路线追踪它们去南方……”

朴老师的想法说出来，长白山摄影家协会的五名会员，也都是中华秋沙鸭志愿者，其中包括我，踊跃报名。之后，便建立了“南摄北飞”微信群。朴老师任总指挥，杨晓涛为副总指挥，李连胜管理后勤及制定行程路线，郑艳燕负责财务管理，成玉祥老师提供私家面包车，并担任全程的司机，而我并无要职，只负责收集一路的所见所闻。

一直以来我与中华秋沙鸭的感情以望远镜为媒介，以此方式的交流也夯实了我们之间的深情。不知不觉，这些机警的小生灵成为我生命的一部分，自从与之相见，梦里梦外都是它们，为它们沉醉，为它们痴迷，如同恋爱的感觉。

恋爱是美好的，期待彼此能形影不离。

8 月末，鸭妈妈领着已经长得与它一般大的雏鸭飞到鸭绿江和抚松一带宽阔的江湖，与鸭爸爸团聚后，进行迁徙前集训。随着东北温度降低，它们开始了迁徙之旅。

每年的 11 月 25 日左右对中华秋沙鸭秋天迁徙数量的调查结束。这时，大部分中华秋沙鸭已经踏上南飞的旅程。朴老师一番斟酌后，决定在 11 月 23 日出发，沿着我心中明星鸭的轨迹奔往南方。

大家一起制定了缜密的出行预案，并拟定“南摄北飞”小分队的队规：听从指挥，遵守纪律，团结就是力量，开心玩乐是目标。

出行 AA 制，司机带车不参与计费。司机成玉祥老师提前一周为面包车办理车险，以及为出行人员办理人身保险。对车辆进行全方位保养时，发现车轮胎老化，踌躇间，朴老师看出端倪，为了节省费用，朴老师从修理部购来四只八成新的旧轮胎，总价为四百元。这笔开销是我已经踏上南行之路后获悉，这一路，一直默默祈祷，为这四只轮胎祈祷。此行也算长途跋涉，我担心，八成新的轮胎会耍脾气，或者会罢工，那样，后果不堪设想。

还好，一路前行，这四只轮胎尽职尽责，偶尔的小脾气也无伤大雅。

为了这次出行，朴老师还做了一条蓝色的横幅：

保护中华秋沙鸭　生态文化南方行

——2019 年吉林省长白山中华秋沙鸭志愿者迁徙追踪活动组宣

万事俱备，静候 11 月 23 日的到来。天气突变，预报 11 月 23 日吉林地区有大到暴雪。下雪一定影响车速，且存在潜在危险。朴老师临时决定，提前一天行动。为此，2019 年 11 月 22 日六点三十分，一行人揣着一份神圣的使命，从长白山自然保护区二道白河镇“浩浩荡荡”出发，开启了“寻亲”之旅。

这个季节出行很尴尬，北方寒冷，南方温暖，行李中需要准备两个季节的服装。可是，朴老师再三强调不要多带行李。

因为此行六人中五人是摄影家，他们的“长枪短炮”已经占据了面包车的空位。我几经筛选只穿件羽绒服，额外带上换洗的内衣和笔记本，装得满满一个小拉杆箱。

第一站是抚松县，与晓涛老师和连胜老师会师。

前往抚松的冰雪路面如一面镜子，车子犹如小脚老妪缓慢地一点点移动。本应一小时的车程，因冰雪路面却用了两个多小时，接近九点才到达抚松县。会师后，为车子加满油，又购买一些食物，出发前又在抚松高速路口合影，这是此行的第一张合影，打卡作为此行留念。九点三十分准时从抚松高速驶出，顺着鹤大线前行，途经松花江上游——抚松县地段时，透过车窗见到江面有二十四只中华秋沙鸭还没出发。车子在行驶，几位老师的眼睛一致朝向高速路边的松花江，只可惜，高速路上无法停车，而错过与这些明星鸭的“告别”和问候，只好在心里悄悄地说：“宝贝鸭，南方见哟！”

途经白山区域、通化地段，正午时分驶出吉林省，进入辽宁省。

这一路，高速路似乎被我们包场，一路只见一辆警车开路，中途警车也下了高速，宽宽的高速路只行驶着我们乘坐的面包车。准备在望江门服务区休息时，面包车误驶入岔路，只好重新再上高速，所以午餐只能等到下一个服务区吃。午后一点到达永陵服务区，准备就餐时，餐厅关闭。还好，出发前，我们在超市买来面包和火腿肠，简单的午饭在谈笑风生中解决。

一行人所乘坐的这台车就是春天去建设林场和红石林场拍摄中华秋沙鸭跳巢时乘坐的那辆车，此车车龄十年了，去年曾有人开价一万八千元准备购买。成老师觉得一万八千元再无法买回如此省油的面包车，便没有出手。朴老师之所以选中这台面包车，因为它是柴油车，耗油量低，会节省一部分燃油费用。当行驶至辽宁省时，我才听说这台车的残值，后背飕飕冒出冷汗，脑海中翻飞出一个个负能量的画面。

为了安慰自己，调整思绪，为了中华秋沙鸭冒一切风险也心甘情愿。

车子前行，离吉林省渐行渐远，田野和山川渐渐露出本色，不再是白皑皑的画面。午后两点半车行京哈高速至沈阳外环，车窗外烟雾缭绕，虽然隔着车窗，似乎也闻到了雾霾的味道。途中不知不觉打起瞌睡，酣睡的丑态被朴老师拍摄在案。阴霾中，一辆辆车穿梭而过，三排车道拥挤起来。上午的寂寥全无，车与车擦肩而过，都在向既定的目标前进。

傍晚五点，天色暗淡，准备夜宿葫芦岛，查看导航，还有一百公里的路程。很多货车司机属于夜行者，三排车道灯火辉煌，如同街灯牵手一般在高速上争先闪烁。五点四十五分到达葫芦岛收费站时，行车七百五十五公里。由于没有 ETC，排队八分钟才驶出高速。六点三十分来到宾馆，会员价格每间房一百四十三元。一切安排妥当后，才感到已饥肠辘辘，贪吃的我向服务员打探附近美食，得知这里一处饭店的海鲜饺子很不错，一行人步行七百米前去就餐。餐饮消费很低，出行的第一顿餐食还是蛮丰盛。

坐了一天车，的确很疲倦，洗漱后急忙就寝。

此行第一天我就感到了倦乏，余下的日子该怎样度过？还好，想到就要见到中华秋沙鸭，一切疲惫都被美梦替代。

中华秋沙鸭，成为驱散一切困顿和疲倦的源泉和动力。

黑鹳的悲哀

此行的第一个拍摄点是河北省井陉县。

几位老师从鸟网的联系群里获悉，这里的黑鹳成为留鸟，前来拍摄的人很多，触动了几位老师的兴趣点，他们一致同意在此驻留。我是拍摄局外人，满心满眼都是中华秋沙鸭，但是，少数服从多数，我听从命令便是。

为了见证读万卷书不如行万里路，我一边走一边上网查井陉县的资料。

河北省西部的井陉县，位于冀晋接合部，太行山东麓，北邻平山县，东部和东南部与鹿泉区、元氏县、赞皇县毗邻，西部和西南部同山西省盂县、平定、昔阳三县接壤。井陉县素有“太行八陉之第五陉，天下九塞之第六塞”之称，乃冀通衢要冲，历代兵家必争之地，是冀晋陕三省物资交流集散地，是华北西部军事、经济、文化重镇。楚汉相争中驰名中外的韩信背水之战、抗日战争中著名的百团大战，井陉县都是主战场。“井陉拉花”在中国举办的秧歌大赛中获四项大奖，并荣获国家级最高奖——群星奖金奖，被文化和旅游部命名为“中国民间艺术之乡”。

井陉县历史悠久。在五万年前的旧石器时代，冶河下游的东元村就有古人类生息。四五千年前的新石器时代，境内测鱼、胡家滩、天长镇一带，已有人类原始居民聚居。据对胡家滩、吕家、段庄、马村等地发现的陶器、石器等物考证，这些均为新石器时代文物。这表明最迟在原始社会晚期，井陉境内已有人类聚居。相传，陶唐时区别寰宇，北曰冀州，井陉为冀州。虞舜分冀为幽、并，井陉为并州地。三代时，井陉为冀州地。春秋时属鲜虞国。明朝洪武二年（1369 年），井陉为真定府属县。清朝井陉为直隶省真定府属县。雍正元年（1723 年），因避世宗胤禛讳，改真定为正定。民国元年（1912 年），井陉为直隶省正定府属县。民国二年（1913 年），井陉为直隶省范阳道属县。民国三年（1914 年），改范阳为保定，井陉为保定道属县。

石家庄井陉县孙庄乡洛阳村口的冶河旁，河水平缓清澈，河滩一望无际，这里远离喧闹，成为鸟儿觅食的天堂，久之，被拍客称为“中国北海道”。在冶河的沼泽处，便有一处黑鹳拍摄点儿。黑鹳觅食的这一段冶河，有地下泉水涌入，冬天不结冰，成为许多候鸟的越冬栖息地。这里冬天不冻，四季有水，气候温和，在这里发现的鸟类有四五十种之多，像大天鹅、黑鹳这些珍贵鸟类在这里都是平常客。因此这里聚集着南来北往的拍鸟人，有辽宁的、山东的、山西的、湖北的、北京的、吉林的、黑龙江的……眼下，拍鸟人只为黑鹳这个目标而来。

我不是拍客，一直认为，对自然的热爱可以靠眼睛去捕捉，靠脚步去发现，靠大脑去记录，我不想用相机干扰它们的生活，而我为了见到这些鸟，不得不依靠拍鸟人去追踪它们的足迹。但是，我与黑鹳的相见，没有通过相机，还是通过双眼，更多是用心以及借助望远镜细瞅。我并不是在标榜此举，只是我想成为一个安静的观察者，并不想去干扰黑鹳的宁静。

井陉县与平山县比邻，经鸟网朋友的推荐，傍晚时分抵达平山县入住。

偏巧是周末，前来拍摄黑鹳的摄影者特别多，为了占据有利的拍摄机位，计划早五点准时从宾馆出发。立冬后平山县还是东北深秋的感觉，梧桐树的黄叶还在枝头摇曳，偶有零星的叶子飘落。但是，风儿却出奇地寒凉。

次日，在宾馆门前，我们与全国各地的摄影者一起出发。

这时，平山县街道不见行人，不见车辆，显得格外寂静。路边的商家也关掉了灯，只有那零零星星的街灯闪烁着，这座城市还沉睡在漆黑之中。如果深夜抵达这里，没有导航，很难找到住处的，因为没有标志性的灯光作为引领。

二十分钟车程，到达井陉县与平山县交界的冶河流域冶河特大桥附近。大桥下方步行一公里便是拍摄点，并列两组二十几米长的掩体里坐满拍鸟的人。朴老师及几位老师选好机位，安装妥当，六点天空才微见亮度，人影模糊可见，但是，还看不清远处的河面。冷风中，朦胧中，在异乡水岸等待着，内心有期盼，困难都成了财富。七点钟，远山近水才清晰地进入视线之中。我悄悄跑到掩体前方，用手机拍下长长掩体的正面景象，数数机位数量，共有三十个拍摄口，每个机位收费一百元，这里以自然为盈利点搭成 T 台创收，黑鹳名副其实成了模特。

黑鹳是世界濒危珍禽，体态优美曼妙，体色鲜艳明亮，飞翔轻盈敏捷。黑鹳性格孤僻，机警而胆小，听觉、视觉都很发达，在人离得很远时就会凌空飞起，难以接近。黑鹳也被鸟类研究者称为“最神秘的鸟儿”，具有较高的观赏价值，是国家一级保护动物。目前全世界仅存两千多只，中国约有一千只，其珍稀程度不亚于大熊猫，所以也被称为“鸟中大熊猫”。黑鹳多栖息于河流沿岸、沼泽、山区溪流附近，筑巢于偏僻且人类干扰小的地方，以鱼、虾等为食。

冶河奔流而过，流到太行山脉的红山码头，水流奔涌到这里似乎疲倦了，放慢了脚步，放缓的波涛，形成三十米宽水塘湿地，水塘清澈见底，水草清晰可见，水面还漂着绿藻，平缓的水面丝毫没有受到冷风的干扰。

黑鹳当属候鸟，在这块水域中，它们却成了留鸟。

突然间，我的内心沉重起来，思考起这个与我并不相干的问题。

为什么这里的黑鹳由迁徙鸟成了留鸟?

况且黑鹳是国家一级保护鸟类。是因为人类的干扰，还是候鸟爱上了这里?七点十分，飞来六只黑鹳。黑鹳的鸣叫声已被照相机扫射的声音覆盖了。六只黑鹳似乎是一家，它们在河心岛悠闲地捕鱼。在清晨的昏暗中，我见到了两位护鸟员，正在湿地的周围投放小鱼儿。如此看来，黑鹳在这里觅食并不辛苦，三两步便可以捕捉到小鱼儿。黑鹳胸腹部的羽毛为纯白色，身体上部分为黑色，透着绿色的光。腹部与背部呈现鲜明的对比。暗红的喙似乎与腿的长度不相上下，如细锥体与椭圆的头部相连。黑鹳的腿笔直如高跷，纤细如筷子，却挺起沉重的身体。黑鹳歇息时，笔直地站立，如同在接受检阅。黑鹳散步时显得很笨拙，感觉河塘的淤泥都成了负重，每行一步，似乎都步履蹒跚，拔出一只足似乎带出沉重的金属。飞翔时却很灵动，双翅相互拍打，似乎左翅握右翅，随后舒展开来，时不时伸长脖颈，不停地挥舞羽翅。

摄影者们聚精会神地拍黑鹳，我便与这里的看鸟人聊天。冶河常年不结冰，又因常年有人放鱼，黑鹳的食物充沛，不必为食物发愁的黑鹳自然成为留鸟。黑鹳每年 3 月交尾，在周边的堤坝孵蛋，每年孵蛋五枚，孵蛋二十天小黑鹳才出巢。出巢的小黑鹳天生与水有缘，挪出巢就奔向河流，在河面欢实地跑来跑去，一个月后才会飞翔。但是，雏鸟胆小，不适合拍摄。

八点钟，一股狂风刮来，似乎能有五级，周围枯草焦躁地随风乱舞，又有三位拍鸟人风尘仆仆赶来。黑鹳也怕人，机警地飞走了。这时，我的视线开始转移，但见赤麻鸭从空中飞过，翠鸟和冠鱼狗停泊树梢，红尾伯劳站在枝头眺望，白鹭一排排飞过，苍鹭也在此驻足……

黑鹳不来，拍鸟人便开始吵闹，护鸟人也就是这里的鸟老大，又去河塘放鱼了。食物是永远的诱惑，不论对鸟，还是对人。黑鹳为了食物，纷纷成为镜头中的明星。人为五斗米折腰，黑鹳为了小鱼儿居然违背祖先的习性，放弃了迁徙，心甘情愿留下。

偏巧我们抵达的日子是星期天，拍客多于往日。这些拍鸟人都是外地人，有的坐飞机而来，有的坐高铁而来，有的驾车而来，都有一个共同的目的，为黑鹳而来。拍鸟人还在增加，看鸟人便增加单人帐篷为他们做掩体。中午时分，这里的看鸟人为拍鸟的人提供方便面和热水。看似很人性的一项服务，但都是有偿的，其实想吸引更多的人来拍鸟，好创收。

摄影者拍鸟也不容易，他们是苦行僧，要吃得各种苦，要有足够耐力。同时，不能穿鲜艳的服装，以免颜色刺眼而惊动鸟类，服饰多为灰色或者迷彩，还要穿着雨鞋应对沼泽，头戴遮阳布帽挡住阳光，还要背上可放大七到十倍的望远镜，长焦相机是最基本的装备。只要坐在掩体里，便不准走动，不准站立。因为黑鹳警惕性高，人在动或者人影动，都容易惊扰到它们。

这里是风口，立冬之后，这里阴冷潮湿，一个个拍鸟人煞是辛苦。他们在晨曦前摸到这里，在黑暗中等待，在冷风中期盼。因为机位有限，都想占据最佳的位置，所以只有早来才能抢到先机。等待黑鹳飞来之后，这里顿时静悄悄，"噼啪"按动快门的声音在耳旁炸开。"噼啪"连着"噼啪"，没有中断，像工厂流水线，循环着，浮动着。黑鹳似乎已经习惯这种声音。

黑鹳喜欢吃活鱼，在这里抓鱼很轻松，况且还有看鸟人为它们提供美味的鱼虾。黑鹳把这里当作花园，把这片水域当作舞台，看得出，黑鹳喜欢这里，不用为诗和远方跋涉。这几只黑鹳时不时扇动着翅膀，引颈高歌；时不时三五成群聚在一起，远远望去，似在聊天，又似在散步。

我不是摄影家，更不是拍鸟人，却滥竽充数坐在拍鸟人中间。

保持鸟儿的安宁，保护大自然和动植物，就是保护我们人类自己。对大自然的热爱，就是对人类生命的热爱；对大自然的爱护，就是对人类文明发展的爱护。

我们在风口中静候，脸色被冻得暗紫，也没有拍到满意的作品。有几个人在吵嚷着，埋怨着，他们说，拍鸟人来来往往频繁，干扰了黑鹳停留。而我并不为此而伤感，我的伤感却是鸟儿为了食物而改变天性，还有看鸟人为了私欲而喂养黑鹳，改变了它们的迁徙习性，想想有些可怕，延续几百年甚至上千年的习性，就因为贪恋唾手可得的鱼虾而改变。

想必，这也是黑鹳的悲哀。

无奈中，又因寒冷，我离开了湿地，与成老师去井陉县城闲逛。井陉县城不大，以河为中心，河道两边是建筑物。建筑物并不高，两层居多，三层的看起来就是庞然大物，墙上被涂得五颜六色。我们以县政府为圆心，绕着小镇转行两圈，只为寻找药店。药店少，说明了什么问题呢？要么是这里的人健康状况特别好，不爱生病，要么是这里人对身体的保健意识差，不知道注重自己的健康——这只是我的猜测。

不知是我们没有找到，还是药店真的少，只见到了一家，却没有我们需要的胃药。

从楼宇到居民，从车辆到街道，看着这些楼群热热闹闹，留在记忆中的印象并不深刻。还好途中遇到三家书店，令我感觉到这座城市与文化有着一定的渊源。

逛完井陉县后，掉转车头又去了平山县。平山县规模很大，白天的平山县，还有点都市的味道。之后，行车九十分钟到达了西柏坡。这是中国五大革命圣地之一，新中国从这里走来。由于时间的关系，只逛了一处景点——革命根据地原址，也算打卡。有些景点，或者走过，或者路过，尽量不要错过。

返回冶河湿地拍鸟处，已是午后四点。他们还在继续拍摄。虽然黑鹳来了走，走了来，断断续续，时而热闹，时而冷场，但是，他们都没有失望。

傍晚很快到来，拍鸟人大多被寒冷赶回车子里。

这是“南下”第三天，以寒冷作为收场。

晚饭在平山县宾馆的酒店就餐，喝碗热汤温暖胃，寒冷这才一点点被驱散。

遇黄河湿地

奔波在异地他乡，无法早睡，更不能晚起。为了赶路需要起早出发，我醒来时，尽管周身酸痛，但依然激情澎湃。六点二十分，这里还是漆黑一片，我们已经从平山县高速口离开。

平山县已经零下7℃了，穿着羽绒服丝毫感觉不到温暖。七点半到达石家庄南服务区吃早餐，八点准时启程，顺京港澳高速向洛阳方向前进。

九点到达邢台服务区时，服务区的洗手间居然有温水洗手，如此人性，我感受到他乡的暖意，温水的暖流迅速扩延，瞬间温暖血液。离家在外，这股暖流如同家的温馨，便有种幸福感在拥抱着我，我匆忙用手机拍下了邢台服务区。我想把这份温暖存在手机里，如同留在心中。想必在未来的回忆中，想到流淌的温水，想到这个服务区，心底依然会流淌着满腾腾的暖。

京港澳高速一路顺畅，与年轻人的血液一样，充满活力，充满希望。尤其我此时对中华秋沙鸭满怀惦念，因为爱着中华秋沙鸭的每一个瞬间，前行的每一秒里都充满期待。所以，途中脑海里泛滥的都是幻想。九点半途经邯郸外环，远望邯郸，想来也算到此一游吧，目光所及的地方，也是一种驻足。

从这里离开河北省，随后进入河南省地域。先途经安阳市文峰区，这里又称邺城，环城路边上，高楼林立，安阳的神秘随车流留下问号，留下遗憾。十一点半到达鹤壁服务区，服务区很大，餐食很多，却没有我想品尝的美食。这时，我的目光盯住不远处的牛肉面店，朴老师对我说："想吃啥就吃啥，你想吃牛肉面就去吃吧。"

正合我意，我一溜烟跑入牛肉面店，一碗面二十六元。当我吃饱后，去找寻其他队友时，他们正在一个小摊前吃着十元一碗的拉面。成老师说："十元钱管饱，牛肉面多少钱？"

我低下了头，没有回答，心里不免有些羞愧。

这碗热腾腾的牛肉面温暖了胃腹，也温暖了身体，更鞭打了我的灵魂。虽然汗颜，再度启程，却不再寒冷。

太阳挂在天空，透过车窗，似乎也感觉到了温暖。这时，面包车已经驶出京港澳高速，转入荷宝高速，绕过新乡高速行进。途中一行人说说笑笑，我调侃说："我们此次行动，很有意义，我们是一个团队，我们每一个人都要有一个独一无二的代号！"

话音刚落，车内热闹起来，朴老师说：“我们从长白山来，长白山野生动物最有名，用动物名字做代号吧。”

众人立刻你一言我一语，七嘴八舌，车内沸沸扬扬。片刻之后，连胜老师抢先说：“我的网名叫野马，我就用野马这个代号。朴老师是长白山之鹰，老人家代号山鹰。”

开车的成老师急忙接过话题：“我喜欢狼，我叫独狼。”

三位老师有了代号，居然打开我的思路。我扭过头看看艳燕老师，又瞅瞅晓涛老师，诡秘地笑笑，说道：“艳燕老师代号雨燕，晓涛老师代号棕熊，豪猪代号留给我。”

我还想继续发表心得，朴老师竖起大拇指，说：“好，好，好。”

有了代号，如同有了身份，感觉此行的任务更重了，肩负着使命。我们已经不是单一的个体，而是拧在了一起，走出长白山，代表长白山；走出吉林，代表吉林。此行初衷为了中华秋沙鸭，此时此刻，几人激情高涨！中华秋沙鸭也不是单一的个体，它们是自然的，它们是生态的，我们为了大自然前行，我们为了大生态奔走，想到这里，我们热血沸腾。

途经修武，途经焦作，想起课文中提到焦作有云台山风景区，那是自古以来的军事基地。可惜，只是路过。如同飞机经停，也算来过。午后一点五十分转入济源、洛阳方向。途经八里沟，高速两边部分地段黄土呈现九十度沟壑，历经岁月沧桑，一道道痕迹如同刀刻，脑海中居然想到黄土高坡。穿过秦岭山脉，两点途经黄河。跨越黄河是我梦寐已久的愿望，终于如愿了。只是，车速快，想拍一张清晰的照片纪念第一次“横跨”黄河都无法做到。透过车窗，只能看到桥的栏杆，目光连黄河的水面都没有来得及触碰。午后两点十分进入洛阳服务区，在这拍照打卡，只因这里有一条河叫黄河，算作留念却有些牵强。之后向孟津县（现为孟津区）驶入，两点五十分从洛阳收费站驶出高速。

从长白山出发前夕，朴老师筹备出行计划时，通过自然保护区联盟联系到黄河湿地孟津管理中心的老师，获悉黄河周边也有中华秋沙鸭。三点钟，我们来到黄河湿地孟津管理中心，见到马朝红老师。马老师很热情邀请我们到她的办公室，朴老师与她聊起中华秋沙鸭在长白山的成长过程，朴老师娓娓道来，如同唠家常。言语中的细节让我听出了暖暖的幸福，也是中华秋沙鸭的幸福。同时，朴老师把他出版的《中华秋沙鸭》画册赠送给马老师。

马老师如获至宝地说：“我们这里也有中华秋沙鸭了，但是，我们对它们的很多生活细节真不知道，尤其在长白山孵化的细节对我们来说更是充满诱惑。一直想去看看，暂时没有机会。卢氏县洛河每年 11 月陆续有一百多只中华秋沙鸭来过冬。听说其中一只雄鸭因为翅膀受伤，无法飞翔成了留鸟，夏天就在嵩县伊河边上。听说大别山地质公园和商城县也有三十多只……”

听到这里有一百多只中华秋沙鸭，我登时为这个数字惊叹，内心开始憧憬起中华秋沙鸭在洛河的境况。

午后四点离开黄河湿地孟津管理中心，不能疲惫前行了，朴老师和李老师商议后，决定入住洛阳古都。洛阳，河南省地级市。中华民族最早的历史文献“河图洛书”就出自洛阳，这里有牡丹，这里有龙门石窟，这里有好多诱惑曾让我痴迷过。然而，此行抵达洛阳只是经停，心知肚明无法深度游览，无法赏读名胜古迹。小遗憾在心里徘徊，却没有说出来。

五点入住快捷酒店，已经有了几日住宿积分的积累，我们都成了金牌会员。我们向宾馆服务员打听得知附近有一家洛阳老面馆，那里的饭菜算是洛阳的特色，一行人也算是吃货，便迫不及待前往。六个人，六道菜，每一道菜肴都很美味，清蒸蔬菜、槐花炒鸡蛋、凉拌粉皮、豆腐炒白菜、小碗汤（洛阳水席）……几样洛阳特色菜都是初见，我们美美地饱餐了一顿。

今天行程七百公里，较为轻松，这是南下之旅第五天。

在家时，我滥竽充数是作家，出门了，我居然成了思想家——我有些想家了。

卢氏喜和忧

顺洛卢高速在秦岭山系继续前行。

一方水土养一方人，在家时，并未觉得东北菜好在哪里，出门在外，地方菜系无法满足思乡的胃，满脑子都是家里热腾腾的饺子，还有香喷喷的白肉血肠，还有冒着油的白米饭。幸好出发前，购买了明太鱼干，终于派上了用场，车子前行，咀嚼着鱼干抚慰思乡的心情。

此行，我年龄略小，又是女性，想家程度最为严重。朴老师察言观色，看出我心里的那点秘密。他慢悠悠一条条地撕着鱼干，最后，整条明太鱼仅剩下对开的头部和整个鱼皮。老师又用手指在鱼眼睛处扩延，成了一个鱼皮面具，朴老师为了逗大家开心，居然把面具扣在自己的脸上。那一刻，我懂得老先生的良苦用心。

笑声溢满车厢，乡愁暂时被笑声覆盖。高速路两旁有山，似乎是黄土堆砌成的山。一路山连着山，山与山之间是沟壑，沟壑里有道路，也有人家，偶见半山上有窑洞，车速快，无法拍到全景，也无法获悉里面是否有人居住。这里的山是秃山，新栽的树木棵棵可见，这里土地极少。车辆高速跨越豫西大峡谷，似乎是在半空中行驶。山与山几乎平行而立，一座座山峰摽着劲儿挺立着。面包车已经在这条高速公路上行驶很久了，却不见来往车辆通过，我们乘坐的面包车成了这条高速路上罕见的风景。

车行至海拔一千米时，远见秦岭山坡薄薄铺着白雪。随着车子前行，逐渐看得清晰，这里刚刚或是近期飘过小雪，难怪温度如此低。车子随后驶向了高速豫西大峡谷收费站。途经村庄，村庄没有生机，眼前的一切告诉我，这里并不富裕。卢氏县是红军第二十五军长征经过的地方，如今老区人民生活条件依然很艰苦。村庄路边柿子树挂满柿子，如一个个橘色的小灯笼，给萧瑟的村庄增添一抹儿亮色。驶出王家河隧道后，便是盘山道，下坡前行，刚才所见的落雪也在眼前消失，随着海拔降低，温度也随之提高了，渐渐行到谷底，绿色在眼中丰盈起来。

午后两点到达卢氏县。

卢氏县，隶属河南省三门峡市。卢氏县历史悠久，始建于西汉元鼎四年（公元前 113 年），两千一百多年来县名未改。卢氏县气候宜人，四季鲜明，地处亚热带与暖温带的过渡带，具有大陆性季风气候的特点。卢氏县先后出土了卢氏跗猴、洛河中兽、卢氏恐龙、卢氏智人等一大批古生物化石，是全国唯一有化石实物可考的“龙猿相揖别”之地；有新石器时代文化遗址、商代文化遗址等一大批遗迹遗址，是河洛文化的重要发祥地之一；1934 年，红二十五军曾转战于此，是鄂豫陕革命根据地的核心区域，是河南省十三个革命老区县之一。卢氏县是三门峡辖区，是中原腹地、秦岭余脉，有三十六万人口，卢氏县境内河流分属黄河、长江两大水系。

车子左转右绕，找遍几条街不见营业的餐馆，总算找到一家米线店，可是只剩下四碗，六个人如何分享呢？晓涛老师提议买方便面，他和连胜老师两人打算吃方便面。结账时，四人的餐费二十六元，与前几日中午二十六元一碗的牛肉面比较，价格简直是天壤之别。

离开米线店去拜访李老师，李老师也是爱鸟志愿者，平日拿着相机记录候鸟行踪，李老师与马朝红老师是好朋友，因为她们有着共同的爱好。在她的陪同下，一行人去洛河下游寻找中华秋沙鸭。这里唤中华秋沙鸭为“中秋”。

途中，李老师给我们讲了一个“中秋”的故事。

2018 年，洛河村民在沙河边游玩时，突然发现一只大鸟，在水边已经不能正常飞行。村民不知道鸟儿从哪里来，也不知道要飞到何处，大鸟外形十分奇特，以前并没见过，大鸟暂时不能飞，村民担心被不法之徒捉走，就把这只大鸟带回家，喂了一些小鱼和小虾。村民们纷纷到他家瞧稀罕。这只大鸟长约五十厘米，红色的喙长而窄，嘴形前端略尖，其尖端带钩，头和颈呈棕褐色，上背褐色，下体白色，肩和下体两侧有鳞状斑。村民们平时也有保护野生动物的意识，纷纷提议去报警，找专业人士看看。拨通当地森林公安局的报警电话后，互加微信。对方看到该鸟的视频和图片，立即派出民警赶到现场，与此同时，联系上市野生动物救护中心的专家。民警和野生动物救助专业人员来到村民家，仔细观察，该鸟没有明显的外伤，精神尚可，只是活动能力弱，无法正常飞行。经鉴定，确认该鸟是中华秋沙鸭雌鸟。野生动物救护中心的专家说："这只中华秋沙鸭没有外伤，也许是飞行累了，飞落在沙河边歇歇脚。"为了精心保护好中华秋沙鸭，野生动物救护中心将其带回，"好吃好喝好招待"数日，发现这只中华秋沙鸭已经恢复体力，精神状态良好，随后将其成功放飞。

洛河，是一条自然河道，是黄河的重要支流，东西走向，向东边洛阳流去，河道宽三百米左右。这条河也是卢氏县和洛阳市的水源地。以前河水丰沛时，河岸树林茂密，苍鹭、斑嘴鸭、翘鼻麻鸭、黑鹳、白鹭、赤麻鸭、绿头鸭、小䴙䴘、中华秋沙鸭、普通秋沙鸭等候鸟都在这里栖息，这里简直就是一处水鸟的天堂。

顺着洛河岸边的土路前行，车子在颠簸，继续往下游寻去，频频发现采挖砂子的车辆，河道因此遭受严重的破坏，洛河途经卢氏县这段河流的水域已经干枯，裸露出黄沙，听不到潺潺的水流声；河道两边堆积着民用垃圾，散发着难闻的气味。此情此景，令我愁肠百转，只是不经意间一瞥，一种无法言说的痛在心口徘徊。不知不觉，我泪眼模糊。

这就是中华秋沙鸭洛河的家吗?

中华秋沙鸭在长白山受到了格外关照。虽然并非溺爱，但是，保护者和志愿者都在积极消除影响它们生存的不利因素，尽其所能为它们提供适合生存的环境。

车子还在前行，我们的目光也在不停地寻找。

李老师有些无奈地说:“早些年，每年仅是中华秋沙鸭就有上百只呢。现在河道破坏严重，中华秋沙鸭虽然选择在这里过冬，但数量明显减少，去年只有五六十只在这里。”

车子行至东明镇火炎村时，远望中，两只雄鸭和一只雌鸭在河中的礁石上休息，由于车子行驶的噪音影响到它们，这三只“中秋”扭身飞走了。我的目光跟随面包车前行，又看见三对儿中华秋沙鸭，河岸两边没有树木作为掩体，面包车依然是干扰，它们也飞走了。尽管中华秋沙鸭们对我们不理不睬，可是，我们踏查的脚步并没有停止，来到张麻村。这段河域水面略宽，河中不均匀地分布着礁石，与刚刚途经的河段对比，这里的环境尚可，河流中心有一处浅滩，错落生有几处灌木种群。晓涛老师观察中华秋沙鸭多年，已对中华秋沙鸭习性了如指掌，他望见水流中裸露的礁石上，残存着白色的粪便，便断定中华秋沙鸭就在这附近。大家急忙下车，连胜老师启动无人机高空拍摄，而我也举起望远镜，看到不远处有十三只“中秋”在水中觅食，毫无疑问，这里是“中秋”的旅居地之一。

为了寻找更多的“亲人”，晓涛老师开车前行去下游踏查。剩下的几人就留在张麻村，围着李老师问东问西。李老师说：“卢氏县关注鸟类生态的人并不多，政府重视程度也亟待提高……”

中华秋沙鸭是生态试纸，来到卢氏县过冬，是对这里生态环境的免检，仅这一点便可证明这里生态资源好，这该是卢氏县的骄傲。同时，李老师提倡爱鸟以观鸟为主，拍鸟只为获取资料。她的倡导很契合此行摄影人的理念，与气场相同和理念一致的人交谈，总是愉悦心情。尽管此处的人文环境并不理想，但是，这里有懂中华秋沙鸭的人，也是它们的幸运。

我们在等待着，等待着晓涛老师回来，时光缓慢，仅仅半小时，却感觉如此漫长。晓涛老师回来后，方知他又看见七只中华秋沙鸭。

此行大家心情略显沉重，但是，见到中华秋沙鸭后却极其兴奋。同时，目睹被破坏的生态环境，又是如此为中华秋沙鸭担忧。天色渐渐黯淡，一行人都拧紧眉毛，心事重重地回到宾馆休息。

次日，在离开卢氏县城前，又顺着洛河边二〇九国道向西逆流而上，还想寻找中华秋沙鸭的倩影。很遗憾，却只频频见到挖砂的车辆，肆无忌惮地采挖。本是一条水流充沛的河流，就这样断断续续干枯。车子在行进，晓涛老师坐在副驾驶位，通过望远镜眺望河水，他如一位运筹帷幄的将军，目不转睛地关注着河道，表情凝重，猜测他的心情也是悲伤的。我们万般无奈，看到被破坏的河道，想到“中秋”如同远嫁的女儿，居然在婆家过着如此忐忑不安的生活，那份痛，在心尖上，说不出，又散不尽。如果这些“中秋”能如女儿一样可以牵手，我想，我会领着它们回家，回到长白山下的家。

来到横涧乡下柳村淹鸠河边的水电站坝上，二〇九国道拐弯处，远远望见九只“中秋”，其中两只雄鸭，七只雌鸭。看见鸭子就是无声的信号，把车停在安全的地方后，几位摄影师居然在毫无铺垫的情况下，全都趴在公路边上，按动相机记下这个画面。路边有灰土，路边有碎石，路边还有晨露，这一趴，让我惊呆了，一份对职业的敬畏，一份追求中的忘我，一份对中华秋沙鸭的挚爱，淋漓尽致体现在眼前这五位摄影师身上。这时，我虽然站着，却感到自己如此渺小。我有爱，只是我的爱没有他们那般炽热；我也有情，只是我的情没有他们这般深刻。我感到惭愧，默默感谢面前的九只野鸭，是它们让我体会到不一样的感受。

随后，继续前行。车子驶到潘河乡梅家村山路拐弯处，这是两座山间的河道边上的公路。看见一只雄性中华秋沙鸭和两只普通秋沙鸭。由于山路无法停车太久，只好继续前行。与此同时，在〇二二县道双龙湾镇龙驹村道路拐弯处的河岸边，发现了很多普通秋沙鸭、白鹭等野生鸟类。

一路前行，几人的目光都锁定在河面，寻找中华秋沙鸭如同在寻宝，又如同在山林中探险。前面的路况未知，为了顺着河道前行，在徐家湾乡丰太村走错方向，车子拐到悬崖处，这里风景绝美，几座山相连，俯视谷底，山在水中挺立，水面安静，应该有“中秋”生活，只怪我们对当地的地理环境不熟悉，无法靠近水面，纵有期许也无能为力。

已经无路可走，只能返回。有手机地图软件来导航，可以继续前行。

中华秋沙鸭离开长白山，离开松花江，要飞过几个省，要跨越许多山川河流，才能来到卢氏县栖息过冬，如此辛苦，如此不易。然而，面对眼前斑驳凌乱的河道，内心隐隐为它们担忧，担心河水干枯，担心食物短缺，最担忧它们如何过冬。

可是，我们只是志愿者，在这里我们又是外乡人。无奈之下，把牵挂变成祈祷，祈愿这里的“亲人”顺利地度过冬天。

隧道群前行

每天马不停蹄，是我们南下的状态。可是，中华秋沙鸭却比我们早些抵达南方。四轮汽车居然败给了野鸭的一双翅膀，与“鸟道”比起来，公路在我的心里也变得逊色了。

从卢氏县出发，来往车辆并不多，行驶在高速上的面包车显得孤单。一条条隧道如同一块块积木，连接这条通往湖北省的高速。

中午时分我们已踏上湖北省地界，进入郧阳地域，沿呼北高速进发，途经丹江口，穿过隧道群后连续下坡，眼前的山峰变得平缓，山峦成了背影，极目远望，有了通透的感觉，似乎来到了平原地带。但是，这种感觉极其短暂。午后一点二十分到达郧阳服务区，郧阳服务区后面便是汉江。

汉江是长江的支流，在历史上占据重要地位，与长江、淮河、黄河并列，合称“江淮河汉”。我曾在地理书中读到汉江，如今汉江就在眼前，出于好奇，也带着解密的心情在江边驻足，远望浩渺的江面，各种水鸟巡弋，这里却没有见到“亲人”。带着遗憾再度启程，途经汉江特大桥后，又驶入连绵的山区，继续通过隧道群，穿过万家洼隧道后到达十堰市茅箭区韩家沟时，下起罕见的暴雨。

车速放慢，途经武当山风景区、太极湖风景区，午后两点准时到达武当山服务区，这时，我们都已饥肠辘辘，决定在这里解决午餐。

一路汽车奔驰中感到异常孤独，抵达这里，才见到南来北往的车辆，刚刚奔跑的这段行程，似乎有种从荒无人烟山区奔赴繁华城市的感觉。

午饭后继续前行，途经丹江口水库特大桥。这段路程中，隧道和特大桥是重点的标识，本想一一记录下来，却多得不知从何记起。面包车连续拐过几道弯路后，山峰不再险峻，行程不再寂寞，路边的村庄似乎也多出了色彩，别致的二层或三层小楼从眼前飞过。随后，又是应接不暇的隧道群和特大桥交错着，能够见到山峰又是一番喜悦，一路的山险峻奇美，山峰飘在云雾中，虽然海拔只有六百五十米，山巅却铺满落雪。

面包车在隧道群中穿梭，隧道多得一眨眼又到了下一个隧道，我错过了很多隧道的名字，只因双眼忙着欣赏风景，未能记下隧道的名字和细数隧道的数量。傍晚五点才到店垭服务区。

这里依然群山环绕，每一座山都如一个猛兽，山峰如猛兽的脊梁在一点点地蔓延，看出筋骨，看出力道，看出强度。无形中，一种力量在周围延展，如一朵花接着一朵花绽开。而我似乎也被这股力量感染，感觉神经在伸长，向着天空延伸，似乎要触碰山巅，似乎要抓住云朵。不知不觉，这些山峦安抚我焦灼的心情。

群山中的夜色总是来得很早，隧道、山峰都在夜色中变得模糊，六点才驶入沪蓉高速。这时，天色彻底一片漆黑，车子如夜行的动物沿着高速前行。就这样，在隧道群与群山中穿行八百公里后，从伍家岗收费站驶出，来到宜昌市，抵达酒店已经深夜。

思念和牵挂在心间，为了见到中华秋沙鸭，车在行驶中，心在飞翔中。尽管面包车在不停歇地前行，内心的焦急却仿佛拉长了道路。

一路向南，心中有期盼，有想念，这些都是中华秋沙鸭“惹的祸”。因为心中焦急，总感觉面包车行驶缓慢，真想插上一双翅膀与中华秋沙鸭一同飞翔。

荆州爱鸟会

因为有期待，每一天都是崭新的。出发时的心情依然很急切，八点半准时出发。宜昌小雨霏霏，此时吉林应是雪花飘飘。北方的雪，江南的雨，飘飘洒洒凝结成寻亲的记忆，问天问地再问问自己，何时才能让我见到“亲人”。北方的雪，南方的雨，纷飞串起思念的泪滴，想念“中秋”的每个朝夕，时刻都把它们放在心底。冬季我在江南看见了雨，穿过江南绵绵细雨，我想托雨滴捎去我的信息，告诉“中秋”不要忘记春天的归期。

冷雨中面包车继续前行，灰白建筑在烟雨中若隐若现，面包车酷似一叶小舟，我们犹如在画中游。九点四十分驶入荆州高速，十点二十分到达荆州城。

荆州，古称江陵，位于湖北省中南部，长江中游两岸，江汉平原腹地。它是湖北省地级市，是春秋战国时楚国都城所在地，是国务院公布的首批二十四座中国历史文化名城之一，是中国优秀旅游城市、国家园林城市、长江中游重要的港口城市、中南地区重要的工业基地和轻纺织基地，素有“长江经济带钢腰”之称。三国时期，荆州为群雄逐鹿之地，境内三国文化遗存遍布。全市有大小河流近百条，均属长江水系，主要有长江干流及其支流松滋河、虎渡河、藕池河、调弦河等。

古都荆州城建筑和规划别致，只因见鸭心切，面包车途经古城外，大家都略去在此逗留的念头。冷雨一路相随，正午时分，见到荆州市观鸟协会会长刘华农女士，她很隆重地宴请了我们。交谈可以联络感情，更能答疑解惑。刘会长也谈起她与中华秋沙鸭的缘分。

2014 年和 2015 年，在全国同步调查中华秋沙鸭信息过程中，有些省份水域中人们见到中华秋沙鸭，数量虽然不多，但是，见到便有惊喜。那时，刘会长抱着试试看的想法也投入调查中。随后，她把松滋洈水国家湿地公园列入调查范围。全国同步调查的时间接近尾声，冬雨潇潇，天气特别寒冷，调查人员对洈水湿地公园失去信心，同时，定好的车辆也失约了。没有前往的车辆，洈水国家湿地公园离荆州城的距离无法靠脚步丈量。怎么办？无论多难，哪怕是坐公交，也要完成任务，刘会长把苦衷告诉了女儿女婿，两个孩子非常支持她，主动提出开车随观鸟协会同行。

他们来到洈水国家湿地公园，坐船在水面寻找，船只驶出没多久，水面便有两只野鸭出现在他们的视线里。这时，同行老师惊呼：“中秋！”刘会长赶紧拿起望远镜，红色的长喙，蓬松的冠羽，两胁的云纹，以及飞行时翅膀上有两道黑杠，这是中华秋沙鸭的主要辨识特点，这正是他们要寻找的中华秋沙鸭。

这一幕的出现，对于他们来说堪称奇迹。

同行的会员们激动得双手都在颤抖，尽管寒风刺骨，却都不觉得寒冷。

本以为只是试试看，却意想不到收获惊喜。调查不但没停止，反而更加深入。2016 年鸟类调查中，荆州观鸟协会一行五人会同松滋林业和草原局、洈水国家湿地公园的三位领导，见到了七十七只中华秋沙鸭，场面十分壮观，在全国同类生态环境中都十分罕见。随后，观鸟爱好者送给中华秋沙鸭“带辫子的红嘴鸭”和“黑头发飘起来”两个昵称。

自从中华秋沙鸭出现在洈水国家湿地公园，刘会长所在的观鸟协会一直密切关注。之后，积极呼吁社会各界，提高保护意识，在洈水国家湿地公园管理处的支持下，这里建立了“中华秋沙鸭洈水监测保护站”。

关注中华秋沙鸭后，鸭子的欢喜，鸭子的忧伤，刘会长似乎都能感知。

2017 年 1 月，这里见到一百八十多只中华秋沙鸭。

2018 年冬季，这里开发了皮划艇训练场地，因此干扰了中华秋沙鸭栖息，只有五十多只中华秋沙鸭在这里过冬。

在中华秋沙鸭越冬区域，鄂旅投滗水公司竟然建立皮划艇竞技赛道，赛道五千米长，供五十个皮划艇训练，这条赛道贯穿中华秋沙鸭越冬的整个区域。城市发展，体育训练，这里都是不可多得的好地方。可是，却干扰了中华秋沙鸭的生存。

不能这样做！刘会长心急如焚。

2018 年的最后一天，刘会长拟定了一份书面报告，连夜赶往松滋市人民政府，敲开保安值守的大门，向值班干部说明原因，拿出停止滗水水库进行的皮划艇竞技项目的书面报告。

这一刻，刘会长竭尽全力为中华秋沙鸭争取属于它们的家园。

十分幸运，松滋市领导并没有把“鸭子”的事当作小事。为了皮划艇赛道一事，松滋市领导次日就派专家实地考察，下午就全部拆除赛道。与此同时在这里召开一场别有深意的现场会，会议主题就是中华秋沙鸭。

松滋市领导重申，留住中华秋沙鸭，等于守护绿水青山，因为有了中华秋沙鸭的栖息，滗水国家湿地公园将成为不可复制的生态湿地公园。松滋市政府唯恐强调力度不够，并发文通报，每年的 10 月底到次年的 4 月中旬，禁止在中华秋沙鸭越冬保护区的一切垂钓及游船观光活动。

这样皆大欢喜的结局也出乎刘会长的意料。

刘会长感慨地说:“领导的格局和视野决定一个城市的发展。中华秋沙鸭是吉祥鸟，它的到来，是这个城市的幸运。这件事的处理结果皆大欢喜，感谢我们有个好领导。”

好消息长了翅膀，全国各地鸟友击掌相庆，赞松滋市领导，更赞荆州市观鸟协会，刘华农的名字一时间在互联网上也上了热搜。同时，中华秋沙鸭在南方旅居的这个家也被世人知晓。

其实，荆州市观鸟协会是非政府生态保护组织，但在保护珍稀物种上，一直受到社会支持和认可。松滋市对待生态环境的态度，倍增生态志愿者的保护信心。同时，这些“水中精灵”青睐洈水国家湿地公园，对于松滋“生态立市”的战略也是一次成功的检阅。

这是喜讯，这是荣耀，珍稀水鸟旅居，这是对生态保护最好的答卷。

2018 年，荆州市观鸟协会在湖心岛举办中华秋沙鸭宣传巡展，这是生态科普，有利于市民和游客更好地了解中华秋沙鸭。

借此东风，刘华农老师呼吁:要从观鸟、拍鸟到了解鸟的生活习性，关注它们生存状态、栖息环境，每一个人都要经历从简单的爱好向社会责任的转变过程，把个人爱好同社会责任结合在一起，杜绝追拍和摆拍，不能因为拍摄而干扰鸟类。

荆州有观鸟协会，是中华秋沙鸭的幸运，也是栖息在这里的所有鸟类的幸运。观鸟协会如同鸟类的家长，也是鸟类的朋友。长白山的孩子中华秋沙鸭在荆州沧水过冬，我们少了担忧，多了欣慰。

爱鸟的最高境界是关心鸟儿生存中的每一个细节，避免伤害，杜绝捕杀。善待它们，用心珍惜！守望它们，永恒相伴！

浓情暖人心

离开荆州市，途经荆州长江大桥，跨过长江。

跨越长江是我多年的梦想，徒步走过长江大桥更是梦寐以求的事。眼前就是长江大桥，只不过不是儿时课本中那座武汉长江大桥。如今，跨越长江之上的大桥有近百座，每一座桥都有其各自的故事，都能激发有梦想的人浮想联翩。眼前荆州长江大桥，位于长江水道之上，跨越长江，接合二〇七国道，北起荆州互通，上跨长江水道，南至荆州北互通，这是中国湖北省荆州市境内连接沙市区与公安县的过江通道，也是交通的咽喉。这座大桥全长八千八百六十米，主桥全长四千一百七十八米，2002 年 10 月通车运营。

车行江南，山不稀奇，水不陌生，桥更是随处可见。但是，荆州的长江大桥却是我人生首次跨越长江的通道。虽不能用双足去体验，双眼却牢牢抓住每一处风景。远处江面烟波浩渺，近处桥梁宏伟别致。仅是一座桥，却圆了我多年的愿望。

通过一座座桥，其中有松西河特大桥，午后四点抵达松滋市林草局，野保科的张进军和刘刚已经等候多时了。随后，与他们同行到达洈水国家湿地公园时，太阳早已落山，尽管见中华秋沙鸭的心情迫切，因天黑也只能先安营扎寨。为了在最佳的时间见到中华秋沙鸭，当夜入住水域边上的民宿。民宿冷冷清清，客房没有暖意。眼下不是旅游季节，民宿只有我们几位入住。这一夜，因为阴冷，我只能穿着羽绒服入眠，一夜很狼狈，被反复冻醒多次，全身蜷缩着，熬着夜色，等着天明。晨起后，急忙用热水烫脚，似乎这样可带来一丝温暖。

这一夜，真真切切感受到江南夜晚的湿冷。因为内心的期盼如一团火，冷只是背景，其中艰苦在期盼中略带一丝甜，酷似思念的甘甜。

晨起飘雨，出发时，依然飘着小雨。这样的天气，通常很难见到中华秋沙鸭。但是，内心不甘，千里迢迢而来，不能因为雨而逃避。在张进军和刘刚的陪同下，顶着冬雨从灵鹫寺划船在洈水水面寻找中华秋沙鸭。

洈水国家湿地公园，在松滋市南部，以洈水水库为主体，洈水水库在1958年开始建造，由上万人人工建造。十二年工期，1970年建成。库区面积大，是人工淡水湖，湖水浩渺碧澄，还是荆州地区百姓饮用水水源。洈水水库库容近六亿立方米。

这里鳜鱼丰富，鳜鱼是中华秋沙鸭的美食。这里有野生动物种类二百六十三种，是中华秋沙鸭在我国为数不多的栖息地之一。

淯水国家湿地公园水域呈血管脉络网，五百多座小岛在水域中错落，岛中有湖的景观，湖光山色尽显其中，山得水而活，水得山而媚，似有千岛湖的意境。有些岛屿的树干上，安装了三百六十度无死角摄像头。我们一路探查，一路记录，居然发现了三十多个摄像头。淯水国家湿地公园对生态保护的良苦用心令我们惊讶，更觉欣慰。

刘刚说：“淯水国家湿地公园住着尊贵的客人，这是荆州的自豪。最近准备增设到六十个摄像头，这样就可以实时监控观察，工作人员不用亲临现场便知道水面野生水鸟的数量和动态。这样，可避免对中华秋沙鸭和其他水鸟的干扰。”

此时，淯水国家湿地公园温度为0℃。调查小团队都穿着棉衣或羽绒服，尽管全副武装，也没有一丝暖意，每一个人都冻得瑟瑟发抖，脸色青白。此时此刻的温度，接近长白山春天的温度，就是中华秋沙鸭回家时的温度。

揣着憧憬的小船在颠簸中行驶，刘刚打开手机视频，通过视频监控发现附近有三十八只中华秋沙鸭。由于我注意力过于投入到视频中的画面，忽略了船只的颠簸，一股浪花飞溅而起，顿时，我的衣服都被浪花打湿。我只好蜷在小船的边缘，不计较衣服的潮湿，不想天气的寒冷，目不转睛，哆哆嗦嗦，全神贯注在水面寻找“亲人”。

小船行到周家湾、严家湾、谭家湾时都见到了朝思暮想的中华秋沙鸭，同时还见到了鸬鹚、白鹭、普通秋沙鸭、鸳鸯等许多野生鸟类。刘刚说：“通过监控发现这片水域有四十多种野生鸟类。”

水面静谧，飘着一层薄雾，淅沥的冬雨很识时务地退去。远山渐渐清晰，山与树的倒影也在水面上浮动。一幅人水和谐的生态画卷静静地在眼前铺展。透过望远镜，有些中华秋沙鸭在岸边休息，有些在水中捕鱼，它们在这个与世无争的河段度过快乐的冬天。一行人都在颠簸中，我的手也因寒冷而颤抖，只因温度低，还伴随淅沥的小雨，只好停止寻亲。

沿途小岛上，随处可见架起的标志牌，写着“中华秋沙鸭越冬之地，严禁捕鱼打扰”。烟雨朦胧中，蓝底白字，格外清晰，格外醒目。我有些激动，似离家的亲人来到异乡被奉为上宾，真想对着水面呐喊：“感谢洈水！感谢松滋！”

然而，这只是我内心的感动和躁动，不能高喊，别惊扰中华秋沙鸭的安宁。

我们带着对中华秋沙鸭的惦记和敬畏而来，当看到中华秋沙鸭在这里栖息的家，内心涌动满满的温暖。松滋市对中华秋沙鸭的重视，让爱着它们的志愿者都由衷地敬佩和感激。这里护鸟协会的人还为中华秋沙鸭谱写了一曲童谣：“鸭宝宝，宝宝鸭，中华秋沙鸭，行万里，飞天下，沧水是我家。鸭宝宝，宝宝鸭，中华秋沙鸭，行万里，飞天下，哪里是我家……沧水是我家。”

一首歌一片情，在孩子们心中播种下保护中华秋沙鸭的种子。

中华秋沙鸭是长白山的孩子，它们一路飞到沧水栖息越冬，沧水有爱，野保有情，中华秋沙鸭栖息在这里深意悠长。这是中华秋沙鸭对这片水域的认可，对这个家园的挚爱。此情此景于心，踌躇间的惦念也随之释然。

默默祝福中华秋沙鸭在这里快乐生活，平安度过冬天。

中华秋沙鸭生活在沧水如此惬意，长白山的亲人们可放心离开。可是，将要启程之时，还是满心不舍，只好把思念藏在心底。车子已经启程，带着留恋而启程，继续前行去拜访中华秋沙鸭的另一个家园。

忐忑中前行

最美的风景，总是在远方；迷人的期许，总是在路上。其间，有距离，更多的是执着。每一个脚步都如同与时光有了约定，为了这份约定，匆匆跋涉，不惜征程万里，踏遍河山，直至抵达梦中的那片天涯。离开了家，离开了故乡，所有的去处都是天涯。不知不觉离家多日了。大多时间在车里颠簸，在家时工作忙碌，生活规律，他乡似乎都很遥远，车子行进中，感觉自己就在漂泊。

告别湖北省松滋市洈水国家湿地公园，还要继续漂泊，夜以继日地漂泊。

下一个目的地是湖南省屋脊——壶瓶山国家级自然保护区。

湖北省与湖南省是由数不清的隧道群相连。踏上湖南省地域后，通往壶瓶山的道路九曲十八弯，面包车行驶在半山腰，车速慢如蜗牛，司机驾驶时十分谨慎，注意力格外集中。在长白山长大的驾驶员，也曾驾车行驶过盘山路，但是，那都是早些年的经历了。此行道路狭窄陡峭，当面包车驶入湖南省常德市地域时，与壶瓶山渐近了，却是路绕山，山抱路，山路越发险峻，道路也坑洼不平，车身不仅左右颠簸，感觉上下都在抖动。

随着颠簸，我头晕目眩。同时，对于行车安全心里十分忐忑。此时，惶恐在膨胀，担忧在疯长，这一切不安，助长了我思家的心情。想想年迈的父母，想想下岗的爱人，想想没有成家的孩子，他们都是我生命中的挚爱，不能失去他们，必须安全完成此次追踪的行程。明知险峻，却佯装轻松；明显眩晕，却谈笑风生。那一刻，我懂得了伪装，只为缓解同行伙伴们的担忧，也在稀释自己内心的不安。

壶瓶山国家级自然保护区在湖南省常德市石门县境内，隶属于武陵山脉，地标起伏大，峡谷诸多。四周较高，中间略凹，若看上面，酷似一个碗，但往下看，就会发现那是一个瓶子的形状，因此得名壶瓶山。壶瓶山内群峰跌宕起伏，层峦叠嶂，高低错落。东是洞庭湖，西为张家界，南有桃花源，北边是三峡，四大景区围绕在壶瓶山的四周。它在北纬30°的湘鄂边界上，原生态的风景，面积十五平方公里，原始森林面积达到四万亩，植物种类多达八百三十多种，许多都是重点保护的珍稀树种，被专家称为“绿色宝库”。此山平均海拔两千米左右，主峰高达两千零九十八点七米，有“湖南屋脊”之称，位列湖南省第二高峰，是科学考察和生态旅游的绝佳去处，但是这座山海拔最低处却只有二百二十米，位于石家河内。海拔最高处和最低处的相对高度差达到一千八百七十八点七米，这是罕见的高度差了，这是一片广袤而洁净的原始处女地，这里有许多国家保护级的珍稀动物，如华南虎、金钱豹、娃娃鱼等。壶瓶山上珍稀罕见物种之多，引起世界各地生物专家和探索者关注。被国内外专家、学者誉为“植物王国”“天然动物园”“地质环境演变的教科书”。

这座山水质好，食物丰沛，中华秋沙鸭喜欢在这里过冬。自2008年石门县野保部门首次进行全国中华秋沙鸭越冬同步调查以来，每年在这里过冬的中华秋沙鸭数量都不少。

自长白山一路南行，每段地域各有不同。从葫芦岛到平山，道路两侧树叶飘零，与东北没有太多区别。从平山到洛阳，渐渐看到绿色，偶见黄土平原，刷新视觉，填补了脑海中欠缺的风景。从洛阳到卢氏，在秦岭山脉行驶，秃山以高以险为主，山里长大的我，都不敢再言说自己是山里娃。从卢氏到宜昌，高山连高山，似乎山与山孪生，在隧道群中穿行，体验到山连山、手拉手的感觉。从宜昌到荆州，有山有水，没有特殊记忆，视觉已经疲劳，渐渐地适应。从松滋到石门，跨省又跨市，道路极其狭窄，山峰奇高，云雾缭绕，路边茶园错落分布，能见度极低，再一次刷新了视觉。

途经所街乡红复村，有一处破旧的房子，木板建造，房后奇石，房前几棵橘子树，静谧中简直就是一幅画。因为好奇，车子再次停下来，与房子主人交谈。主人是一位七十八岁的老汉，老人家在这座房子出生，老伴去世，儿女在外打工，这座房子只有老人家自己居住。房子用木板做成，四面漏风，真不知破旧的木屋中，老人家如何度过冬天。我们从长白山出发前，“野马”老师查看地图后，猜测我们会途经老区。在“双十一”的日子，他购买了二十件羊毛衫，他说：“我们一路能遇见老乡，送给他们，这是我们的心意，我们不仅看鸭子，也要送温暖。”

朴老师见到老人家穿得单薄，“野马”老师准备的羊毛衫终于派上用场，送给老人家取暖。老人很开心，激动地握着朴老师的手连连感谢。

傍晚五点途经黄虎港峡谷，这是进入壶瓶山的必经之地，这样重要的地点，必须停车拍照打卡。这里有一座人工建造的环形小岛，花草树木却是天然而成，有陡峭的山峰衬托，水清见底，山高险峻，似乎是人间仙境。

仅仅是停驻片刻，我却有些不愿离去。

舟车劳顿，傍晚抵达壶瓶山国家级自然保护区。小镇并不繁华，清冽的空气让人呼吸畅快，心情愉悦。站在高处眺望小镇，百姓人家在群山错落中，看似没有规律，却如洗过一般洁净。

壶瓶山国家级自然保护区管理局获悉我们到来的消息，派科研人员余汪根前来迎接。之后，陪着我们来到壶瓶山国家级自然保护区办公大楼，保护区廖庆义局长接待了我们。廖局长介绍：“去年这里有九十六只中华秋沙鸭。其中一只雄鸭没有迁徙，常年留在这里。最近又有中华秋沙鸭飞到这里了……”

听到这个消息，大家都很兴奋，满怀期盼中，盼望天明。

秀美壶瓶山

几日来，在湿冷的夜晚我们几乎都是和衣而睡，寒冷裹挟全身，甚至浸入血液。

到达壶瓶山后，我们狠下心来寻一家高档次的宾馆入住。宾馆还算暖和，虽然空调不起作用，但是，软软的鸭绒被能抵御严寒。早七点半的早餐有鸡蛋、米粥、包子，感觉到东北家的味道。

八点二十分外边还飘着细雨，十分影响出发的心情，但是，必须出发。

余汪根全程陪同我们，车子顺着江坪河上游缓缓前行。一行人都在寻找中华秋沙鸭留下的蛛丝马迹。河畔在烟雾缭绕中变得细长，山峰似乎飘在雾中，树林在雨中若隐若现，这样的天气中，似乎云与雾手牵手在山峦间散步。车子走走停停，根据村屯的远近，根据礁石上的粪便，我们不错过一点儿可探寻的信息。在老山岩处发现五只中华秋沙鸭，三只雄鸭，两只雌鸭。这时，雨也停歇了，一行人停车顺小路去河边踏查。道路的侧面青山屹立，薄薄烟雾笼罩山峰，河水清澈见底，河面似乎铺着绿色的玻璃，通透又充满神秘。中华秋沙鸭宛若仙女在烟雾中飞翔。当一行人悄悄走到河边时，中华秋沙鸭警觉地飞走了。

中华秋沙鸭的栖息地与村庄若即若离，它们不远离人群，喜欢水势平稳的河面，还要选择葱茏的树木做隐蔽，这就是中华秋沙鸭的聪明之处。

到达壶瓶山镇杨家坪村，顺着吊桥眺望流淌的江坪河。小余告诉我们，此处曾有中华秋沙鸭来过。为了进一步确认，我们在此停留观望，似守株待兔。虽然没有等到中华秋沙鸭的到来，但从水域布局和周围环境足可以确定这里适合中华秋沙鸭生活。

车行到万家台时，又发现六只雄鸭和五只雌鸭在水面飞翔，像在比赛，又像在嬉戏。在神景寨景区龙文峡附近发现两只雄鸭和一只雌鸭在水面上自由地漂着，悠闲的样子，让我觉得这片水域就是它们的世外桃源。

继续顺龙文峡的山路前行，山路极其艰险。

小余说："去年在这里曾见过中华秋沙鸭。"

两座高山中间夹着一湾碧水，沟壑幽深，水流平缓，原汁原味儿的山，原汁原味儿的水，在这里可以感觉到原始森林的纯粹美。想起乾隆皇帝的诗句：“壶瓶好景看不足，来生有幸再重游。”

车行至半山腰，需要穿过一条更狭窄的山路，穿过山洞，坡路很陡峭，车在行，心在跳，我胆战心惊地数着时间。在恐慌中，到达龙文峡附近，远见三只雄鸭和一只雌鸭在水面捕鱼，如此悠哉，高高的山峰成了它们的避风港。惊喜，还是惊喜，见到了中华秋沙鸭，也算慰藉惊恐的心。

在途中，在路边，在水边，都能见到保护区架起的保护中华秋沙鸭的宣传牌。

小余说：“为了保护中华秋沙鸭，已经在四个村庄挂上中华秋沙鸭的科普标牌，意在提醒和教育村民要关爱中华秋沙鸭。并且石门县对辖区百姓也明文规定禁止钓鱼和捕鱼。”

明文规定，重在执行。我在龙文峡附近寻找中华秋沙鸭时，在洞口处居然发现村民因电鱼被责令写下的检讨书。一张 A4 纸大小的检讨书贴在石崖上，有点戏剧性，看似很滑稽，可是，却映射出又一番味道来。这里对中华秋沙鸭的重视，已有法有规来约束村民。

壶瓶山国家级自然保护区的河道基本都夹在两山之间，山峰峻峭，河水清澈，青山绿水间，正是适合中华秋沙鸭生活的环境。可是，这样的环境对我们顺河道调查的工作来说，却充满艰险。有些山路无法行车，有些河道在山路垂直的百米之下。尽管这样，一行人还是小心地、颤颤巍巍地一段段踏查。

聪明的中华秋沙鸭，深知适者生存，择良木而居，选绿水而栖。栖息到哪里，哪里便有最美的风景。壶瓶山的河流水质良好，中华秋沙鸭便把这里当作旅居地。但凡河流中有中华秋沙鸭在，便达到了免检的生态标准。石门县的水域，壶瓶山的河谷，中华秋沙鸭在此栖息，就是生态环境优良的见证。

中华秋沙鸭冬季从长白山迁徙而来，在壶瓶山的各大小溪流中度过冬季，等到壶瓶山春花谢尽时，再重启旅程返回北方进行繁殖，待到冬季再次拖家带口而来，年年周而复始。值得欣慰的是，壶瓶山国家级自然保护区把中华秋沙鸭视为掌上明珠。

我们只是志愿者，追寻中华秋沙鸭的足迹而来，似乎读得懂它们的喜怒哀乐，更懂得它们生存地域的生态环境标准。

寻亲山水间

唐代诗人李白留下名句:“壶瓶飞瀑布，洞口落桃花。”

如果不是随中华秋沙鸭南迁而来，壶瓶山在我的眼中永远是陌生的，兴许今生都不会与它相遇。邂逅如此原生态的美景，实属意外的收获。被美景陶醉之时，内心默默感激中华秋沙鸭。此行，它们是媒介，我死心塌地跟随它们而来。

山清水秀的壶瓶山滋润人心，灵动的中华秋沙鸭更因神秘而俘获人心。顺南坪河路旁的山路去往中华秋沙鸭监测站茅竹河检查站途中，晨起雾大，能见度不到一米，面包车几近爬行，似乎在云雾中飘着。渐渐前行中，阳光穿透云雾，给山谷镀上金色。远望山峰，薄薄铺着一层雪，就在昨日，这里迎来了小雪。停车拍照凝成记忆，山峰、云雾、梯田……美爆了双眸，美爆了手机。

停车欣赏风景似有能量注入，收起相机和手机回到面包车，继续前行时，大家觉得疲劳顿减。前行在山岩凿开的崎岖道路上，路的上方是悬崖峭壁，车子在半隧道下行走，右边是垂直的峡谷，曲折的山路让人无法预知前方路况。就在三天前，在茅竹河下游处，科研人员发现中华秋沙鸭在此地段捕鱼。上午十点我们到达壶瓶山镇南坪村检查站时，这里正在修复塌方河道，水质暂时受到污染，水面浑浊，中华秋沙鸭不会逗留于此。前方的路无法行车，只能放弃这里的踏查，掉转车头回返。整整一上午，没有见到中华秋沙鸭，却遇见不一样的山峰。

午饭在当地的土家菜馆就餐，原汁原味土家菜，辣为主调，与辣无缘的我，本想吃些米饭饱腹，可是，吃惯了东北大米，这里的米饭无法满足我的味蕾。出发前，朴老师准备了东北大煎饼，一向对食物挑剔的我，把煎饼撕成小块来饱腹。不知为何，送入口中的玉米煎饼格外香甜，每一口都是童年的美味，都有家的味道。

午后一点继续出发，六人分成三组，其中两组在不同河段搭起掩体，架起摄影设备静候中华秋沙鸭的到来。我无设备，由小余陪我去龙洞峡踏查，途中居然遇到十只中华秋沙鸭，没有专业相机，只能简单拍摄几张照片作为资料。三点半到达壶瓶山大瀑布，这条道路风光险峻奇美，偏巧一束光芒在山峰顶端倾泻而下，似乎从天而降，感觉自己在画中游。

返回的途中，在龙文峡又遇见五只中华秋沙鸭，两只雄鸭和三只雌鸭，其中一只雄鸭的翅膀受伤，独自玩耍。想必它就是常年留在这里而不迁徙回长白山的雄鸭。一番观察，发现它的左翅膀并不灵活，断翅求生，伤得不轻，相当于人类的“伤残六级”。万物皆充满奇迹，自然有良药。相信它在这里能够安全地生活下去。这里稀有动物很多，一定有它潜在的天敌。这里鱼儿丰富，一定有偷偷撒网的人。只是无法知道这只伤残的野鸭因何受伤，谁又是罪魁祸首。真希望它有一双隐形的翅膀，带它飞，飞过绝望，带它飞，飞回家乡。

鸟类往返于越冬地和繁殖地依靠迁徙完成，影响鸟类迁徙途径的因素有地表的地形、植被类型，还有天气以及鸟类本身的生物学特性等。迁徙是鸟类生命周期中最为艰苦和死亡率最高的阶段，迁徙的过程艰辛万分，既要克服长途飞行的辛劳，还要抵御大自然严峻的挑战，飞越数千里，历经重重危机。但是，这却是它们生命本能的一部分。大自然，从来都是优胜劣汰。候鸟的迁徙是为生命而战，是为了完成一个承诺，一个归来的承诺。冬去春来，一年间迁徙两次，终生如此。途中跨越山川海洋，途经沙漠丛林，经历风霜雨雪，逃脱人类捕杀，它们却从未停止。跟随成年候鸟并肩而飞的幼鸟，还要记住路线，还要熟识地表，这是候鸟的坚持，也是候鸟与生俱来的生存规律。

中华秋沙鸭为了生存，在北方大雪纷飞时从长白山出发，待到春暖花开时归来，回到生养它们的家园。幸存者，完成回归的承诺。常年生活在壶瓶山的这只中华秋沙鸭，因为翅膀的伤而影响飞翔，无法履行承诺，这也将是它终身的遗憾。壶瓶山成为它的家园，生它养它的家乡却成了远方。

四点三十分回到壶瓶山小镇。壶瓶山国家自然保护区的鸟类专家贺春容居然是位小女子。我们到来之际，她正在石门县出差，获悉朴老师到来，急忙返回。由于县城的道路维修，回到壶瓶山已经傍晚，她带着疲倦与朴老师见面。她早已熟悉朴龙国这个名字，有幸见到朴老师让她很意外，也很兴奋。

她一直有个梦想藏在心里很久，她想在壶瓶山为中华秋沙鸭搭建人工巢，让中华秋沙鸭在壶瓶山繁殖。见到朴老师后，便迫不及待地探讨这个问题。她认真地与朴老师探讨人工巢的细节，朴老师也详细地介绍人工巢的相关数据。

壶瓶山是她的家乡，因为对家乡的爱才会萌生留下中华秋沙鸭的念头。长白山是我们的家乡，我们爱家乡，也爱中华秋沙鸭。那一刻，我暗暗妒忌。中华秋沙鸭是长白山的孩子，是我们的亲人，我们要好好爱护它们，让它们永远在长白山这个家孵化成长。

中华秋沙鸭是候鸟，来到这里是旅居，这是与生俱来的习性。我的心里一遍遍强调着，生怕中华秋沙鸭喜欢上这里，如同冶河的黑鹳迷上旅居地，担心它们喜欢上这里的人工巢，那样，它们也许会忘记回家的路。

小女子的这份敬业和认真，也在潜移默化地感染我。只有我们善待中华秋沙鸭，才会永远延续这份不离不弃的美好。

南行路艰险

不知不觉，我们在壶瓶山自然保护区逗留了三日。

我在鸡鸣声中醒来，壶瓶山也被鸡鸣从沉睡中吵醒。几日低温小雨，难得一个晴天，我们却要离开。

沿三〇三省道山岩路驶出壶瓶山后，奔往中华秋沙鸭下一个旅居的家。途经石门县葛根洞时，这里修路，单向通车，且只在规定的时间统一通行，什么时候能驶出也成了未知。一路上，车速缓慢，且肇事车辆不断，车子时而等候，时而慢行，颠颠簸簸，车内行李原本摆得整整齐齐，现在却随车子晃动而东倒西歪。这段路，这阵晃，已经没有规矩和体面。这时，一车人都在惶恐中，说笑也戛然而止，都紧蹙眉头，内心的不安从眼神中已经泄露无遗。我紧紧握着车门上方的扶手，唯恐因晃动及晕车带来胃部不适而呕吐。

在一处胳膊肘弯处，一辆重载油罐车发生事故，挡住了两边的车流。因为这是一条正在修筑的路，一面高一面低。当地人嚷着说，此处天天有车祸。油罐车底盘高，车身长，危险系数降低，若是小车的话后果不堪设想。途经这里的车辆都无法通行，我们五人下车，只留司机一人慢慢行驶。这样，耽误了行程，足足用了一个上午的时间才勉强通过此处。之后的路面，依然是一面高，一面低，随时还要会车，一路前行，一路将心吊在咽喉处。驾车的成老师的车技在这条路上得到彻底彰显，安然绕过几处事故现场，终于顺利通过。

离开惊险路段，途经石门县三岔滩大桥时，一行人还是忍受不住眩晕下了车，站在桥上观望。桥下是渫水河，远远望去，隐约可见浮动的白点，透过望远镜，望见二十多只中华秋沙鸭在水面追着跑着玩耍着，一行人忘却刚刚山路的惊险和恐慌，也忘却时不时喉咙处的涌动，拍手连连叫好。车行没有多久，沿渫水河到达仙阳河大桥，又发现两只中华秋沙鸭，还发现多只绿翅鸭。

曾有媒体报道，仙阳湖国家湿地公园的食物充足，每年 11 月下旬至次年 4 月上旬中华秋沙鸭都会来这里越冬，其数量稳定在二十只左右。如此看来，这里也是中华秋沙鸭的栖息地之一。因为记住这则报道，到达仙阳湖时，我嚷着要下车观望。虽然我们没有见到中华秋沙鸭，却望见不远处的水库，水域宽阔，料想食物应该丰足。这里环境有优势，适合中华秋沙鸭生存。

一路行程途经村道，路过县道，才行驶到三〇四省道，一路九曲十八弯，总算避开令人心惊胆战的山路。午后在慈利县零阳镇遇见一家湘味土家餐馆，简单地吃了一顿。

过了长江后，温度随南行不断增高，羽绒服已不受待见，一身卫衣卫裤很舒服。山峦不再是连绵起伏的，而是一个个坚挺独立在天地间，犹如女人的双乳般挺立。温度不同，风景不同，而我们的信念却始终如一，一路寻来，只为内心那份惦念。

迁徙是对鸟类生命的一次锤炼，随着中华秋沙鸭迁徙也是对我们生命的锤炼，也是我们人生的使命。为了生存，中华秋沙鸭在江南以群落为单位分别选择适合自己生存的河流。为此，我们便追随中华秋沙鸭的足迹而迈开自己的步伐。为了见到更多的“亲人”，紧锣密鼓奔向适合它们过冬的下一个家园。

奔往修水河

网络的优势是不出门便知晓天南海北的故事。初次南行，前往河南、湖北以及湖南的目的地时，都有相关部门的老师对接。每次前往目的地的途中，我都借助手机搜索当地风土人情，以及当地美食。人在旅途中，多么期盼吃上一顿丰盛的当地美味。可是，多日来，足迹大多在山区或水岸，美食只能成为奢望。尽管如此，手指依然还在不停搜罗美食的图片，望梅可止渴，用图片喂饱视觉。在搜索中突然见到江西省九江市修水县有中华秋沙鸭在此越冬，其中一句话抢先进入眼球:“这里河水洁净，枝繁叶茂的古樟群，绿茵茵的草皮以及鱼虾成群的溪流……”

环境好，生态优越，中华秋沙鸭当然会不请自来。一行人商讨后，决定奔往江西省。修水县没有接洽人引路，只能依靠导航前往。

网络不是广告，却胜过广告。因为中华秋沙鸭成了修水县的“代言”。

为了尽快赶赴修水县，我们顶着黎明前的黑暗出发，披星戴月驶入高速，顺包茂高速前进。八点三十分导航出错，从怀化收费站掉转车头，更新导航继续前行。包茂高速车辆稀少，虽然以最快速度调整方向，一来一回也耗去两个多小时。如今的高速路四通八达，不怕走错了路，但是心疼消耗的时间。身在异乡，每一分每一秒都很珍贵，时间成本让我暗自惋惜。

路过长沙，路过浏阳，九点四十分从张坊收费站离开湖南省进入江西地带，前往江西省第一站修水县。

修水县，生态立县，颜高貌美。修水县地势周高中低、西高东低，海拔最高点一千七百一十六点五米。修水县属亚热带湿润季风气候区，四季分明，热量丰富，无霜期长，光照较充足，雨量充沛。流经县城的河流叫修河，又名修水、修江，为鄱阳湖水系五大河流之一，以其水行修远而得名，也是长江中下游重要的水源涵养地。其流域面积一万四千七百九十七平方千米，各支流自九岭、幕阜山脉发源，干流经九江、宜春、南昌三市十二县七百里，流域内有东津、柘林、大塅等水库。

网络上最吸引人的介绍：“不到修水，难接地气！”

晚上八点三十分到达修水县城的外环，经过一番比价后，选择酒店住下。一路走来，已经体验了南方夜晚的阴冷，所以权衡温度和价格折中选择酒店。

办理完入住手续已近九点，疲惫困顿，身体酸痛，就想早早休息。“野马”老师提议：“我们去吃当地特产吧。”

我迟疑片刻说：“你们去吧，我实在太困了。”

“野马”老师说：“‘独狼’开车很辛苦，我们陪他认真地吃顿晚饭，不能顿顿饭都对付啊。”

一路行车，一车人的安全都掌握在“独狼”的手中。当然，一起共进晚餐可缓解疲劳，更主要的也是一份情谊在。尽管一直坐在折叠边椅上，被颠簸得浑身关节都在酸痛，我还是随着他们一起奔向饭店。修水县的鱼是特色，我似乎以睡眠的姿态坐在餐桌前。鱼的味道，以及其他几道菜蔬，我都没有了印象。

离开餐馆，室外的冷风如清醒剂，我裹紧外套，与几位老师散步回到宾馆。

宾馆房间宽敞，这里的取暖只能依靠中央空调。空调送热的范围很小，况且所送暖风温度偏低，床铺依然冰冷，羽绒服再度成了睡衣。

离开东北已经半月有余，夜晚忍受着湿冷，东北温暖小屋成为我最大的渴盼。

我想家了，想父母，想爱人，想孩子，还有朋友……

约会杨梅渡

太阳升镇杨梅渡村的修河源国家湿地公园的古樟群在网络页面被多次提起。原因是2016年那里发现三十六只中华秋沙鸭。

数字就是诱惑，我们借助导航直奔杨梅渡村。

前往的途中，面包车的后轮胎在慢慢漏气，急忙用车载补气工具应急后寻找修配厂。修车不在计划之中，为此耽误很多时间。同时，我的手心里也捏着一把冷汗。如果在连绵的山路上，在连续的隧道群中，面包车出现故障，后果不堪设想，我越想越恐慌。为这次寻亲出行，我心里略有惆怅和悔意，此刻这些情感从心底再度浮出来，似乎也张贴在我的脸上。我低着头，少去谈笑，默默地安抚自己，也在一点点抚慰心情。我不想因为我的焦虑而影响同行几位老师的心情。

早些年，刚有网络时，好多人都是千里迢迢慕名去约会网友。那时，我还年轻，却没有冲动。而我眼下的行为，酷似约会网友，饱含焦灼和兴奋。只因为在网络中得知，便圈定了目标。只是我赴约的对象是中华秋沙鸭，即使我有万般本事，也无法将它们领回长白山的家。这便是人类的悲哀。

抵达杨梅渡村后，瞥见河面漂浮着生活垃圾，顷刻间，信念松动，内心茫然。站在入村的大桥之上，举起望远镜居然望见河岸边飞来一只雄性中华秋沙鸭，稍许安抚失落的心情。之后，顺岸边寻找，又发现几只中华秋沙鸭的倩影。河边是枝繁叶茂的古樟群，车子只能停在这里，继续前行没有车子可行的道路，只能依靠脚步丈量，人在草丛与树丛中穿梭。河岸有不同鸟类"啾啾"鸣叫着。野玫瑰枝丫缠在衣裤上，羽绒服被划破了，露出白色羽绒，裤脚也被划出口子。河边没有路，只能顺着河边陡峭的堤坝，滑到河边。脚下是竹子腐烂后的物质，深一脚浅一脚，不知陷阱在哪里，也不知哪一脚会踩空。幸好，清晰见到几只中华秋沙鸭，颓丧感立刻散去。之后，急忙爬上岸，跑到村子里，问询这里的老乡，中华秋沙鸭是否生活在这里。一位老者说："年年都来到这里，它们是我们村里的吉祥鸟，前面的村子里有保护中华秋沙鸭的宣传板呢。"

顺着老者的手势，驱车向前村奔去。果然见到一块由木板做成的宣传板，宣传板上刻着有关中华秋沙鸭的介绍和保护条例。旁边还立着一块约一米高的三角形状的石头，上面写着

“修河源国家湿地公园，中华秋沙鸭栖息地保护区”。旁边三层小楼的门前挂着“中华秋沙鸭巡护监测站”的牌匾。

这里居然还是一处拍鸟点。我们见到此地主人的妻子韩小鹰，通过聊天获悉：前些年有一百多只中华秋沙鸭来到这里过冬，全国各地的鸟友都来这里拍摄中华秋沙鸭，部分作品挂在一楼进门右面的墙壁上。左面的墙壁上还有一块鸟网的旗子，上面签着各地鸟友的名字，只不过日期是2014年、2015年、2016年，之后，便找不到其他年份的签字。韩女士电话联系到当地野保站的安先生。由于安先生的父亲刚刚去世，他在处理丧事不能前来见我们。重孝在身，失之交臂，值得理解。

中华秋沙鸭是吉祥鸟，这里的村民都这样认为，杨梅渡村的村民们觉悟很高。在他们的眼里，如此珍稀的候鸟能来自己的家园越冬，这是村庄的福气。村民们相互监督着，不能在这段水域捕鱼，他们也都成了义务宣传员，每每有人在这段水域捕鱼，他们都会驱赶。只是村头水域漂浮着生活垃圾，不知是何原因。本想问询，思虑片刻，还是藏起这个问题。韩小鹰的丈夫是保护中华秋沙鸭的志愿者，他上半年挣钱养家，下半年专心看护中华秋沙鸭。冬季，中华秋沙鸭到来后，他每天都到河边巡视几次，每次一两个钟头，见到中华秋沙鸭在河面上游弋觅食，他只是默默地看着，从不打扰。有时深夜，他也会情不自禁地去河边，检查河面上是否有捕鱼船惊扰中华秋沙鸭的休息。为更好地保护中华秋沙鸭，他还自费在河边围起几个防护网。

韩女士陪着我们来到中华秋沙鸭常常出没的河段。与她聊天获悉，以前这里都是沙滩，中华秋沙鸭可以休息，也可以玩耍。2016 年，县里在河的上游建了水电站，镇里在河的下游也建了水电站，由于两座水电站阶梯级出水，水流大，且水深，沙滩被淹没了，大批中华秋沙鸭只能分开活动，以前很理想的拍鸟地点也因此很少有人关注。2016 年以前，每年 3 月都有上百只中华秋沙鸭集中在这里，这里是中华秋沙鸭春季集散地，它们统一从这里出发回东北。如今，这种景象不复存在。为中华秋沙鸭的生存创造条件，近期，九江市野保科已经向相关部门申请，准备关闭下游抱子石水电站。

尽管眼前这片宽二百多米的水域水流湍急，在河的对岸，我们依然看到八只雌性中华秋沙鸭在追逐，在捕鱼。见到朝思暮想的中华秋沙鸭，也了解到它们生活的境况。有欢喜，也有忧伤，但也了却一份惦念。

我伫立在岸边，与中华秋沙鸭尚有距离，可爱的小精灵居然惊慌地飞走。等待十几分钟，不见它们归来，只好失望地离开。驱车奔修水河上游查看后，已过正午时分，我们依依不舍离开杨梅渡村。

离开又是新旅程的开始，继续踏查，继续寻亲。

寻亲也寻梦

不远万里寻亲江南，只为与长白山的精灵中华秋沙鸭相见。它们身披一袭山河灵秀，悠然飞在修河的清水之境，不知是否聆听到我们到访的足音。它们对环境要求颇高，被称为“活体探测仪”，仅仅这一点，便印证了修水优良的原生态环境。

一路奔走，但凡有中华秋沙鸭生活的山川河流，都有我所喜欢的风景，都有我心仪的生态。而我只是一个普通人，没有闲云野鹤的魄力，尽管喜欢，也没有勇气留下。为了奔往下一个目的地，只能恋恋不舍离开修水。

带着遗憾离开九江地区，因为心底还缠绵着对中华秋沙鸭无尽的牵挂，继续踏查它们旅居的“天涯海角”。

吃午饭的时间又延后了，一点才到庙岭，途中少见城镇，只能在村庄吃午饭了。

途经武宁县柘林水库，这片水域一望无边，停车观望时，发现六只中华秋沙鸭在水面嬉戏。之后，急忙在手机地图上搜索柘林水库。地图上呈现出的诸多支流，如同树木的根部放射性扩延。这样枝枝丫丫的水域构成诸多浅水滩，适合中华秋沙鸭取食，是它们休息的避风港。但是，由于武宁县采砂活动频繁，近年新建的下坊水电站也严重破坏中华秋沙鸭越冬栖息地。中华秋沙鸭喜欢在水流相对平缓的河段栖息，建设水电站后，浅水河道少了，原来在武宁县越冬的中华秋沙鸭，不得已迁徙到别处栖息。

途中朴老师与江西省科学院林老师通话获悉，柘林水库往年的记录中，有固定的八只中华秋沙鸭生活。林老师说："信江流域、龙虎山湿地公园，都有中华秋沙鸭出现，2003 年曾来过五百只，而 2019 年却只看见二百只，近几年在福建部分江河也见到中华秋沙鸭。经过观察，来的多，回去的少。其数量减少的原因一直未知。"

午后四点途经南昌东，此行与大都市总是擦肩而过，昨天行驶在长沙绕城高速上，与长沙城区遥遥相望，美丽地错过，今又与南昌擦肩而过，完美地再见。

五点路过鄱阳湖。车行驶在高速上，摇窗眺望，白鹭等鸟类在飞翔，这里聚集着好多候鸟。

鄱阳湖位于江西省北部，是中国最大的淡水湖。有赣江、修河、抚河、信江、饶河等注入，湖水经湖口县注入长江，有拦蓄洪水的作用。富灌溉、航运、水产养殖之利，是国家级候鸟自然保护区。近代，由于淤积和围垦等原因，湖面日益缩小，到二十世纪末，湖形已不像葫芦，而像一只昂首欲飞的天鹅。

多想在此驻足，融入无以计数的候鸟之中，寻找候鸟的故事。一路前行，好山好水不断，只因心有所属，都未曾逗留，尽量把有限的时间都用在“寻亲”上。

在出发前，通过鸟网的老师获悉江西省上饶市婺源县紫阳镇坑口村有二十只中华秋沙鸭，婺源县是此行最后一个踏查地。从修水县到这里路途并不遥远，沿途的山峦形状酷似吉林的山峰，也许离家久些，感觉格外亲切。

月亮出来了，挂在黑幕之上，似乎在陪着我们一路同行。黑压压的高速上，这轮并不圆的月亮也能令我的心中生出一些温暖。驶出德兴收费站，几近深夜才到达婺源县段莘乡石枧村，在民宿落脚。民宿主人程先生热情地接待了我们。这里有四户村民经营民宿，每户人家可以接纳十人入住，每人收费一百元，餐食费另算。

晚饭，农家饭菜，很干净，却没有胃口。民宿的房间宽敞，却共用卫生间，洗澡洗脚都是奢望。没有空调，又是一个寒冷的夜晚。坐了一天车，双腿酸痛肿胀，也只能默默忍受。失眠的长夜，听着民宿外墙四面的风声，头皮被吹得冰凉。羽绒服在南方成了万能衣，白天御寒，晚上取暖，这一夜，又是和衣而睡。

冷得难以入眠，我多么想念东北温暖的房间、松软的被褥，还有香喷喷的饭菜。天气预报说北方大雪。耳机里循环播放李玉刚演唱的《长白山下是我家》:“巍巍长白啊，生态的天堂。莽莽林海哟，英雄长眠的地方。白山湖映照着千年的月光，绿水青山哟，无尽的宝藏……”

我在用歌声安抚思乡之情。

仙境星江河

数着羊，数着羊，数到了天亮。

民宿准备了馒头和米粥，另外备上一盘炒萝卜。行走至此，餐食的质量和口味并不重要，吃只为饱腹，至于营养，至于卫生，似乎都无关紧要，入乡随俗才好生存，吃饱才有力量去寻找来自长白山的“亲人”。

为了早些见到中华秋沙鸭，清晨六点顶着浓雾出发去码头。之后，乘一叶小舟在浓雾中跨过星江河到达对岸。浓雾笼罩的清晨，陌生的河岸，在雾霭中显得很神秘。一行人带着相机，不知疲倦地出发，似乎在迎接一场期待已久的战役。尽管寒冷，还是信心百倍。水面被雾气笼罩，山峰若隐若现，周围的环境与长白山的魔界有异曲同工之妙。

七点到达星江河对岸，这里已经聚集很多拍鸟的人，掩体上一个个机位口如瞪大的眼睛，注视着河面。所有的人都安装好设备，在静候着中华秋沙鸭登场。

这里环境可谓山清水秀，周围山坡长满竹子，河畔开满黄色的小野花。河水清澈，绿油油的水草摇曳在河底。如此碧水，如此植被，的确适宜中华秋沙鸭栖息。

这条河早些年就有中华秋沙鸭来此过冬，当地人把它们唤为野鸭，并不重视。当拍鸟人发现中华秋沙鸭之后，纷纷前来摄影，村民就此萌生致富的想法。随后几名村民联手在河畔搭建十几个掩体，可供百余人拍摄，每人每次收费一百五十元。村子也因此被拍鸟人传播出去，民宿有了收益，村民也有收入。珍贵的中华秋沙鸭，来到这里却成了致富产业链中的一环。

星江河水域宽约五十米，可拍摄中华秋沙鸭的这段水域水深约六十米，山峰树木倒映水中，与薄雾交融，如同披上薄纱。各种鸟鸣交错，如乐曲在耳畔回荡。

在冷板凳上静坐两小时后，中华秋沙鸭终于出现了。这时，听到的便是按动快门的声音。透过望远镜，我细细数着，水中游着十四只中华秋沙鸭，其中五只雄鸭，它们悠哉地在水面漫步，其中一只雄鸭如首领，在前面引领。随后，时而缓慢戏水，时而疾飞水面，这片水域成了舞台，每一只中华秋沙鸭都在尽情舞蹈。似乎这场戏有时间的限定，它们在水面绕了两圈后，又一起飞走了。扭身通过望远镜望见对岸还有三只雄鸭和两只雌鸭，它们在追逐打闹，它们在游泳嬉戏，真是你方唱罢我登场。其中一只雄鸭围绕着戏水的雌鸭一圈圈地转，并时不时把头潜入水中。突然，雄鸭粗暴地叼住雌鸭的冠羽，跳到其背上，野蛮而迅速地完成交尾，过程持续约三十秒。随后雄鸭兴奋地舞动双翅，浮在水面梳洗羽毛，雌鸭也站在礁石上，开始打扮自己。稍后，两块平行而立的礁石上，雌雄两只鸭背对背站着，似乎忘记刚才的恩爱。原本以为中华秋沙鸭交尾只在春天进行，且只在长白山完成，通过这个画面，我对中华秋沙鸭又有了新的了解。只是中华秋沙鸭在这里交尾后并不孵蛋。

中华秋沙鸭的身影一旦落入拍鸟人的镜头里，似乎就是命令，谈话暂停，走动停止。正午时分，中华秋沙鸭又在水面低飞，还“嘎嘎”叫着，声音沙哑，似乎捏着喉咙在呐喊。它们好像在故意折磨拍鸟人，一会儿来，一会儿走，摄影人冻得都在不停地搓着手。

午后两点钟，我们决定离开。

坑口村的踏查，让我百感交集，这里的村民把中华秋沙鸭当作了摇钱树，只有索取，没有关爱。就在登船的码头，漂浮着好多地笼，还有渔网，地笼和渔网对中华秋沙鸭危害极大。在村民的眼里，中华秋沙鸭的珍贵与否并不重要，它们带来的效益才是硬道理。

划船的人很年轻，与他聊天得知，往年有三十多只中华秋沙鸭来这里过冬，而今年只见到二十只。数量的减少，村民们并没有从自身找原因。只有保护好生态，才能更好地保护家园。中华秋沙鸭是远方的客人，若待它们如宾，它们必然也会爱上这里。这里纯净的水域是大自然的馈赠，如果中华秋沙鸭不再光顾这里，这便是警告，说明这里的自然环境和人文环境有待改善。

离开坑口村后，心底全是担忧——为村民锈蚀的内心，为明星鸭未来的命运。中华秋沙鸭是长白山的亲人，也是长白山的孩子，旅居这里，它们的安危成了我们永无休止的牵挂。

一行人极其不舍，朴老师眼泪汪汪地望着水面，这些他看着长大的明星鸭，在这里时刻都有被渔网牵绊的危险，还要天天用表演给坑口村的百姓带来经济效益。

这里是踏查的最后一站，不舍也要离开，我禁不住黯然神伤。离开星江河，遥望中我自言自语:“再见！我的宝贝鸭，我们在长白山见！”

风雪夜归来

途经十三个省，不畏山高路险；近一个月的风雨兼程，熬过寒风冷夜；跨过黄河，穿过长江，体会到披星戴月，六人同心同行走过万里寻亲路。

在河南，在湖南，在湖北，在江西，四个省中的五个县，有卢氏，有松滋，有石门，有修水，有婺源，我们见到了迁徙而来的一百三十多只中华秋沙鸭，它们大多是长白山的宝贝，它们在长白山林海的树巢中孕育，它们在清澈的河流中成长，它们在长白山自然保护区的保护下长大。我们追随而来，并非一时兴趣使然，我们的心早已与这些精灵不离不弃。自从与它们相见的第一眼开始，心便被它们俘获，之后的所作所为，在他人眼里，似乎荒唐，但在我们的心中，都是心甘情愿，无怨无悔。此次南行，便是最好的见证。

出发后，一路向南，满心都是憧憬，都是思念。这份心情，似乎中华秋沙鸭也能体会到，每次驻足，都有收获，都是大自然的馈赠。尽管有时只有三两只与我们相见，也能慰藉一份惦念。回返后，一路向北，心里满是不舍，还有对家乡的牵挂。离家太久，生活的琐事也在牵绊，在离开婺源县那一刻，便马不停蹄地踏上回家的征程。

这次南行尽情享受山高水远的风景，仿佛飞翔在山林水域中。行程与高山相伴，驻足与流水相依，没有城市的喧嚣，没有美食的惬意，没有更多的游客的足迹。在空荡的山林里，虽然少有平日的舒适，但也没有丝毫的平庸。在中华秋沙鸭生活的山河中，我内心深处变得宁静而又凝重。

此行万里，除去夜晚休息，剩下的时间都在面包车上，或是山中，或是河畔。一行六人中，最初我只熟悉两位老师，然而，在行程中，相互了解，相互关照，相互鼓励，谈笑风生中丰盈行程的乐趣，也缓解旅途的疲惫，还增进相互间的友谊。

时间是最好的记录者，一路花絮频频闪现，“野马”老师的平板电脑，不知不觉录制许多花絮，途中时而回放，引来笑声爆棚。那一刻，小小的面包车里不仅仅相机设备“超负荷”，就连笑声也“超载”。

有些片段无法复制，地点、时间、心情，相得益彰，那一抹抹笑容，是绝版，如同画家在特定的心情下的作品，可谓独一无二。如果能把那些片段都记录下来，也会成为稀少而独有

迁徙

的作品。前面的文字均与中华秋沙鸭有关，絮絮叨叨与中华秋沙鸭生活有关的细节。文思反转，我要写一写这次南行的几位志愿者。

朴老师，我们唤他鸭爷爷，也是我们的总指挥。他是我们一路南行的形象标签。每到一处自然保护区，提及老人家的名字，都如雷贯耳，在踏查中获得许多格外的关照，省去很多无用功。老先生是朝鲜族人，民族的特色，能歌善舞，途中时常为我们唱上一首朝鲜族歌曲。他坐在面包车后座的中间，尽管是坐姿，也能跳起朝鲜族的手舞，如仙鹤展翅，如柳枝拂水，动中有静，柔中带刚，轻灵含蓄，无形中流露出“此时无声胜有声”的民族舞曲的美韵。其实，舞蹈是无声的音乐，特有的肢体语言，诠释着那一刻想要诉说的情感和故事。

在回返的途中，途经湖北省地域。那是一个傍晚，车子还在前行，我扭头间看见老人家从口袋里拿出一块糖块。我知道老师一定是低血糖了。这时，我眼前浮现出午餐的画面。午后在路边的土家菜馆就餐，我们到来时不是饭口，菜馆已经没有太多食材，只能将就点了两道菜。当我放下碗筷时，两盘菜全都只剩下残汤，几乎见到盘底。这时，朴老师才拿起一个带有余汤的盘子，将汤倒在米饭上，用筷子搅拌后迅速吃下。看到老师找糖的情景，我的眼前模糊了。我想这是朴老师的秘密，我明白老师的意图，我只有感动，却不能说出来。原来午饭时，老师看到菜少，留给我们享用，而他自己却没有舍得吃。漫长的行程，七旬的老人，饥饿消耗了老人家的体能，造成血糖偏低。

在南方每次就餐时，老人家喜欢点毛豆腐，他说：“这是南方的特产，回东北就吃不到了。既然来了，就都尝尝。”这道菜在当地价格不菲，且菜量很精致。这时，老人家很少动筷，只是看着我们一口口陶醉地品尝。

在回东北的途中，大家聊天时，一致同意送给朴老师一个新的绰号“毛豆腐”。东北的电视剧中，曾有“豆腐西施”，而我们此行却收获“豆腐爷爷”。

副总指挥是晓涛老师，长白山的大棕熊，此行与我是初见。他少言寡语，坐在面包车最后边的座位。后排座可坐三人，其余两个位置被相机包占用。一路上，他靠着摄影设备完成旅途。他是回族人，一路上，很少有回族饭店，无奈，他只能用大碗方便面充饥。在湖南湖北的土家菜馆就餐时，炒鸡蛋成了他的专享。为了配合一行中的每人用一道菜冠名，思来想去，“炒鸡蛋”成了他的别称，而我更愿意喊他“鸡蛋哥”。“鸡蛋哥”人高马大，看似是很粗犷的北方汉子，而拍中华秋沙鸭时，那份精细，那份精致，倒有些江南帅哥的细腻。

交通调度“野马”李连胜，松江河人士，他负责此行的路线规划。“权力”不同，座位不同，他自始至终都坐在副驾驶的位置。端着平板电脑，负责线路调配。他很乐善好施，出发时尽管车内空间紧张，他还是将事先准备好的羊毛衫装上了车。这一路，我们尽自己所能默默地关爱山里的贫困户。他的另一个任务是负责安排宾馆和餐厅，手里有权，餐厅点菜时便“大权在握”。他喜欢笋类菜肴，我调侃送他“笋干”的别称，简略一个字便称呼他为“笋哥”。

绝顶聪明的“鸡蛋哥”说：“来时喊他老李，现在喊他老笋。”

这个称呼局外人听起来也是迷糊，还以为“笋”也是百家姓之一呢。

他喜欢拍鸟类，更喜欢拍人文。他走过很多古迹，拍过很多令人感动的作品。他相机的焦点更多地定格在贫困山区和普通的百姓。这次出行，一路行走，一路扶贫，一箱羊毛衫不知不觉都送给山里的老人。

财务主管“雨燕”姐，姓郑，名艳燕，人如其名，美丽如燕。人虽已步入花甲之年，面色却白里透红，没有皱纹，没有斑点，所有见过她的人，都认为她只有四十岁。艳燕姐长了一双笑眼，就是这双眼睛捕捉到许多与众不同的画面。这一路，她负责团队的财务，收与支，蛮认真。每晚临睡前她都在一笔笔地记录当日费用，并且在行程结束时，制作一个收支报表，很正规，很地道。一眼便知姐姐是财务队伍中的老前辈。为了契合出行的雅号，“笋干”送给姐姐一个优雅的别号——“小白菜”。就这样燕姐变成“菜姐”。

此行驾车是龙井摄影家协会的成玉祥老师，他的网名是长白视界。网名含义颇深，而他又在二道白河镇经营客栈，也叫长白视界，客栈一直都是长白山摄影人的联络点。出行的面包车是成老师的私人财产，车子年限长，却走出了许多故事。最主要这台车燃烧柴油，耗油低，此行可节省几千元的油料款。他最大的饮食爱好是吃鱼，与中华秋沙鸭有着共同的爱好。为了犒劳长途跋涉的司机，每次点餐如有可能都会为他点上一道鱼，只是我们的路线偏僻，天天吃鱼也是奢望。此行的安全交给了他，不仅一路要陪他聊天，还要让他开心，更要犒劳他的胃，免得胃罢工而影响行程。因为吃鱼属于他的专利，便封他为“臭鲑鱼”，此后，“鱼哥”替换了“独狼”的称呼，而大家更愿意喊他“臭鱼”。

此行之中当属我年龄最小，那么，我来说说我自己。

我是挑食的，且饮食特性大，老百姓常说的矫情就是我这个样子。每餐我喜欢点土豆丝，并不是真心喜欢，而是价格便宜，还有土豆必须打皮，还要洗去淀粉，想来比较卫生。连续点了三天土豆丝后，哥哥姐姐都来喊我“洋芋丝”。想想的确如此，只能领受这个名字。我自始至终坐在副驾驶后面的折叠椅上，椅子小，而我又比较肥硕，一路前行难为小小的椅子，承载着如此沉重的我。坐在这里的优势，可以当门童，除去前面两位，我无权管理，其余三人上下车都由我掌控。小小的椅子送给我一份额外的工作和责任——开门和关门的任务。有任务在，似乎也有了价值感，也蛮有成就感。只可惜，在出行后不久，车门的门锁开关出现故障，只能在外面开门关门，尔后，看门关门的权力被“笋哥”掌控。待到湖北地界才找到修锁的车行。那时，我暗自思忖，如果途中遇见意外，岂不是逃生的门自己都无法掌控？想到这些，内心不免惶恐，一直攥着拳头，屏住气，祈祷平安。

此行，人人都有故事，人人的故事都可独立成篇，风趣幽默，搞笑怪诞。不过，此篇当属中华秋沙鸭的地盘，所以关于人的故事，我只是简单道来。

出发迎“南”而上，回来一路向北。风一程，雪一程，风雪依然兼程，然而，最暖便是归途。当面包车驶入吉林地界，莫名的恐慌瞬间散去。“吉林”两个字，具有超强的治愈力，还可以安抚行车时的恐慌。当车子驶入长白山脉后，想到出发的日子，风雪相伴，而归来的夜晚，眼前起伏着雪后的洁白。路边，松柳凝霜挂雪，垂柳青枝戴玉披银，离家多日，所有的景色都是亲切而新鲜的，眼前的一切，宛若仙境。这纯净的画面，就是美丽的长白山下。

车子缓慢行驶在通往二道白河镇冰滑的道路上，途经头道大桥中华秋沙鸭保护监测基地时，突然，从车子的后面闪过一道金色的光，定睛凝视，原来是一只马鹿从车子后面奔跑而过，随之跑入林海。鹿儿鹅黄色皮毛在车灯的照射下如同金色的外衣，犹如一团火焰点亮漆黑的夜空。没有来得及拍照，鹿儿就消失在林中，虽然旅途疲劳，我们的心却是澎湃的。

朴老师说：“长白山的神鹿保护着我们一路平安。”

也许是天意，也许是巧合，鹿儿却在恰恰好的时间与我们相遇，自然会成为焦点，引起我们的兴致，也会带着我想入非非。不管鹿儿出现为何意，我们权当它与我们同行。这是长白山的神鹿，也是这座山的宝贝。这样想来，我们所经历的所有酸甜苦辣，都是在服务这座大山。我们是大自然的一分子，我们也是长白山的一分子，保护这座山是责任，付出辛苦与艰难也心甘情愿。

面包车安全驶入二道白河镇的那一刻，为我们南行画上一个圆满的句号。

此行，途经不同的地域，遇到不同的环境，人们对待中华秋沙鸭的态度迥然不同，令人欢喜有之，令人担忧有之，但是，我们内心对中华秋沙鸭的热爱却是始终如一。

其实，爱，自始至终都没有改变，都深藏于内心。而且，随着岁月的悠长，爱得更深，爱得更浓。

磁场总相吸

不得不承认，人与人之间是有磁场的。浩渺的人海中有太多的人擦肩而过。因为中华秋沙鸭，有了同一个磁场，有了同一个愿望，我与王老师相识了。

王老师，名为王涛，在一个特定的时期，他是吉林省政府委任调研中华秋沙鸭保护组的成员。因为我对中华秋沙鸭的关注，我们通过共同的朋友而相识。

我对政府工作人员一直心存敬畏，尽管王老师平易近人，我在与他的交流中还是有些胆怯。我以我的方式，默默地在“寻亲”中积累关于中华秋沙鸭的一切素材。我对中华秋沙鸭的了解是通过观察而获悉细节，与此同时，王老师对中华秋沙鸭的了解是从宏观的角度获得更精准的数字信息。获取渠道不同，但目的一致，使命相同，都是为了保护“鸟中的大熊猫”。为此，我与王老师因为中华秋沙鸭有了多次的交流，互相传递着自然保护的利好消息。

其实，中华秋沙鸭在长白山区域出生成长，是吉林的幸运，它们是黑土地的代言，它们是吉林的名片，给吉林生态带来免检的证明。吉林省政府对其的重视，更是中华秋沙鸭的幸运，中华秋沙鸭可以毫无忧患地在长白山繁衍生息。王老师利用两年的时间，带领调研组前往通化、抚松、敦化和二道白河等地踏查。他们的调查是用脚步完成，不仅仅需要听汇报、看资料，还需要亲临河岸，亲历森林，面对面观察鸭巢，远远观望中华秋沙鸭。

如今是网络时代，他们的调查虽然并没有大张旗鼓，然而，我却实时了解到他们的进程。因为他们所踏查的水岸，都是我曾经观察过的地点，自然也有磁场相吸的朋友告知。所有保护中华秋沙鸭的人都有着共同的愿望，希望精灵们在长白山区域安心繁殖，别无杂念地成长。因为共同的磁场，与中华秋沙鸭的一切利好消息都会去分享。

那日，朋友发来微信：好消息，好消息，吉林省政府派专家来漫江调研了，保护中华秋沙鸭工作又上了新台阶。

这一刻，我是激动的，也是兴奋的，真想变成一只鸟儿飞到河岸，与水中的精灵分享这个好消息。人与自然和谐共生不能仅靠几个志愿者的力量，还需要政府的各种支持。保护自然，更是每一个人的责任，保护身边生物的多样性，与之和谐共生。

王老师一行人一次次踏查，一次次研讨，从根本上为保护中华秋沙鸭架起了彩虹桥，体现了政府的担当，体现了政府的责任。一份份调研报告倾注王老师一行人的心血和付出，在他们的建议中，我们看到了希望，看到了前景，更看到绿水青山的日日向好。

中华秋沙鸭是吉林生态向好的见证，有一个具有魔力的磁场，把心中有爱的人聚到一起，大家为了一个保护的目标，做着开心的事。

英国自然文学家蒙比尔特说："我对人类的爱并不少，只是对自然的爱多一些。"

是啊，我们对自然的爱是共同的，对美的追求是共同的。人活着，就要有敬畏之心、感恩之心，知道敬畏，才懂得节制。希望通过省政府制定的保护自然的公约，来约束破坏自然的人，收敛他们的欲望，让他们不敢轻易冒犯自然。

中华秋沙鸭只是吉林生态一个微小的缩影，更多生物都需要人们去保护。保护中华秋沙鸭只是岁月长河中的微澜，吉林人以此起航，全民都要有使命感和责任感，承担保护的义务，为自然，为人类，为未来，不断推进生物多样性保护工作。

其实，吉林省政府和吉林省人民，都已经奔走在保护之路。而我一介草民，无法获悉更多的讯息。但是，与保护自然有关的消息，只要我知道了，听说了，都会为之雀跃，都会默默感恩。而我又是不善言辞的人，所有的感恩都镌刻在暖暖的心间，所有的善念都流淌在字里行间。

我相信，磁场相吸。我笃定，相信自然。

庄子说："天地有大美而不言。"

真正的美是宁静的，不喧哗，不熙攘。幸好有这么多心中有爱、眼中有美的人为之摇旗呐喊。这样，每一个存在的生命，都有自己的尊严，都可以展现出独特的魅力。

后　　记

就这么结束了。

掩卷中，是否与我同感，爱和牵挂犹在。

其实，人生即是如此，不管如何努力，都会有遗憾。人生很简单，我的脚步，还有文字，已被岁月漂洗了，留在心底那份记忆，简净明了，却如镌刻，无法忘却。

“每只小鸟的内心都是一面镜子，当你凝视它的时候，也会看到温暖的自己。”我非常喜欢《飞禽记》里的这首小诗，且一直遵循，每一次看到鸟儿，心里都是暖的，都是幸福的。我把这句话放在这里，足可以彰显我对飞鸟的爱。

与中华秋沙鸭结缘后，我对鸟类的热爱，我对自然的热爱，只增不减。其实，观察野鸟是一件很有意思的事情。尽管野鸟多“狡猾”，但只要用心观察，仔细观察，它们是那么美丽，那么可爱，拍摄下来，记录下来，都是难得的收获。中华秋沙鸭属于鸟类，与人类一样，都存在于神奇的大自然中，都是存在于地球上的生命。

每一个生命都值得被记录。与中华秋沙鸭邂逅之初，我只想写一部关于它们、关于自然的儿童故事。本意观察数日，获取相关素材后就开始创作作品。观察时间不会太久，一个月，三个月，多则半年，然而，出乎意料。当我与它们对视后，似乎有股魔力，吸引了我，如同爱一个人，一点点地痴迷，一点点地爱得死心塌地，以至于放不下了，它们居然成为我生活甚至生命的一部分。

为此，我顶着诸多压力与它们一起迁徙去了南方。

本意观鸭只为儿童小说收集素材，最初没有想到创作观察笔记。当我随鸭迁徙去南方回来后，吉林省作家协会原副主席任白老师听说后敦促我："随鸭迁徙的一路见闻，写点文字吧。"从南方回来后，凭借记忆匆匆写出两万字的随笔，题目为《南方寻亲记》。发给任老师后，他回复说："一路辛苦，耗资费时，写这么点文字似乎不妥。"在任老师的建议下，我在记忆中打捞碎片。一边补写笔记，一边埋怨自己，只因一个懒字，错过了很多精彩。

中华秋沙鸭有它们的生活方式，它们的生命多姿多彩。观察它们，了解它们，感受它们自由的灵魂，不仅让我获得无限乐趣，也让我对生命多一丝感悟，多一份尊重。为了中华秋沙鸭，我的视线安放在河畔，同时心里也装着一座大山，似乎那座山就是自己的依靠，也是自己的家。此后，大多的经历付诸野鸭，付诸大山，贴在我身上矫情的标签，不知何时与我划清界限。我可以饮清冽的河水，可以吃些并不喜欢的快餐，可以站在淤泥中观察，人生因此有了改变。

几年的观察，结识了很多摄影人，获取了很多有趣的故事。朴龙国老师无私地给予我诸多帮助。人生的许多机缘巧合冥冥中早有安排。老人家是长白山的科研专家，也是中华秋沙鸭研究上的权威导师，与老师结识，我便多出一份使命，用文字记录“鸟中大熊猫”的点点滴滴。让更多的读者了解这个生灵，爱护它们，保护它们。同时，也是对长白山大生态的宣传。

“相逢是首歌，同行是你和我。”一行志愿者与朴老师同去江南，昼夜兼程追寻中华秋沙鸭，出行看似很冲动，却是人生难得的“任性”。六个人，同心同行。一个人是诗，两个人是画，六个人便是风景。世间最美的风景，需要同行，需要相伴。纵是苦，纵是难，亦无悔。在新冠疫情的前夕，我们停驻在湖北省松滋市洈水国家湿地公园两日，那时疫情悄悄蔓延，而我们却全然不知。返回的途中，艳燕姐咽喉痛，发高烧，我们途经南京时短暂停留，为其购买药物。回到东北后就要过春节了，与此同时，也知悉疫情的消息。我并没有思虑太多，朴老师却失眠了。那些日子，老人家每天都在微信中询问我身体状况。

我很奇怪，为何春节不问候快乐，却频频问候健康，且是天天问候。正月初六那天，朴老师打来电话说：“我们去的浍水国家湿地公园有新冠病例。这些天，我一直为你们担心，我把你们领出去，一旦有闪失，我对不住你们还有你们的家人。”

从这个电话中，我知道朴老师在担心中度过这个春节，因为担心疫情波及我们而失眠，老人家只能依靠安眠药强迫自己入睡。听到老师这番话，我的眼睛湿润了，善良的老人处处都在为他人着想。爱自然的人，心中有爱，眼中有光，朴老师的心里装下整个自然。《追鸭记》这本书离不开诸多老师的帮助。书中的摄影插图都是朴龙国老师的作品，每一幅作品都散发着光芒，这是朴老师在寂寞和孤独中捕捉的精华。每一幅作品都很震撼，记录着大自然背后跌宕起伏的故事。每一幅作品都很温暖，这是朴老师用爱用情去定格的瞬间。

其实，对于一位写作者而言，每一本书都如同自己的孩子，都在掏空自己赋予它动感。于是，为了让《追鸭记》有其亮点，我恳请赵培光老师为其作序。其实，这也是我开始涉猎文字后，一直藏在心里的梦想。记得那次参加宣传部门组织通讯员培训班，聆听赵培光老师的写作课。他说：“写作者要有想象力，我对每一个文字都想入非非。”就是这句话，开启了我的写作之路。随着发表作品的递增，我也想入非非，如果我的作品由赵老师为其作序，该是多么幸福，多么美好。似乎我的心事被赵老师窥见，我与老师提起此事，老师没有拒绝。虽然这篇序有拉大旗之嫌，只因我的心里藏着狐假虎威的小秘密。我深知我文字中的缺陷，但有赵老师的序为我助力，我的心便少些忐忑和不安。

中华秋沙鸭走入我的世界后，我为野鸭写过儿童故事，也写过诗歌，还为它们创作过儿童歌曲，但凡我能做到的，我都在尝试。我没有用相机去记录它们的精彩，那么我就用文字去书写它们的秘密，用笨拙的画笔去描绘它们的灵动。虽然我的画作粗劣，不成体系，也没有派别，但是，这却是真情流露，我的情感，我的爱，都融入其中。为了彰显《追鸭记》的深刻，特意挑出几幅瑕疵略少的拙画放在本书中，只为表达我对中华秋沙鸭深厚的挚爱。

创作《追鸭记》之路有些漫长，但是每一个时间点都有精彩展现。在我整理书稿的过程中，获悉吉林省政府在长白山区域几个重点河段建立中华秋沙鸭保护小区。这是个好消息，这是政府对生态环境保护的重视，成全中华秋沙鸭，也成全大生态大环境。长白山是中华秋沙鸭的家园，中华秋沙鸭又是长白山的旗舰，共荣共生，共同下好生态这盘棋，一起护好长白山。

其实，写作是幸福的事，独坐屏前，一盏灯相伴，渐渐进入文字中，指尖山河，竟是和光同春。写作也是残酷的事，身心疲惫，多少个寻常光阴，都是在灰头土脸独坐中敲击键盘。

可是，因为爱，面对一切苦累都云淡风轻。写作更是件辛苦的事，耗费心力，投注感情，其间，我还要付诸脚力亲历文字涉猎的场地，经受疲累，无处与人言说。

自从爱上中华秋沙鸭，我的生活没有规律，休息时间几乎都被它们占用。为了去河岸观察，牺牲多少个休息日和假期，却丝毫不觉委屈，反之，只觉得自己付出太少，不能在中华秋沙鸭回到长白山那日起，就与它们日日厮守。为此，我一边工作，一边创作，写作时间多在凌晨，每一篇文字都是断断续续完成，一气呵成的作品少之又少。为此，文字欠缺厚度，作品缺少张力，我在修改中已经洞悉。尽管作品有瑕疵，但也倾注我诸多心血和爱，如有不足，敬请读者谅解！

陈凤华

壬寅年腊月于大禹奥城